梁遇春（1906—1932年）

"附上相片一张，大概是投桃报李吧！我却很喜欢自己这张相片。你看脸上没有一线笔画分明的轮廓，这指出我意志力的薄弱，而那种渺茫地欲泣的神情，是很能道我心曲的。"

（梁遇春致石民信，1930年8—9月）

"你像一个灿烂的春
　沉在夜里，宁静而黑暗。"
　（冯至《给亡友梁遇春》诗）

梁遇春（右）与冯至
（1930年摄于北平）

"此人只好彩笔成梦，
　为君应是昙华招魂。"
　　　（废名挽联）

梁遇春遗像

梁遇春手迹

"……牙痛。我素来畏医如虎，尤其怕那和颜悦色的牙医。昨日下个决心（却不能咬定牙龈），去拜访一位日本牙医生，真是奇迹呀，我居然生还了。不过来日大难方多，足下晚间祈祷时，万望将弟名搁在里面，不胜惶恐之至。仁人君子，幸垂悯之。

你的可怜朋友"

（梁遇春致石民信，1930 年 11—12 月）

《凄风苦雨吊文豪》（《北平晨报》第 6 版，1932 年 7 月 10 日）

废名《悼秋心（梁遇春君）》（《大公报》第 8 版，1932 年 7 月 11 日）

《春醪集》封面

（上海北新书局，1930 年 3 月初版）

"我觉得我们年青人都是偷饮了春醪，所以醉中做出许多好梦，但是正当我们梦得有趣时候，命运之神同刺史的部下一样匆匆地把我们带上衰老同坟墓之途。这的确是很可惋惜的一件事情。但是我又想世界既然是如是安排好了，我们还是陶醉在人生里，幻出些红霞般的好梦罢，何苦睁着眼睛，垂头叹气地过日子呢？所以在这急景流年的人生里，我愿意高举盛到杯缘的春醪畅饮。"

（梁遇春《春醪集》序）

《泪与笑》封面

（上海开明书店，1934年6月初版）

"秋心这位朋友，正好比一个春光，绿暗红嫣，什么都在那里拚命，我们见面的时候，他总是燕语呢喃，翩翩风度，而却又一口气要把世上的话说尽的样子，我就不免于想到辛稼轩的一句词，'倩谁唤流莺声住，'我说不出所以然来暗地叹息。我爱惜如此人才。"

（废名《泪与笑》序一）

《英国小品文选》封面

（上海开明书店，1932 年 5 月初版）

　　"今年四五月的时候，心境沉闷，想作些翻译解愁。到苦雨斋和岂明老人商量，他说若使用英汉对照地出版，读者会更感到有趣味些。我觉这法子很好，就每天伏案句斟字酌地把平时喜欢的译出来。先译十篇，做个试验，译好承他看一遍，这些事我都要感谢他老先生。"

（梁遇春《英国小品文选》译者序）

《小品文选》封面　　　　　　　　《小品文续选》封面
（上海北新书局，1930 年 4 月初版）　（上海北新书局，1935 年 6 月初版）

　　"梁遇春是一位极有希望的小品文作家，不幸夭折，是我国文坛的一大损失。他的遗著有《春醪集》，由敝局出版。生前尝有全译伊里亚随笔之志，温源宁教授也说他的小品文近似兰姆（Charles Lamb）。他的《小品文选》是偏于情调的，本册则偏于思想，但思想里仍通过了情感，把枯燥的道理说得极有兴味。计选十家，各篇均英汉对照，附加详细注释，如兰姆、萨考莱、休姆、路加斯等家之作品均已网罗入内，确是一部极精采〔彩〕的小品文集，各大中学选为教本或补充课本，尤为适宜。"

（《青年界》第 7 卷第 3 号广告，1935 年 3 月 1 日）

《近代论坛》封面

（上海春潮书局，1929 年 4 月初版）

"《近代论坛》为英人 G. L. Dickinson 所著，纵谈近世思潮，行文亦极曼妙，译文又能曲曲传出。书由春潮书局印行，坊间亦不易觅得矣。"

（吕叔湘《梁遇春君译著》，《苏中校刊》第 2 卷第 73 期，1932 年）

《诗人的手提包》封面

（上海北新书局，1931 年 3 月初版）

《三个陌生人》封面

（上海北新书局，1931 年 5 月初版）

《老保姆的故事》封面

（上海北新书局，1931 年 5 月初版）

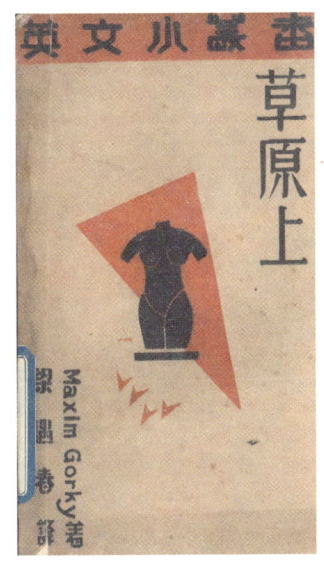

《草原上》封面

（上海北新书局，1931 年 6 月初版）

《荡妇自传》封面

（上海北新书局，1931 年 7 月初版）

"我想假使有人能够'过阴'去告诉佛兰德斯(以宗教之善恶观念而论，她总该还在地狱里才是)，说梁某某已把她的自传译成中国文了，她大概还会像书中那样从容的说：'我希望这位中国的梁先生没有删掉我半句的原话。记得狄福先生为我笔记的时候，那肯让我少说一句话！即使是芝麻绿豆的事，他也得盘问个十分明白才让我接着往下说。好在我做人的时候不是那类顾影自怜的女人；若是的话，我便终日咽泪吞声都来不及，那里还有什么气力对人说这些话。'"

（《荡妇自传》序）

《吉姆爷》封面

（上海商务印书馆，1934 年 3 月初版）

"梁遇春先生（笔名'秋心'）发愿要译康拉德（Conrad）的小说全集，我极力鼓励他作此事。不幸梁先生去年做了时疫的牺牲者，不但中国失去了一个极有文学兴趣与天才的少年作家，康拉德的小说也就失去了一个忠实而又热心的译者，这是我们最伤心的。"

（《吉姆爷》编者附记）

《英国诗歌选》封面

（上海北新书局，1930年8月初版）

　　"北新'自修英文丛刊'之一的梁遇春先生的《英国诗歌选》，是英汉对照，虽然是用散文译出，译笔却自有独到的地方。选诗标准，虽大体根据英国派尔格雷夫的《诗选》（*Palgrave's Golden Treasury*），但在现代诗的选择上却有独到的目光；编排也根据年代次序，卷首并附有梁先生写的《谈英国诗歌》的序言，相当扼要简明，确是初学英国诗歌者的一本好撰。"

　　（屠岸《译诗杂谈》，《大公报》第4版，1948年2月14日）

《情歌》封面和扉页

（上海北新书局，1931 年 11 月初版）

"这本集子包含四十二首情歌，都是清新可喜的作品。这里面有：十六世纪音调甜适，一往情深的情歌；十七世纪立意古怪，辞采精辟的情歌；农夫用土语信口唱出，真情流露的情歌；浪漫作家想入非非，迷梦方浓的情歌；近代大文豪哈代悱恻动人的悼亡作品；当代女诗人痛快淋漓，尽情高唱的情歌。一般做桃色之梦的人均宜购备。作为结婚礼物亦极适宜。"

（《北新书目》广告，1933 年 10 月 6 日）

THE WORKS OF LIANG YUCHUN

梁遇春

著译全集

1

第一卷 ·

李力夫　商昌宝　主编

海峡出版发行集团 | 福建教育出版社
THE STRAITS PUBLISHING & DISTRIBUTING GROUP

图书在版编目（CIP）数据

梁遇春著译全集：共 10 卷/李力夫，商昌宝主编.
－福州：福建教育出版社，2025.6
ISBN 978-7-5334-9778-1

Ⅰ.①梁… Ⅱ.①李… ②商… Ⅲ.①梁遇春（
1906-1932）－译文－文集 Ⅳ.①I11

中国国家版本馆 CIP 数据核字（2023）第 213805 号

Liang Yuchun Zhu Yi Quanji

梁遇春著译全集

（共 10 卷）

李力夫　商昌宝　主编

出版发行　福建教育出版社
　　　　　　（福州市梦山路 27 号　邮编：350025　网址：www. fep. com. cn
　　　　　　编辑部电话：0591-83716932　83716736
　　　　　　发行部电话：0591-83721876　87115073　010-62024258）
出 版 人　江金辉
印　　刷　福州印团网印刷有限公司
　　　　　　（福州市仓山区建新镇十字亭路 4 号）
开　　本　890 毫米×1240 毫米　1/32
印　　张　130.5
字　　数　2594 千字
插　　页　28
版　　次　2025 年 6 月第 1 版　　2025 年 6 月第 1 次印刷
书　　号　ISBN 978-7-5334-9778-1
定　　价　780.00 元（共 10 卷）

如发现本书印装质量问题，请向本社出版科（电话：0591-83726019）调换。

全 集 总 目

编辑例言

已有一树好花开（代序）　　商昌宝　李力夫

第一卷　著作

春醪集　梁遇春著

泪与笑　梁遇春著

集外文章

第二卷　译文一

英国小品文选（英汉对照）　　梁遇春译注

第三卷　译文二

小品文选（英汉对照）　　梁遇春译注

小品文续选（英汉对照）　　梁遇春译注

后　记

编 辑 例 言

一、本书为梁遇春著作与译文全集合刊，包括其个人创作的小品文、书评书话、序文、书信，以及翻译的小品文、小说、诗歌、评论、戏剧等。共分十卷：著作一卷，译文八卷，附录一卷。

二、首卷著作一卷，收录《春醪集》《泪与笑》两部小品文集与其他集外文章。以下译文各卷，分别按类收录 21 部译文集及其他集外译文。其中译文集包括：《英国小品文选》《小品文选》《小品文续选》3 部小品文集，《幽会》《我们的乡村》《最后的一本日记》3 部其他散文集，《近代论坛》《一个自由人的信仰》2 部评论集，《潘新可夫》《红花》《厄斯忒哀史》《诗人的手提包》《三个陌生人》《老保姆的故事》《草原上》《青春》8 部中短篇小说集，《荡妇自传》《吉姆爷》2 部长篇小说集，《忠心的爱人》1 部短剧，《英国诗歌选》《情歌》2 部诗歌集。最后的附录，收录梁遇春信札、梁遇春年谱、梁遇春研究资料索引。

三、全集编排顺序，各卷大致以类区分；每卷各部文集及其他散篇文章，大致以初版时间或首次发表时间为序，文集在前，散篇文章在后。各文集内部篇目顺序，则依从原集，基本不做更改。

四、全集所收译文各集，如原版有附对应英文者，此次整理保留英文，作英汉左右对照排式；原书注释，亦予以保留，附于对应页脚。如原版没有附英文，则付之阙如，只整理中文版译文。

五、全书内容文字，基本都以各集或各篇之初版本为底本进行整理；个别无法找到初版本者，则校以他本。整理时，基本尊重梁氏本人的语言使用习惯，对其中别字旧词等，一仍其旧，只在部分易混淆的本字之后以〔 〕标出正字；对原文中明显的排印编校之错讹，则径行改正；所缺之字，以〈 〉补出；所衍之字，以﹝ ﹞标出；漫漶模糊之字，依数以□标示。对标点符号，亦基本遵照底本旧时使用习惯进行整理，只就个别错误之处予以订正。

六、书中人名、篇名等，有译出有未译出，均尊重原版原貌，不替作者补译，仅订正明显排印错误。文中所引注之外文人名、专名等，有与现代通行译法不一致或出现多处歧异者，亦保留原样，以利学者研究。

七、全集诗歌一卷，有部分篇名无题，编排目录时，依序注以"缺目"之说明，以方便读者查阅。

八、书中原文，作者如有遗漏或误记之处，或与原刊文字有较大出入者，或原著信息如人物生卒年不全者，编者另加以脚注说明。所加之注，一律在注文之后标以"编者注"，以与原注相区别。

九、全集所收各集及其他散篇文章，于文集辑封或文章篇末注明其所据版本或文章原刊信息，以备读者索引查考。

已有一树好花开（代序）

商昌宝　李力夫

　　自鲁迅等作为白话文学开山之人之后，现代中国文坛涌现出一大批优秀的小说家、散文家和诗人，这其中，梁遇春虽说不是一个绕不开的文学重镇，但作为文坛的一个特别存在，被忽视或遗漏实在可说是一个遗憾。

　　在人生短短的六年创作生涯中，梁遇春留给文坛的是两本小品文集和数量有限的文学评论。如果单论创作总量，实在算不上是多产作家，比之同时代的其他作家要逊色得多；但是如果算上一百多万字的译文，那就蔚为壮观，不可等闲视之了，称其为笔耕不辍、译作等身，并不算是文学上的修辞。不妨分别来看：

一、小品文创作

代表梁遇春最高文学成就的，或者说是奠定其文坛地位的当属小品文。自 1926 年 12 月发表《讲演》一文开始，到 1932 年殒命终止写作，他一共写作小品文三十余篇，署驭聪、春、秋心、蔼一等笔名，后分别收入 1930 年 3 月初版的《春醪集》和 1934 年 6 月初版的《泪与笑》中。

关于梁遇春的小品文，无论是作者本人还是学界，都承认其深受英国小品文家查理斯·兰姆、哈兹利特等人的影响。梁遇春本人也说过："在大学时候，除诗歌外，我最喜欢念的是 Essay。……Lamb，……这些作家的小品集却总在我身边，轮流地占我枕头旁边的地方"（《英国小品文选·译者序》），兰姆是"十年来朝夕聚首的惟一小品文家"（《小品文续选·序》）。他的业师叶公超曾讲过梁遇春对兰姆和哈兹利特"始终不忍释手"，"尤其是 Lamb 那种悲剧的幽默"。（叶公超：《泪与笑·跋》）另一位恩师温源宁说梁遇春与兰姆"同声相应，同气相求"[1]，更似一种私淑情结。翻看梁遇春的《春醪集》和《泪与笑》中那些极具个性化、反常规的鲜活文字，便能理解温源宁、

---

[1] 温源宁：《梁遇春先生》，《一知半解及其他》，沈阳：辽宁教育出版社，2001 年，第 19 页。

郁达夫等人何以说梁遇春是"中国的爱利亚"[1]，柳存仁说梁遇春是"中国仅有的少数能懂得 *Essay of Elia* 的好处之一人"[2]等中肯评价了。

西学之外，阅读梁遇春的文字，还可以感受到传统文化和古代中国文学经典经常流露于字里行间，例如陆放翁、欧阳永叔、苏轼、辛弃疾、姜白石等人的作品。诗词之外，梁遇春还在经史、元曲方面有所钻研，如关汉卿、乔梦符等人的作品。冯至在《谈梁遇春》中曾总结过："他从英国的散文学习到如何观察人生，从中国的诗、尤其是从宋人的诗词学习到如何吟味人生，从俄罗斯的小说学习到如何挖掘人生。"[3]

然而，目前流行的文学史教材，无论是文学评价还是文字篇幅上，梁遇春都显得那么无足轻重。说得直白些，如果将鲁迅、周作人、沈从文、张爱玲、钱锺书、林语堂、梁实秋、萧红、徐訏等判定为一流作家，梁遇春也就勉强被排在二流中游。这样的文学史叙事，究竟是否符合梁遇春的文学实绩呢？或者说，梁遇春目前的文学史地位与他对现代中国文学的贡献是否相称呢？

一个问题可以在这里探讨，即梁遇春的小品文的确缺少足

1　温源宁：Liang Yu-ch'un, A Chinese Elia, *The China Critic*（《中国评论周报》）第 1 卷第 15 期，1934 年 4 月。郁达夫：《中国新文学大系·散文二集·导言》，上海：上海良友图书公司，1935 年。

2　柳存仁：《徐志摩和梁遇春》，《人物谭》，香港：大公书局，1952年，第 56 页。

3　冯至：《谈梁遇春》，《新文学史料》，1984 年第 1 期。

够多的受众，无论是 1949 年前的民国，还是之后的共和国，都如此。或者说，小品文这个文体本身，就存在与中国读者的阅读习性和审美期待能否和谐统一的问题。关于小品文，梁遇春曾经总结过："小品文是用轻松的文笔，随随便便地来谈人生，因为好像只是茶余酒后，炉旁床侧的随便谈话，并没有俨然地排出冠冕堂皇的神气，所以这些漫话絮语很能够分明地将作者的性格烘托出来，小品文的妙处也全在于我们能够从一个具有美妙的性格的作者眼睛里去看一看人生。"（《小品文选·序》）日本著名文艺理论家厨川白村在《出了象牙之塔》中针对 essay 也曾评述说："兴之所至，也说些以不至于头痛为度的道理罢。也有冷嘲，也有警句罢。既有 humor（滑稽），也有 pathos（感愤）。所谈的题目，天下国家的大事不待言，还有市井的琐事，书籍的批评，相识者的消息，以及自己的过去的追怀，想到什么就纵谈什么，而托于即兴之笔者，是这一类的文章。"[1] 对比小品文本身的特点，民国以来的中国人，显然缺少这样一份优雅、闲适、幽默和机智的文化与社会氛围。实在说，不是小品文和梁遇春生不逢时，而是特色的时代和烦扰的社会，愧对小品文这个文体和梁遇春这个小品文家。

也需要承认，梁遇春没能得到文学史家的重视，与其英年早逝有关。唐弢曾慨叹："每读《春醪集》和《泪与笑》，终不免为这个死去的天才惋惜，虽然这已经是无可奈何的事情。但

---

1 ［日］厨川白村著、鲁迅译：《出了象牙之塔》，李新宇、周海婴主编《鲁迅大全集》（12），武汉：长江文艺出版社，2011 年，第 123 页。

我相信：我们终于将会出现这样的散文，这样的风格，而并不带有梁遇春式感伤的情调。"[1] 如果再给梁遇春一些时间，他在文坛和文学史上的地位或许就被提高了。

梁遇春的小品文并非没有缺点和不足。诚如他的好友石民所指出，前期的一些文章显得不够"精炼"，在思想上有时不够"邃密"，后期有些文字过于"凄凉"。（石民：《泪与笑·序三》）业师叶公超也指出他"作文往往兴到笔流，故文字上也不免偶有草率的痕迹"，有些文字"太过火一点"等。（叶公超：《泪与笑·跋》）此外，梁遇春的小品文创作在西方哲学和政治学方面的思想滋养还停留在表面上，未能幻化为创作的理论源泉。例如，梁遇春读过洛克，但在文章中却几乎没有体现洛克的思想；他在创作中多次提及文艺复兴和康德，但多是单纯性引用或摘章引句，缺少深入体会和阐释。还有，梁遇春缺乏对兰姆、哈兹利特文学中的基督教文化精髓的深度体验，从而使他的小品文在魂灵方面没有上升到应有的高远境界。

二、文学翻译

相比于数量有限的小品文创作，梁遇春的翻译文字可说是蔚为大观。在其全部二百多万字的著译全集中，翻译文字达一百八十多万字。因此，与其说梁遇春是个作家、散文家，不如

---

1 唐弢：《两本散文》，《晦庵书话》，北京：生活·读书·新知三联书店，2007年，第52页。

说他首先是个文学翻译家更为妥帖。特别是，梁遇春从 1926 年起真正开始着手进行翻译工作，前后算起来也就不到六年的业余时间，尤其是集中于后三年，如此的文字数量和质量，不能不说他是一个翻译天才兼翻译劳模。

梁遇春出版的译作，集中体现在"英文小丛书"、小品文系列和英国诗歌选与情歌选等，包括小说、小品文、诗歌、戏剧、文学评传、日记等多种文体，共二十余部，涉及近百位作家，其中英国作家作品占绝对数量，此外还包括俄罗斯（含苏联）、美国、法国、波兰等国作家作品。译作从 1928 年开始几乎均由上海的北新书局出版，共 18 种，仅有《英国小品文选》由开明书店、《近代论坛》由春潮书局以及未完稿的《吉姆爷》[1]由商务印书馆出版。最早的译著为屠格涅夫的《潘新可夫》，出版于 1928 年 3 月，与顾绶昌所译屠格涅夫的《浮士德》合并为一本书出版，收入"欧美名家小说丛刊"，其他绝大多数译作集中在 1930、1931、1932 年出版。其译著初版印数多在 2000、3000 册，其中《英国小品文选》到 1949 年已印过六次[2]，并与《英

---

[1]《吉姆爷》共 45 章，梁遇春译出 1—15 章的初稿和 16—23 章的草稿。梁氏去世之后，草稿的整理和余稿的翻译，在胡适、废名、叶公超等师友的支持下由其好友袁家骅继续完成，1934 年由商务印书馆出版，署名梁遇春。胡适和袁家骅在该译著的"编者附记"和"译者序"中对此有说明。

[2] 均由开明书局出版。各版次分别为：1932 年 5 月初版，1933 年 10 月再版，1941 年 11 月三版，1944 年 9 月内一版，1947 年 3 月三版（实际应为四版），1949 年 3 月五版。

国诗歌选》共同成为当时中学生的流行读物。因为个人偏好，译作中以英国散文的数量居多。

梁遇春的翻译实践究竟如何呢？或者说后世的评论家们该如何评判他的译文呢？

阅读梁遇春的翻译文字，第一个直观的感受是"直译"的特点。不妨示例来看。兰姆的《读书杂感》中有这样一段话："I confess that it moves my spleen to see these things in book's clothing perched upon shelves, like false saints, usurpers of true shrines, intruders into the sanctuary, thrusting out the legitimate occupants."（《英国小品文选·读书杂感》）（译文：看这类"穿着书的外衣的东西"栖止在书架上，像假圣人，霸占真正神龛者，侵犯神殿者，反把正当要排在上面的赶了出来，我自认这件事使我很愤怒。）这句话的中心意思就是，作者对于那些包着书的外皮却不能称之为书的东西充满厌恶、愤怒的情绪。在传递这种情绪时，原文是通过或借助一系列的动词和名词来体现的，而且按照英文习惯将很长的宾语从句放在后面。梁遇春在翻译时，既基本顺应原文的表达习惯，又按照中文表达习惯将长宾语句提前，主语置后，然后选用"假圣人""霸占""侵犯""赶"等带有强烈感情色彩的动词和名词，将原文作者的厌恶、愤怒等情绪彻底地呈现出来。仅此一例即可管中窥豹，在梁遇春译笔下的兰姆，其风格、笔调和那份优雅从容的生活态度，已经活灵活现地再现出来。基于此，可以这样说，梁遇春小品文创作的特性和优秀品质，与他在小品文翻译方面涉猎广泛和追求卓越的努力是分不开的。

在直译之外，梁遇春的翻译更鲜明的特点是在译文上加注。在《英国小品文选·译者序》中，他对此解释说："所加注释，除原文困难的地方以外，许多是顺便讨论小品文的性质同别的零零碎碎的话，所以有不少赘言，不过也免得太干燥，英文程度好，用不着注释的人，也可以拿来看看。"其译文注释究竟价值几许，不妨示例来看。加德纳的《一个旅伴》中有一句："我戴上了黑帽子。"（英文原文：I assume the black cap.）如果单纯看原文和译文，都无法领会作者要表达的意思，如意译，又与全文整体风格疏离，于是深谙英国文化的梁遇春在此加注补充说："英国法官判决死刑时候，就戴起黑帽子来，所以戴黑帽子就是宣告死刑的意思。"（《小品文选·一个旅伴》）这样的注释应该说是十分必要的，否则作者的寓意就不能被读者很好体会。

梁遇春译文的特点还在于加注的同时，他会适时地添加几句恰到好处的议论、评说，这使其译注的特点更鲜明化、个性化。例如在《Barbara Allen 的残忍》的诗末，梁遇春加注并评论说："Barbara Allen 衔恨 Jemmy Grove 过去的失礼，硬着心肠，说出刺心的冷话，让她的情人死去，宁愿自己后来再去殉情；而 Jemmy Grove 到死都是毫无怨意，仍然叫他的朋友们好好地待她——这二种的性格的确是刚相反的，所以演出这出悲剧。世上真正的悲剧都是起于性格的冲突，这篇民歌伟大的地方就在这点。难怪 Goldsmith 说他年青时一听人们唱到这首，

就会流下泪来。"（《英国诗歌选·Barbara Allen 的残忍》）

梁遇春翻译的另一特点，就是英汉对照。这种以读者为中心（readers-oriented）的翻译策略或形式，直接得益于翻译大家周作人的建议，后来英汉对照的《英国小品文选》《英国诗歌选》大受读者欢迎。冯至曾在怀念梁遇春的文章中这样写道："（他）翻译外国文学作品二十余种，其中英汉对照的《英国诗歌选》，有在三四十年代攻读过英国文学的大学生，在他们已将进入老年的今天，还乐于称道这本书，说从中获益匪浅。"[1]

可以这样说，相比于有限的懒散的小品文创作，梁遇春更钟情于文学翻译，或者说翻译才是他的主业，是立身之本，而小品文创作只是他的副业，是闲情逸致之余的工作，只有这样，才可以解释他的译作远远多于创作的状况。可惜他英年早逝，不然凭借这种对文学翻译的执着和痴恋，将会有更多英文作品被署上"梁遇春译注"。

至于梁遇春在翻译方面的不足，早有研究者指出，例如，《老游民》（米特福特：《我们的乡村》）中，他很刻板、本本主义地依从原文语序，过度遵照英语表达习惯中重视代词的使用，导致物主代词"我们的"使用过多。其他缺点还包括：英汉对照的译作未能提供原文版本信息；为生计随便拣选一些不感兴趣的小说，使得小说译作多于他喜爱的散文和诗歌；从众、跟

---

[1] 冯至：《谈梁遇春》，《新文学史料》，1984 年第 1 期。

风地翻译了带有投机性质的革命文学之类的东西等。[1]

三、文艺评论

梁遇春的小品文创作虽然未获得文学评论家们的更高赏识，但毕竟为他赢得了文学史的一席之地；他的文学翻译虽然未能让其跻身于翻译大家的行列，但毕竟给人们留下了诸多梁遇春式的译文和独特的译注风格。其实，在这两者之外，梁遇春还有更为学者们所忽视的文学贡献，那就是他的文学评论。

梁遇春的文学评论被忽视、被遗忘和被埋没自是有一定道理：相比其他评论家，他的评论文字数量太少，而在一个讲究"露脸"频率和以量取胜的行当里，有限的几篇文章——即便足够精彩，也不足以奠定一个文学批评家的地位；他的批评对象集中在外国文学领域而极少涉及中国作家，尤其是他几乎没有写过发现、赞颂、提携当时作家的文字，在人情化的中国社会和文坛，这样"不接地气"的表现自然难以被人记起；其评论文章不但数量有限，而且都混杂于《春醪集》《泪与笑》等小品文集和《英国诗歌选》等译作中，生前和死后也没有结集的单行本问世，从而使人们无法集中地认识和领略他的批评风采。

但是，只要翻阅《梁遇春著译全集》，无论是《查理斯·兰姆评传》《英国诗歌选·序言》《Giles Lytton Strachey, 1880—

---

1 荆素蓉：《梁遇春翻译研究》，华东师范大学博士研究生学位论文，2009年，第82页。

1932》《Kissing the Fire（吻火）》《文艺杂话》《文学与人生》《醉中梦话（二）》，还是"英文小丛书"的系列序言，那才情横溢、挥洒自如、纵横古今、精妙绝伦的批评文字和批评个性，无不吸引着读者的眼球，令人惊艳、愉悦和叹服。

梁遇春的批评文字之所以吸引人，借用作家废名的话说，就是"文思如星珠串天，处处闪眼"（废名：《泪与笑·序一》）。例如梁遇春花费"三四个月的工夫"（叶公超：《泪与笑·跋》）撰写的堪称绝笔的《Giles Lytton Strachey，1880—1932》，可谓对传记写作做出了学理性的建树。文中他赞同斯特刺奇提出的写作传记的几点责任，反对作者用恭维的口吻堆砌两大厚本的材料，也反对作者站在道学的立场上来写作，他主张写作者要敢于做一个英雄的破坏者，要维持暴露真相的写作者精神上的自由，同时还要尊重传主的个性自由，并真切地抓住传主的灵魂核心以及给予其无限的同情和原谅等。对此叶公超掩饰不住地在本文"编者附记"中赞叹说："自斯特刺奇死后，英国的《泰晤士文学副刊》，美国的《星期六文学周报》以及法国的《法文新评论报》均先后有专论发表，但是读了这篇文章后，我们觉得梁君了解与鉴赏似乎都在它们的作者之上。梁君不但能从斯特刺奇的几部传记中找出斯特刺奇的面目来，还能用如斯特刺奇那样邃密的眼光和巧妙的笔路来反映他自己对于一个伟大作家的印象。"[1] 冯至后来也曾赞誉说："他也许成

---

[1] 《Giles Lytton Strachey，1880—1932》"编者附记"，《新月》第 4 卷第 3 期，1932 年 10 月。

长为一个优秀的评论家，因为《泪与笑》最后的一篇评论英国传记作家齐尔兹·栗董·斯特拉奇的长文，品评得失，持论透彻精辟，就是放在我们现在有关外国文学的论文中，也毫无逊色。"[1]

梁遇春批评的才华，在其两万字的长文《英国诗歌选》的"序言"中体现得更加集中且淋漓尽致。例如，他说 Ben Jonson 的"小诗是具有男性的壮健和女性的秀雅的，这两个性质好似相反，其实相成，精练的句子常使人觉得秀色照人，拖泥带水的东西却绝说不上柔美"。他说勃莱克"最可惊的天才是在能用极简单的字句，几乎一大半都是单音字的，将这许多意思传递出来"。在准确捕捉到英国诗人的优秀特色之外，梁遇春也对诗人们存在的缺点进行了严格把脉。例如，他认为拜伦的诗歌"有一个致命的毛病。那是他的情感常是不诚恳的，使读者觉得这些无非信口唱着的好听句子，并不是从心里流出的"。他认为，"白朗宁的诗晦涩难读，这一半是因为他草率从事，一半是因为他的情绪太紧张，他的意思挤得太紧，他的联想太快，所以才使念他诗的人好像完全莫名其妙，但是他的佳处是值得我们用苦心细读的"。（《英国诗歌选·序言　谈英国诗歌》，1931年4月再版）从这些诗评文字中，不但可以看出梁遇春对英国诗歌的透辟了解，而且可以体味到梁遇春作为诗人的秉性和气质。

在万字长文《查理斯·兰姆评传》中，梁遇春说："兰姆一

<hr />

1　冯至：《谈梁遇春》，《新文学史料》，1984年第1期。

生逢着好多不顺意的事，可是他能用飘逸的想头，轻快的字句把沉重的苦痛拨开了。什么事情他都取一种特别观察点，所以可给普通人许多愁闷怨恨的事情，他随随便便地不当做一回事地过去了。"（《春醪集·查理斯·兰姆评传》）短短一段话，兰姆的创作特点和为人性情不但清晰地呈现出来，而且作者与传主之间惺惺相惜、深以为知音的气息也为人感知得到。

尽管小说不是梁遇春的最爱，但同样难掩他此前丰富的阅读体验和独到的审美才华，例如他评价哈代、George Gissing、托尔斯泰等都堪称独具特色。

梁遇春的文学评论并非没有缺点，例如他的评论文章中虽然有多处涉及《圣经》，但或不明就里，或流于肤浅的引用，或绕道而去。例如，他将兰姆"从来不能恨"自己"认识过的人"解读为："兰姆不求坏人别有什么过人地方，然后才去原谅，止〔只〕要有带些人性，他的心立刻软下去"，"他到处体贴人情"，无论"什么地方都生同情"，"无往而不自得"。（《春醪集·查理斯·兰姆评传》）这样的评论虽然也切合题意，但并不能算真正悟透兰姆，因为决定其言行的是基督教精神。如果将一些经文适当引入或变换一种表达方式，那么中国的"爱利亚"就会在文艺识见和审美层面真正走入原版"爱利亚"的精神世界，甚至与其产生灵魂的共振与共鸣。

废名曾在《泪与笑》的序言中说梁遇春"酝酿了一个好气势"，还说"新的散文在我的这位朋友手下将有一树好花开"。

（《泪与笑·序一》）其实全面检阅梁遇春的小品文、文学翻译和文艺评论作品，可以这样说，英年早逝的梁遇春，事实上不但"酝酿了一个好气势"，而且"已有一树好花开"，只是有些审美偏差太大的文学评论家和读者大众，太一厢情愿、自以为是地急于赶路奔前程，错失了这一好风景而已。

本 卷 总 目

春 醪 集

梁遇春　著

上海北新书局，1930年1月付排，1930年3月初版

CONTENTS
目 次

序

那是三年前的一个夏天，我正在北大一院图书馆里，很无聊地翻阅《洛阳伽蓝记》，偶然看到底下这一段：

刘白堕善酿酒，饮之香美，经月不醒。青州刺史毛鸿宾赍酒之藩〔蕃〕，路逢劫贼，饮之即醉，皆被擒获。游侠语曰："不畏张弓拔刀，但畏白堕春醪。"

我读了这几句话，想出许多感慨来。我觉得我们年青人都是偷饮了春醪，所以醉中做出许多好梦，但是正当我们梦得有趣时候，命运之神同刺史的部下一样匆匆地把我们带上衰老同坟墓之途。这的确是很可惋惜的一件事情。但是我又想世界既然是如是安排好了，我们还是陶醉在人生里，幻出些红霞般的好梦罢，何苦睁着眼睛，垂头叹气地过日子呢？所以在这急景流年的人生里，我愿意高举盛到杯缘的春醪畅饮。

惭愧得很。我没有"醉里挑灯看剑"的豪情，醉中只是说几句梦话。这本集子就是我这四年来醉梦的生涯所留下惟一的影子。我知道这十几篇东西是还没有成熟的作品，不过有些同醉的人们看着或者会为之莞尔，我最大的希望也只是如此。

再过几十年，当酒醒帘幕低垂，擦着惺忪睡眼时节，我的心境又会变成怎么样子，我想只有上帝知道罢。我现在是不想知道的。我面前还有大半杯未喝进去的春醪。

十八年五月二十三日午夜于真茹。

讲　　演

"你是来找我同去听讲演吗？"

"不错，去不去？"

"吓！我不是个'智识欲'极旺的青年，这么大风——就是无风，我也不愿意去的。我想你也不一定是非听不可，尽可在我这儿谈一会。我虽然不是什么名人，然而我的嘴却是还在。刚才我正在想着讲演的意义，你来了，我无妨把我所胡思乱想的讲给你听。讲得自然不对，不过我们在这里买点东西吃，喝喝茶，比去在那人丛里钻个空位总好点吧。"

来客看见主人今天这么带劲地谈着，同往常那副冷淡待人的态度大不相同，心中就想在这里解闷也不错，不觉就把皮帽围巾都解去了。那房主人正忙着叫听差买栗子花生，泡茶。打发清楚后，他又继续着说：

"近来我很爱胡思乱想，但是越想越不明白一切事情的道理。真合着那位坐在望平街高塔中，做《平等阁笔记》的主笔所谓世界中不只'无奇不有'，实在是'无有不奇'。Carlyle 这老头子在 *Sartor Resartus* 中'自然的超自然主义'（Natural supernaturalism）一章里头，讲自然律本身就是一个不可解的神秘，所以这老头子就觉得对于宇宙中一切物事都糊涂了。我现在也有点觉得什么事情我都不知道。比如你是知道我怕上课的，自然不会爱听讲演。然而你经过好几次失败之后，一点也不失望，还是常来找我去听讲演，这就是一个 Haeckel 的《宇宙之谜》所没有载的一个不可思议的事。哦！现在又要上课了，我想起来真有点害怕。吓！真是一年不如一年了，从前我们最高学府是没有点名的，我们很可以自由地在家里躺在床上，或者坐在炉边念书。自从那位数学教授来当注册部主任以后，我们就非天天上班不行。一个文学士是坐硬板凳坐了三千多个钟头换来的。就是打瞌睡，坐着睡那么久，也不是件容易事了。怕三千多个钟头坐得不够，还要跑去三院大礼堂，师大风雨操场去坐，这真是天下第一奇事了。所以讲演有人去听这事，我抓着头发想了好久，总不明白。若说到'民国讲演史'那是更有趣了。自从杜威先生来华以后，讲演这件事同新思潮同时流行起来。杜先生曾到敝处过，那时我还在中学读书，也曾亲耳听过，亲眼看过。印象现在已模糊了，大概只记得他说一大阵什么自治，砖头，打球，……后来我们校长以'君子不重则不威'一句话来发挥杜先生的意思。那时潘译是我们那里一个教会学堂叫做格致小学的英文先生，我们那时一面听讲，一面看那洁白的桌布，校长的新马褂，教育厅长的脸孔，杜先生的衣服……我不知道当时杜先生知道不知道 How we think。跟着罗素来了，恍惚有人说他讲的数理哲学不大好懂。罗素去了，杜里舒又来。中国近来，文化进步得真快，讲演得真热闹，杜里舒博士在中国讲演，有十册演讲录。中间有在法政专门学校讲的细胞构造，在体育师范讲的历史哲学，在某女子中学讲的新心理学……总而言之普照十方，凡我青年，无不蒙庇。所以中国人民近来常识才有这么发达。太戈尔来京时，我也到真光去听。他的声音是狠美妙。可惜我们（至少我个人）都只了解他的音乐，而对于他的意义倒有点模糊了。

"自杜先生来华后，我们国内名人的讲演也不少。我有一个同学他差不多是没有一回没去听的，所以我送他一个'听讲博士'的绰号，他的'智识欲'真同火焰山一样地热烈。他当没有讲演听的时候只好打呵欠，他这样下去，还怕不博学得同哥德，斯忒林堡一样。据他说近来很多团体因为学校太迟开课发起好几个讲演会，他自然都去听了。他听有'中国工会问题'，'一个新实在论的人生观'，'中外戏剧的比较'，'中国宪法问题'，'二十世纪初叶的教育'……我问他他们讲的什么，他说我听得太多也记不清了，我家里有一本簿子上面贴有一切在副刊记的讲演辞，你一看就明白了。他怕人家记得不对，每回要亲身去听，又恐怕自己听不清楚，又把人家记的收集来，这种精益求精的精神，是值得我们模仿的，不过我很替他们担心。讲演者费了半月工夫，迟睡早起，茶饭无心，预备好一篇演稿来讲。我们坐洋车赶去听，只恐太迟了，老是催车夫走快，车夫固然是汗流浃背，我们也心如小鹿乱撞。好，到了，又要往人群里东瞧西看，找位子，招呼朋友，忙了一阵，才鸦雀无声地听讲了。听的时候又要把我们所知道的关于工会，宪法，人生观，戏剧，教育的智识整理好来吸收这新意思。讲完了，人又波涛浪涌地挤出来。若使在这当儿，把所听的也挤出来，那就糟糕了。

"我总有一种偏见：以为这种 Public-lecture-mania 是一种 Yankee-disease。他们同我们是很要好的，所以我们不知不觉就染了他们的习惯。他们是一种开会，听讲，说笑话的民族。加拿大文学家 Stephen Leacock 在他的 *My Discovery of England* 里曾说过美国学生把教授的讲演看得非常重要，而英国牛津大学学生就不把 lecture 当作一回事，他又称赞牛津大学学生程度之好。真的我也总怀一种怪意思，因为怕挨骂所以从来不告人，今日无妨同你一讲。请你别告诉人。我想真要得智识，求点学问，不只那东鳞西爪吉光片羽的讲演不济事，就是上堂听讲也无大意思。教授尽可把要讲的印出来，也免得我们天天冒风雪上堂。真真要读书只好在床上，炉旁，烟雾中，酒瓶边，这才能领略出味道来。所以历来真文豪都是爱逃学的。至于 Swift 的厌课程，Gibbon 在自传里骂教授，那又是绅士们所不齿的，……"

他讲到这里，人也倦了，就停一下，看桌子上栗子花生也吃完，茶也冷了。他的朋友就很快地讲：

"我们学理科的是非上堂不行的。"

"一行只管一行，我原是只讲学文科的。不要离题跑野马，还是谈讲演吧，我前二天看 MacDougall 的《群众心理》，他说我们有一种本能叫做'爱群本能'（Gregarious instinct），他说多数人不是为看戏而去戏院，是要去人多地方而去戏院。干脆一句话，人是爱向人丛里钻的。你看他的话对不对?"

他忽然跳起，抓着帽和围巾就走，一面说道：

"糟！我还有一位朋友，他也要去三院瞧热闹，我跑来这儿谈天，把他在家里到〔倒〕等得慌了。"

十五年十一月十九日于北大西斋。

（原载于 1926 年 12 月 4 日《语丝》第 108 期"闲话集成十五"，署名驭聪）

寄给一个失恋人的信（一）

秋心：

　　在我这种懒散心情之下，居然呵开冻砚，拿起那已经有一星期没有动的笔，来写这封长信；无非是因为你是要半年才有封信。现在信来了，我若使又迟延好久才覆，或者一搁起来就忘记去了；将来恐怕真成个音信渺茫，生死莫知了。

　　来信你告诉我你起先对她怎样钟情想由同她互爱中得点人生的慰藉，她本来是何等的温柔，后来又如何变成铁石心人，同你现在衰颓的生活，悲观的态度。整整写了二十张十二行的信纸，我看了非常高兴。我知道你绝对不会想因为我自己没有爱人，所以看别人丢了爱人，就现出卑鄙的笑容来。若使你对我能够有这样的见解，你就不写这封悱恻动人的长信给我了。我真有可以高兴的理由。在这万分寂寞一个人坐在炉边的时候，几千里外来了一封八年前老朋友的信，痛快地曝露他心中最深一层的秘密，推心置腹般娓娓细谈他失败的情史，使我觉得世界上还有一个人这样爱我，信我，来向我找些同情同热泪，真好像一片洁白耀目的光线，射进我这精神上之牢狱。最叫我满意是由你这信我知道现在的秋心还是八年前的秋心。八年的时光，流水行云般过去了。现在我们虽然还是少年，然而最好的青春已过去一大半了。所以我总是爱想到从前的事情。八年前我们一块游玩的情境，自然直率的谈话是常浮现在我梦境中间，犹其在讲堂上睁开眼睛所做的梦的中间。你现在写信来哭诉你的怨情简直同八年前你含着一泡眼泪咽着声音讲给我听你父亲怎样骂你的神气一样。但是我那时能够用手巾来擦干你的眼泪，现在呢？我只好仗我这枝秃笔来替那陪你呜咽，抚你肩膀低声的安慰。秋心，我们虽然八年没有见一面，半年一通讯，你小孩时候雪白的脸，桃红的颊同你眉目间那一股英武的气概却长存在我记忆里头，我们天天在校园踏着桃花瓣的散步，树荫底下石阶上面坐着唧唧哝哝的谈天，回想起来真是亚当没有吃果前乐园的生活。当我读关于美少年的文学，我就记起我八年前的游伴。无论是述 Narcissus 的故事，Shakespeare 百余首的十四行诗，Gray 给 Bonstetten 的信，Keats 的 Endymion，Wilde 的 Dorian Gray 都引起我无限的愁思而怀念着久不写信给我的秋心。十年前的我也不像现在这么无精打采的形相，那时我性情也温和得多，面上也充满有青春的光彩，你还记着我们那一回修学旅行吧？因为我是生长在城市，不会爬山，你是无时不在我傍〔旁〕边，拉着我的手走上那崎岖光滑的山路。你一面走一面又讲好多故事，来打散我恐惧的心情。我那一回出疹子，你瞒着你的家人，到我家里，瞧个机会不给我家人看见跑到我床边来。你喘气也喘不过来似讲的："好容易同你谈几句话！我来了五趟，不是给你祖母拦住，就是被你父亲拉着，说一大阵什么染后会变麻子……"这件事我想一定是深印在你心中。忆起你那时的殷勤情谊更觉得现在我天天碰着的人的冷酷，也更使我留恋那已经不可再得的春风里的生活。提起往事，徒然加你的惆怅，还是谈别的吧。

来信中很含着"既有今日，何必当初"的意思。这差不多是失恋人的口号，也是失恋人心中最苦痛的观念。我很反对这种论调，我反对，并不是因为我想打破你的烦恼同愁怨。一个人的情调应当任它自然地发展，旁人更不当来用话去压制它的生长，使他堕到一种莫明其妙的烦闷网子里去。真真同情于朋友忧愁的人，绝不会残忍地去扑灭他朋友怀在心中的幽情。他一定是用他的情感的共鸣使他朋友得点真同情的好处，我总觉"既有今日，何必当初"这句话对"过去"未免太藐视了。我是个恋着"过去"的骸骨同化石的人，我深切感到"过去"在人生的意义，尽管你讲什么"从前种种譬如昨日死，以后种种譬如今日生"同 Let bygones be bygones；"从前"是不会死的。就算形质上看不见，它的精神却还是一样地存在。"过去"也不至于烟消火灭般过去了；它总留了深刻的足迹。理想主义者看宇宙一切过程都是向一个目的走去的，换句话就是世界上物事都是发展一个基本的意义的。他们把"过去"包在"现在"中间一齐望"将来"的路上走，所以 Emerson 讲"只要我们能够得到'现在'，把'过去'拿去给狗子罢了"，这可算是诗人的幻觉。这么漂亮的肥皂泡子不是人人都会吹的。我们老爱一部一部地观察人生，好像舍不得这样猪八戒吃人参果般用一个大抽象概念解释过去。所以我相信要深深地领略人生的味的人们，非把"过去"当做有它独立的价值不可，千万不要只看做"现在"的工具。由我们生来不带乐观性的人看来，"将来"总未免太渺茫了，"现在"不过一刹那，好像一个没有存在的东西似的，所以只有"过去"是这不断时间之流中站得住的岩石。我们只好紧紧抱着它，才免得受漂流无依的苦痛，"过去"是个美术化的东西，因为它同我们隔远看不见了，它另外有一种缥缈不实之美。好像一块风景近看瞧不出好来，到远处一望，就成个美不胜收的好景了。为的是已经物质上不存在，只在我们心境中憬憧着，所以"过去"又带了神秘的色彩。对于我们含有 Melancholy 性质的人们，"过去"更是个无价之宝。Hawthorne 在他《古屋之苔》书中说："我对我往事的记忆，一个也不能丢了。就是错误同烦恼，我也爱把它们记着。一切的回忆同样地都是我精神的食料。现在把它们都忘丢，就是同我没有活在世间过一样。"不过"过去"是很容易被人忽略去的。而一般失恋人的苦恼都是由忘记"过去"，太重"现在"的结果。实在讲起来失恋人所失丢的只是一小部分现在的爱情。他们从前已经过去的爱情是存在"时间"的宝库中，绝对不会失丢的。在这短促的人生，我们最大的需求同目的是爱，过去的爱同现在的爱是一样重要的。因为现在的爱丢了就把从前之爱看得一个大也不值，这就有点近视眼了。只要从前你们曾经真挚地互爱过，这个记忆已很值得好好保存起来，作这千灾百难人生的慰藉，所以我意思是，"今日"是"今日"，"当初"依然是"当初"，不要因为有了今日这结果，把"当初"一切看做都是镜花水月白费了心思的。爱人的目的是爱情，为了目前小波浪忽然舍得将几年来两人辛辛苦苦织好的爱情之网用剪子绞〔铰〕得粉碎，这未免是不知道怎样去多领略点人生之味的人们的态度了。秋心我劝你将这网子仔细保护着，当你感到寂寞或孤栖的时候，把这网子慢慢张开在你心眼的前面，深深地去享受它的美丽，好像吃过青果后回甘一般，那也不枉你们从前的一场要好了。

照你信的口气，好像你是天下最不幸的人，秋心你只知道情人的失恋是可悲哀，你还不晓得夫妇中间失恋的痛苦。你现在失恋的情况总还带三分 Romantic 的色彩，她虽然是不爱你了，但是能够这样忽然间由情人一变变做陌路之人，倒是件痛快的事——其痛快不下给一个运刀如飞杀人不眨眼的刽子手杀下头一样。最苦的是那一种结婚后二人爱情渐渐不知不觉间淡下去。心中总是感到从前的梦的有点不能实现，而一方面对"爱情"也有些麻木不仁起来。这种肺病的失恋是等于受凌迟刑。挨这种苦的人，精神天天痿痹下去，生活力也一层一层沉到零的地位。这种精神的死亡才是天地间惟一的惨剧。也就因为这种惨剧旁人看不出来，有时连自己都不大明白，所以比别的要惨苦得多。你现在虽然失恋，但是你还有一肚子的怨望，还想用很多力写长信去告诉你的惟一老朋友，可见你精神仍是活泼泼跳动着。对于人生还觉得有趣味——不管是詈骂运命，或是赞美人生——总不算个不幸的人。秋心你想我这话有点道理吗？[1]

秋心，你同我谈失恋，真是"流泪眼逢流泪眼"了。我也是个失恋的人，不过我是对我自己的失恋，不是对于在我外面的她的失恋。我这失恋既然是对于自己，所以不显明，旁人也不知道。因此也是更难过的苦痛。无声的呜咽比嚎陶〔啕〕总是更悲哀得多了。我想你现在总是白天魂不守舍地胡思乱想，晚上睁着眼睛看黑暗在那里怔怔发呆，这么下去一定会变成神经衰弱的病，我近来无聊得很，专爱想些不相干的事。我打算以后将我所想的报告给你，你无事时把我所想出的无聊思想拿来想一番，这样总比你现在毫无头绪的乱想，少费心力点罢。有空时也希望你想到那里笔到那里般常写信给我。两个伶仃孤苦的人何妨互相给点安慰呢！[2]

驭聪，十六年阳元宵写于北大西斋。

（原载于 1927 年 9 月 24 日《语丝》第 150 期，原题《给一个失恋人的信一束》，收入本集时改为现名）

---

1 此处原刊还有如下文字："俗语曾有'一、猪，二、婿，三、子，四、夫'一句话，可见在多数妇人中间，丈夫是在第四重要地位。你试想一日爱榜高张你忽然看见你地位落在三名以外，你会生何感想？"以上收入《春醪集》时删去。——编者注

2 此处原刊还有如下文字："还有好多的话，因为已经打了十二个呵欠，只好'下科再来'罢。"以上收入《春醪集》时删去。——编者注

醉中梦话（一）

生平不常喝酒，从来没有醉过。并非自夸量大，实是因为胆小，那敢多灌黄汤。梦却夜夜都做。梦里未必说话，醉中梦话云者，装糊涂，假痴聋，免得"文责自负"云尔。

一　笑

吴老头说文学家都是疯子，我想哲学家多半是傻子，不懂得人生的味道。举个例罢：鼎鼎大名的霍布士（Hobbes）说过笑全是由我们的骄傲来的。这种傻话实在只有哲学家才会讲的。或者是因为英国国民性阴鸷不会笑，所以有这样哲学家。有人说英国人勉强笑的样子同哭一样。实在我们现在中国人何尝不是这样呢？前星期日同两个同学在中央公园喝茶，坐了四五个钟头，听不到一点痛快的笑声，只看见好多皮笑肉不笑，肉笑心不笑的呆脸。游戏场尚如是，别的地方更不用说了。我们的人生态度是不进不退，既不高兴地笑，也不号陶〔啕〕地哭，总是这么呆着，是谓之曰"中庸"。

有很多人以为捧腹大笑有损于上流人的威严，而是件粗鄙的事，所以有"咽欢装泪"摆出孤哀子神气。可是真真把人生的意义细细咀嚼过的人是晓得笑的价值的。Carlyle 是个有名宣扬劳工福音的人，一个勇敢的战士，他却说一个人若使有真真地笑过一回，这人绝不是坏人。的确只有对生活觉得有丰溢的趣味，心地坦白，精神健康的人才会真真地笑，而真真地曲背弯腰把眼泪都挤出笑后，精神会觉得提高，心情忽然恢复小孩似的天真烂漫。常常发笑的人对于生活是同情的，他看出人类共同的弱点，事实与理想的不同，他哈哈地笑了。他并不是觉得自己比别人高明（所谓骄傲）才笑，他只看得有趣，因此禁不住笑着。会笑的人思想是雪一般白的，不容易有什么性狂，夸大狂同书狂。James M. Barrie 在他有名的 *Peter Pan* 里述有一个天真烂漫的小姑娘问那晚上由窗户飞进来的仙童，神仙是怎样生来的，他答道当世界上头一个小孩第一次大笑时候，他的笑声化作一千片，每片在空中跳舞着，后来片片全变做神仙了，这是神仙的起源。这种仙人实是比我们由丹房熏焦了白日飞升的漂亮得多了。

什么是人呢？希腊一个哲学家说人是两个足没有毛的动物。后来一位同他开玩笑的朋友把一个鸡拔去毛，放在他面前，问他这是不是人。有人说人是理性的动物。但什么是理性呢？这太玄了，我们不懂。又有一个哲学家说人是能够煮东西的动物。我自己煮饭会焦，炒菜不烂，所以觉得这话也不大对。法国一个学者说人是会笑的动物。这话就入木三分了。Hazlitt 也说人是惟一会笑会哭的动物。所以笑者，其为人之本欤？

自从我国"文艺复兴"（这四字真典雅堂皇）以后，许多人都来提倡血泪文学，写实文学，唯美派……总之没有人提倡无害的笑。现在文坛上，常见一大丛带〔戴〕着桂冠的诗人，把他"灰色的灵魂"，不是献给爱人，就送与 Satan。近来又有人主张幽默，播扬嘴角微笑。微笑自然是好的。"拈花微笑"，这是何等境界。Emerson 并且说微笑比大笑还好。不过平淡无奇的乡老般的大笑都办不到，忽谈起艺术的微笑，这未免是拿了一双老年四楞象牙镶金的筷子与刘老老〔姥姥〕了。我要借 Maxim Gorky 的话评中国的现状了。他说，"你能够对人引出一种充满生活快乐，同时提高精神的笑么？看，人已经忘却好的有益的笑了！"

在我们这个空气沉闷的国度里，触目都是贫乏同困痛，更要保持这笑声，来维持我们的精神，使不至于麻木沉到失望深渊里。当 Charlotte Bronte 失了两个亲爱的姊妹，忧愁不堪时候，她写她那含最多日光同笑声的 Shirley。Cowper 烦闷得快疯了时候，他整晚吃吃地笑在床上做他的杰作《痴汉骑马歌》（John Gilpin）。Gorky 身尝忧患，屡次同游民为伍的，所以他也特别懂得笑的价值。

近来有好几个民众故事集出版，这是再好没有的事。希望大家不要摆出什么民俗学者的脸孔一定拿放在解剖桌去分剖，何妨就跟着民众笑一下，然礼失而求之于野，亦可以浩叹矣。

二　做文章同用力气

从前自认"舍大道而不由"的胡适之先生近来也有些上了康庄大道，言语稳重了好多。在《现代评论》一百十九期写给"浩徐"的信里，胡先生说："我总想对国内有志作好文章的少年们说两句忠告的话，第一，做文章是要用力气的……"这句话大概总是天经地义罢，可是我觉得这种话未免太正而不邪些。仿佛有一个英国人（名字却记不清了）说 When the author has a happy time in writing a book, then the reader enjoys a happy time in readng it.（句子也记不清了，大概是这样罢。）真的，一个作家抓着头发，绉着眉头，费九牛二虎之力作出来东西，有时到〔倒〕卖力气不讨好，反不如随随便便懒惰汉的文章之淡妆粗衣那么动人。所以有好多信札日记，写时不大用心，而后世看来到〔倒〕另有一种风韵。Pepys 用他自己的暗号写日记，自然不想印出给人看的，他每晚背着他那法国太太写几句，更谈不上什么用力气了，然而我们看他日记中间所记的同女仆调情，怎么买个新表时时刻刻拿出玩弄，早上躺在床上同他夫人谈天是如何有趣味，我们却以为这本起居注比那日记体的小说都高明。Charles Lamb 的信何等脍炙人口，Cowper 的信多么自然轻妙，（Dobson 叫他做 A humorist in a nightcap，着睡帽的滑稽家），这类"信手拈来，都成妙谛"的文字都是不用力气的，所以能够清丽可人，好似不吃人间烟火。有名的 Samuel Johnson 的文章字句都极堂皇，却不是第一流的散文，而他说的话，给 Boswell 记下的，句句都是漂亮的，显明地表现出他的人格，可见有时冲口出来的比苦心构造的还高一等。Coleridge 是一个有名会说话的人，但是我每回念他那生硬的文章，老想哭起来，大概也是因为他说话不比做文章费力气罢。Walter Pater 一篇文章改了几十遍，力气是花到家了，音调也铿锵可听，却带了矫揉造作的痕迹，反不如因为没钱逼着非写文章不可的 Goldsmith 的自然的美了。Goldsmith 作文是不大费力气的。Harrison 却说他的《威克斐牧师传》是 The high-water mark of English。实在说起来，文章中一个要紧的成分是自然（ease），我们中国近来白话文最缺乏的东西是风韵（charm）。胡先生以为近来青年大多是随笔乱写，我却想近来好多文章是太费力气，故意说俏皮话，拚命堆砌。Sir A. Helps 说做文章的最大毛病是可省的地方，不知道省。他说把一篇不好文章拿来，将所有的 noun、verb、adjective，都删去一大部分，一切 adverb 全不要，结果是一篇不十分坏的文章。若使我是胡先生，我一定劝青年作家少费些力气，自然点罢，因为越是费力气，常反得不到 ease 同 charm 了。

若使因为年青人力气太足，非用不可，那么用来去求 ease 同 charm 也行，同近来很时髦 essayist Lucas 等学 Lamb 一样。可是卖力气的理想目的是使人家看不出卖力气的痕迹。我们理想中的用气力做出的文章是天衣无缝，看不出是雕琢的，所以一瞧就知道是篇用力气做的文章，是坏的文章，没有去学的必要，真真值得读的文章却反是那些好像不用气力做的。对于胡先生的第二句忠告，（第二，在现时的作品里，应该拣选那些用气力做的文章做样子，不可挑那些一时游戏的作品，）我们因此也不得不取个怀疑态度了。

胡先生说"不可挑那些一时游戏的作品"，使我忆起一段文场佳话。专会瞎扯的 Leigh Hunt 有一回由 Macaulay 介绍，投稿到 *The Edinburgh Review*，碰个大钉子，原稿退还，主笔先生请他另写点绅士样子的文章（Something gentleman-like），不要那么随便谈天。胡适之先生到底也免不了有些高眉（High-browed）长脸孔（Long-faced）了，还好胡子早刮去了，所以文章里还留有些笑脸。

三　抄两句爵士说的话

近来平安映演笠顿爵士（Lord Lytton）的《邦沛之末日》（*Last Days of Pompeii*），我很想去看，但是怕夜深寒重，又感冒起来。一个人在北京是没有病的资格的。因为不敢病，连这名片也牺牲不看了。可是爵士这名字总盘旋在脑中。今天忽然记起他说的两句话，虽然说不清是在那一本书会过，但这是他说的，我却记得千真万确，可以人格担保。他说："你要想得新意思吧？请去读旧书；你要找旧的见解吧？请你看新出版的。"

（Do you want to get at new ideas? read old books；do you want to find old ideas? read new ones. ）我想这对于现在一般犯"时代狂"的人是一服清凉散。我特地引这两句话的意思也不过如是，并非对国故党欲有所建功的，恐怕神经过敏者随便株连，所以郑重地声明一下。

十六年清明前两日，于北京。

（原载于 1927 年 4 月 23 日《语丝》第 128 期，收入本集时一二两小节调换了顺序，增加了第三小节）

"还我头来"及其他

关云长兵败麦城，虽然首级给人拿去招安，可是英灵不散，吾舌尚存，还到玉泉山，向和尚诉冤，大喊什么"还我头来!"这是多么惊心动魄的事，万想不到我现在也来发出同样阴惨的呼声。

但是我并非爱做古人的鹦鹉，实在有不得已的苦衷，[1] 在所谓最高学府里头，上堂，吃饭，睡觉，匆匆地过了五年，到底学到了什么，自己实在很怀疑。然而一同同学们和别的大学中学的学生接近，常感觉到他们是全知的——人们，（差不多要写做上帝了。）他们多数对于一切大大小小长长短短的问题，都有

---

1 此处原刊还有如下文字："在这口号盛行的时节，我未免心慌，也想做出一两个简单精练的字句，闲时借它长啸一番。想了几个整晚，才得'还我头来'这四个字，放在口里尝试一下，也觉洪亮不错；所以冒抄袭之名，暂借来做口号，当题目。"以上收入《春醪集》时删去。——编者注

一定的意见，说起来滔滔不绝，这是何等可羡慕的事。他们知道宗教是应当"非"的，孔丘是要打倒的，东方文化根本要不得，文学是苏俄最高明，小中大学都非专教白话文不可，文学是进化的（因为胡适先生有一篇《文学进化论》），行为派心理学是唯一的心理学，哲学是要立在科学上面的，新的一定是好，一切旧的总该打倒，以至恋爱问题女子解放问题……他们头头是道，十八般武艺无一不知。鲁拙的我看着不免有无限的羡慕同妒忌。更使我赞美的是他们的态度，观察点总是大同小异——简直是全同无异。有时我精神疲倦，不注意些，就分不出是谁在那儿说话。我从前老想大学生是有思想的人，各个性格不同，意见难免分歧，现在一看这种融融泄泄的空气，才明白我是杞人忧天。不过凡庸的我有时试把他们所说的话，拿来仔细想一下，总觉头绪纷纷，不是我一个人的力几秒钟的时间所能了解。有时尝尽艰难，打破我这愚拙的网，将一个问题，从头到尾，好好想一下，结果却常是找不出自己十分满意解决的方法，只好归咎到自己能力的薄弱了。有时学他们所说的，照样向旁人说一下，因此倒得到些恭维的话，说我思想进步。荣誉虽然得到，心中却觉惭愧，怕的是这样下去，满口只会说别人懂（?）自己不懂的话。随和是做人最好的态度，为了他人，失了自己，也是有牺牲精神的人做的事；不过这么一来，自己的头一部一部消灭了，那岂不是个伤心的事情吗？

由赞美到妒忌，由妒忌到诽谤是很短的路。人非圣贤，谁能无过，我有时也免不了随意乱骂了。一回我同朋友谈天，我引美国 Cabell 说的话来泄心中的积愤，我朋友或者猜出我老羞成怒的动机，看我一眼，我也只好住口了。现在他不在这儿，何妨将 Cabell 话译出，泄当时未泄的气。Cabell 在他那本怪书，名字叫做《不朽》（*Beyond Life*）中间说：

> "印刷发明后，思想传布是这么方便，人们不要麻烦费心思，就可得到很有用的意见。从那时候起很少人高兴去用脑力，伤害自己的脑。"

Cabell 在现在美国，还高谈 Romance，提倡吃酒，本来是个狂生，他的话自然是无足重轻的，只好借来发点牢骚不平罢！

以上所说的是自己有愿意把头弄掉，去换几个时髦的字眼的危险。此外在我们青年旁边想用快刀阔斧来取我们的头者又大有人在。思想界的权威者无往而不用其权威来做他的文力统一。从前《晨报附〔副〕刊》登载青年必读书十种时候，我曾经摇过头。所以摇头者，一方面表示不满意，一方面也可使自己相信我的头还没有被斩。这十种既是青年所必读，那么不去读的就不好算做青年了。年纪青青〔轻轻〕就失掉了做青年的资格，这岂不是等于不得保首级。回想二三十年前英国也有这种开书单的风气。但是 Lord Avebury 在他《人生乐趣》（*The Pleasure of Life*）里所开的书单的题目不过是"百本书目表"（List of 100 Books）。此外 Lord Acton，Shorter 等所开者，标题皆用此。彼等以爵士之尊，说话尚且这么谦虚，不用什么"必读"等命令式字眼，真使我不得不佩服西人客气的精神了。想不到后来每下愈况，梁启超先生开个书单，就说没有念过他所开的书的人不是中国人，那种办法完全是青天白日当街杀人刽子手的行为了。胡适先生在《现代评论》曾说他治哲学史的方法是唯一无二的路，凡同他不同的都会失败。我从前曾想抱尝试的精神，怀疑的态度，去读哲学，因为胡先生说过真理不是绝对的，中间很有商量余地，所以打算舍胡先生的大道而不由，另找个羊肠小径来。现在给胡先生这么当头棒喝，只好摆开梦想，摇一下头——看还在没有。[1] 总之在旁边窥伺我们的头者，大有人在，所以我暑假间赶紧离开学府，万里奔波，回家来好好保养这六斤四的头。

所以"还我头来"是我的口号，我以后也只愿说几句自己确实明白了解的话，不去高攀，谈什么问题主义，免得跌重。说的话自然平淡凡庸或者反因为它的平淡凡庸而深深地表现出我的性格，因为平淡凡庸的话只有我这鲁拙的人，才能够说出的。无论如何总不至于失掉了头。

末了，让我抄几句 Arnauld 在 *Port-Royal Logic* 里面的话，来做结束罢。

"我们太容易将理智只当做求科学智识的工具，实在我们应该用科学来做完成我们理智的工具；思想的正确是比我们由最有根据的科学所得来一切的智识都要紧得多。"

中国普通一般自命为名士才子之流，到了风景清幽地方，

---

1 此处原刊还有如下文字："此外还有人要我们学文学的人所读所做的都带了革命色彩，——到底什么叫做——'革命文学'我实在不懂。"以上收入《春醪集》时删去。——编者注

一定照例地说若使能够在此读书，才是不辜负此生。由这点就可看出他们是不能真真鉴赏山水的美处。读书是一件乐事，游山玩水也是一件乐事。若使当读书时候，一心想什么飞瀑松声绝崖远眺，我们相信他读书趣味一定不浓厚，同样地若使当看到好风景的时候，不将一己投到自然怀中，热烈领会生存之美，却来排名士架子，说出不冷不热的套话，我们也知道他实在不能够吸收自然无限的美。我一想到这事，每每记起英国大诗人Chaucer 的几行诗。（这几行是我深信能懂的，其余文字太古了，实在不知道清楚。）他说：

> "When that the monthe of May
>
> Is comen, and that I here the foules synge,
>
> And that the floures gynnen for to sprynge,
>
> Farewell my booke and my devocion."

Legende of Good Women

大意是当五月来的时候，我听到鸟唱，花也渐渐为春天开，我就向我的书籍同宗教告别了。要有这样的热诚才能得真正的趣味。徐旭生先生说中国人缺乏 enthusiasm，这句话真值得一百圈。实在中国人不止对重要事没有 enthusiasm，就是关于游戏也是取一种逢场作戏随便玩玩的态度，对于一切娱乐事情总没有什么无限的兴味。闭口消遣，开口销愁，全失丢人生的乐趣，因为人生乐趣多存在对于一切零碎事物普通游戏感觉无穷的趣味。要常常使生活活泼生姿，一定要对极微末的娱乐也全心一意地看重，热烈地将一己忘掉在里头。比如要谈天，那么就老老实实说心中自己的话，不把通常流俗的意见，你说过来，我答过去地敷衍。这样子谈天也有真趣，不至像刻板文章，然而多数人谈天总是一副皮面话，听得真使人难过。关于说到这点的文章，我最爱读兰姆（Lamb）的 *Mrs. Battle's Opinions on Whist*。那是一篇游戏的福音，可惜文字太妙了，不敢动笔谬译。再抄一句直腿者流的话来说明我的鄙见罢。A. C. Berson 在 *From a College Window* 里说：

"一个人对于游戏的态度愈是郑重，游戏就越会有趣。"

因为我们对于一切都是有些麻木，所以每回游玩山水，只好借几句陈语来遮饰我们心理的空虚。为维持面子的缘故，渐渐造成虚伪的习惯，所以智识阶级特别多伪君子，也因为他们对面子特别看重。他们既然对自然对人情不能够深切地欣赏，只好将快乐全放在淫欲虚荣权力钱财……这方面。这总是不知生活术的结果。

有人说，我们向文学求我们自己所缺的东西，这自然是主张浪漫派人的说法，可是也有些道理。我们若使不是麻木不仁，对于自己缺点总特别深切地感觉。所以对没有缺点的人当有过量的赞美，而对于有同一缺点的人，反不能加以原谅。Turgeniev 自己意志薄弱，是 Hamlet 一流人物，他的小说描写当时俄国智识阶级意志薄弱也特别动人。Hazlitt 自己癖〔脾〕气极坏，可是对心性慈悲什么事也不计较的 Goldsmith 却啧啧称美。朋友的结合，因为二人同心一意虽多，而因为性质正相反也不少。为的各有缺点各有优点，并且这个所没有的那个有，那个自己惭愧所少的，这个又有，所以互相吸引力特别重。心思精密的管仲同性情宽大的鲍叔，友谊特别重；拘谨守礼的 Addison 和放荡不羁的 Steele，厚重老成的 Southey，和吃大烟什么也不管的 Coleridge 也都是性情相背，居然成历史上有名友谊的榜样。老先生们自己道德一塌糊涂，却口口声声说道德，或者也是因为自己缺乏，所以特别觉得重要。我相信天下没有那么多伪君子，无非是无意中行为同口说的矛盾罢了。

我相信真真了解下层社会情形的作家，不会费笔墨去写他们物质生活的艰苦，却去描写他们生活的单调，精神奴化的经过，命定的思想，思想的迟钝，失望的麻木，或者反抗的精神，蔑视一切的勇气，穷里寻欢，泪中求笑的心情。不过这种细密精致的地方，不是亲身尝过的人像 Dostoievski，Gorki 不能够说出，出身纨袴的青年文学家，还是扯开仁人君子的假面，讲几句真话罢！

因为人是人，所以我们总觉人比事情要紧，在小说里描状个人性格的比专述事情的印像会深得多。这是一件非常明显的事，然而近来所看的短篇小说多是叙一两段情史，用几十个风花雪月字眼，真使人失望。希望新文豪少顾些结构，多注意点性格。Tolstoy 的《伊凡伊列支之死》，Conrad 的 *Lord Jim* 都是没有多少事实的小说，也都是有名的杰作。

十六年七月六日，于福州。

（原载于 1927 年 8 月 27 日《语丝》第 146 期）

人　死　观

恍惚前二三年有许多学者热烈地讨论人生观这个问题，后来忽然又都搁笔不说，大概是因为问题已经解决了罢！到底他们的判决词是怎么样，我当时也有些概念，可惜近来心中总是给一个莫明其妙不可思议的烦闷罩着，把学者们拚命争得的真理也忘记了。这么一来，我对于学者们只可面红耳热地认做不足教的蠢货；可是对于我自己也要找些安慰的话，使这彷徨无依黑云包着的空虚的心不至于再加些追悔的负担。人生观中间的一个重要问题不是人生的目的么？可是我们生下来并不是自己情愿的，或者还是万不得已的，所以小孩一落地免不了娇啼几下。既然不是出自我们自己意志要生下来的，我们又怎么能够知道人生的目的呢？湘鄂的土豪劣绅给人拿去游街，他自己是毫无目的，并且他也未必想去明白游街的意义。小河是不得不流自然而然地流着，它自身却什么意义都没有，虽然它也曾带瓣落花到汪洋无边的海里，也曾带爱人的眼泪到他的爱人的眼前。勃浪宁把我们比做大匠轮上滚成的花瓶。我客厅里有一个假康熙彩的大花瓶，我对它发呆地问它的意义几百回，它总是呆呆地站着，说不出一句话来。但是我却知道花瓶的目的同用处。人生的意义，或者只有上帝才晓得吧！还有些半疯不疯的哲学家高唱"人生本无意义，让我们自己做些意义。"梦是随人爱怎么做就怎么做的，不过我想梦最终脱不了是一个梦罢，黄粱不会老煮不熟的。

生不是由我们自己发动的，死却常常是我们自己去找的。自然在世界上多数人是"寿终正寝"的，可是自杀的也不少，或者是因为生活的压迫，也有是怕现在的快乐不能够继续下去而想借死来消灭将来的不幸，像一对夫妇感情极好却双双服毒同尽的，（在嫖客娼妓中间更多，）这些人都是以口问心，以心问口商量好去找死的。所以死对他们是有意义的，而且他们是看出些死的意义的人。我们既然在人生观这个迷园里走了许久，何妨到人死观来瞧一瞧呢。可惜"君子见其生不忍见其死"，所以学者既不摇旗呐喊在前，高唱各种人死观的论调，青年们也无从追随奔走在后。"天下兴亡，匹夫有责"，因此我 1 做这部《人死观》，无非出自抛砖引玉的野心，希望能够动学者的心：对人死观也在切实研究之后，下个放之四海而皆准的判断。

---

1 此处原刊还有如下一段文字："虽然在这 Sweat and twenty 时候，也一面拭汗，一面……"收入《春醪集》时做了删节。——编者注

若使生同死是我们的父母——不，我们不这样说，我们要征服自然——若使生同死是我们的子女，那么死一定会噘着嘴抱怨我们偏心，只知道"生"不管"死"，一心一意都花在生上面。真的，不止我们平常时都是想着生。Hazlitt 死时候说"好吧！我有过快乐的一生。"（"Well, I've had a happy life."）他并没想死是怎么一回事。Charlotte Bronte 临终时候还对她的丈夫说："呵，我现在是不会死的，我会不会吗？上帝不至于分开我们，我们是这么快乐。"（"Oh! I am not going to die, am I? He will not separate us, we have been so happy."）这真是不到黄河心不死。为什么我们这么留恋着生，不肯把死的神秘想一下呢？并且有时就是正在冥想死的伟大，何曾是确实把死的实质拿来咀嚼，无非还是向生方面着想，看一下死对于生的权威。做官做不大，发财发不多，打战打败仗，于是乎叹一口气说："千古英雄同一死！"和"自古皆有死，莫不饮恨而吞声，任他生前何等威风嚇嚇〔赫赫〕，死后也是一样的寂寞"。这些话并不是真的对于死有什么了解，实在是怀着嫉妒，心惦着生，说风凉话，解一解怨气。在这里生对死，是借他人之纸笔，发自己之牢骚。死是在那里给人利用做抓爆栗子的猫脚爪，生却嘻皮涎脸地站在旁边受用。让我谩一段 Sir W. Raleigh 在《世界史》（*The History of the World*）里的话来代表普通人对于死的观念罢。

"只有死才能够使人了解自己，指示给骄傲人看他也不过是个普通人，使他厌恶过去的快乐；他证明富人是个穷光蛋，除拥塞在他口里的沙砾外，什么东西对他都没有意义；当他举起他的镜在绝色美人面前，他们看见承认自己的毛病同腐朽。呵！能够动人，公平同有力的死呀，谁也不能劝服的你能够说服；谁也不敢想做的事，你做了；全世界所谄媚的人，你把他掷在世界以外，看不起他：你曾把人们的一切伟大，骄傲，残忍，雄心集在一块，用小小两个字'躺在这里'盖尽一切。"

"Death alone can make man know himself, show the proud and insolent that he is but object, and can make him hate his forepassed happiness; the rich man be proved a naked beggar, which hath interest in nothing but the gravel that fills his mouth; and when he holds his glass before the eyes of the most beautiful, they see and acknowledge their own deformity and rottenness. O eloquent, just and mighty death whom none could advise, thou hast persuaded; what none hath presumed, thou hast cast out of the world and despised; thou hast drawn together all the extravagant greatness, all the pride, cruelty and ambition of man, and covered all over with two narrow words: 'Hic jacet.'"

这里所说的是平常人对于死的意见，不过用伊利沙伯时代文体来写壮丽点，但是我们若使把它细看一番，就知道里头只含了对生之无常同生之无意义的感慨，而对着死国里的消息并没有丝毫透露出来。所以到〔倒〕不如叫做生之哀辞，比死之冥想还好些。一般人口头里所说关于死的思想，剥蕉抽茧看起来，中间只包了生的意志，那里是老老实实的人死观呢。

庸人不足论，让我们来看一看沉着声音，两眼渺茫地望着青天的宗教家的话。他们在生之后编了一本"续编。"天堂地狱也不过如此如此。生与死给他们看来好似河岸的风景同水中反映的影子一样，不过映在水中的经过绿水特别具一种漂〔飘〕渺空灵之美。不管他们说的来生是不是镜花水月，但是他们所说死后的情形太似生时，使我们心中有些疑惑。因为若使死真是不过一种演不断的剧中一会的闭幕，等会笛鸣幕开，仍然续演，那么死对于我们绝对不会有这么神秘似的，而幽明之隔，也不至于到现在还没有一线的消息。科学家对死这问题，含糊说了两句不负责任的话，而科学家却常常仍旧安身立命于宗教上面。而宗教家对死又是不敢正视，只用着生的现象反映在他们西洋镜，做成八宝楼台。说来说去还在执着人生观，用遁辞来敷衍人死观。

还有好多人一说到死就只想将死时候的苦痛。George Gissing 在他的《草堂随笔》（*The Private Papers of Henry Ryecroft*）说生之停止不能够使他恐怖，在床上久病却使他想起会害怕。当该萨（Caesar）被暗杀前一夕，有人问那种死法最好，他说"要最仓猝迅速的。"（"That which should be most sudden!"）疾病苦痛是生的一部分，同死的实质满不相干。以上这两位小窃军阀说的话还是人生观，并不能对死有什么真了解。

　　为什么人死观老是不能成立呢？为什么谁一说到死就想起生，由是眼睛注着生噜噜苏苏说一阵遁辞，而不抓着死来考究一下呢？约翰生（Johnson）曾对 Boswell 说："我们一生只在想离开死的思想。"（"The whole of life is but keeping away the thought of death."）死是这么一个可怕着摸不到的东西，我们总是设法回避它，或者将生死两个意义混起，做成一种骗自己的幻觉。可是我相信死绝对不是这么简单乏味的东西。[1] Andreyev 是窥得点死的意义的人。他写 *Lazarus* 来象征死的可怕，写《七个缢死的人》（*The Seven that were Hanged*）来表示死对于人心理的影响。虽然这两篇东西我们看着都会害怕，它们中间都有一段新奇耀目的美。Christina Rossetti，Edgar Allan Poe，Ambrose Bierce 同 Lord Dunsany 对着死的本质也有相当的了解，所以他们著作里面说到死常常有种凄凉灰白色的美。有人解释 Andreyev，说他身旁四面都被围墙围着，而在好多墙之外有一个一切墙的墙——那就是死。我相信在这一切墙的墙外面有无限的风光，那里有说不出的好境，想不来的情调。我们对生既然觉得二十四分的单调同乏味，为什么不勇敢地放下一切对生留恋的心思，深深地默想死的滋味。压下一切懦弱

---

　　1 此处原刊还有如下文字："比如在化学上 H，O，Cl，三个原质，H_2O 同 HCl 性质是绝对不同的。我们不能由 H_2O 就推出 HCl 的性质。所以'死''生''人'三个结合起来生十人同死十人是绝对不同两东西。"以上收入《春醪集》时删去。——编者注

无用的恐怖，来对死的本体睇着细看一番。我平常看到骸骨总觉有一种不可名言的痛快，它是这么光着，毫无所怕地站在你面前。我真想抱着他来探一探它的神秘，或者我身里的骨，会同他有共鸣的现象，能够得到一种新的发现。骸骨不过是死宫的门，已经给我们这种无量的欢悦，我们为什么不慢步到宫里，看那千奇万怪的建筑呢。最少我们能够因此遁了生之无聊 ennui 的压迫，De Quincey 只将"猝死""暗杀"……当作艺术看，就现出了一片瑰奇伟丽的境界。何况我们把整个死来默想着呢？来，让我们这会死的凡人来客观地细玩死的滋味：我们来想死后灵魂不灭，老是这么活下去，没有了期的烦恼；再让我们来细味死后什么都完了，就归到没有了的可哀；永生同灭绝是一个极有趣味的 dilemma，我们尽可和死亲昵着，赞美这个 dilemma 做得这么完美无疵，何必提到死就两对牙齿打战呢？人生观这把戏，我们玩得可厌了，换个花头吧，大家来建设个好好的人死观。

在 Carlyle 的 *The Life of John Sterling* 中有一封 Sterling 在病快死时候写给 Carlyle 的信，中间说：

"它（死）是很奇怪的东西，但是还没有旁观者所觉得的可悲的百分之一。"

"It is all very strange，but not one hundredth part so

sad as it seems to the standers-by."[1]

十六年八月三日于福州 Sweet Home。

（原载于 1927 年 11 月 26 日《语丝》第 156 期，原有副题"献给《说病》的作者"，收入本集时删去）

---

1 此后原刊有一附记，全文如下："在家闷坐时候，忽然得第一百四十一期《语丝》。读琭琭君所做的《说病》，觉他的每句话都是我心中所想要说的，又是我所说不出的，并且文情轻淡生姿，深得英伦絮语文作家三昧。读数遍忽然动起续貂的意思，作这狗尾巴，所以标作献给《说病》的作者。那是因为'one sees a picture, reads an anecdote, starts a casual fancy, and thinks to tell of it to this person is preterence to every other,... it won't do for another'。（引 Charles Lamb 给 Wordsworth 信的话）"以上收入《春醪集》时删去。——编者注

查理斯·兰姆评传

"它在柔美风韵之外，还带有一种描写不出奇异的美；甜蜜的，迷人的，最引人发笑的，然而是这样地动人的情绪又会使人心酸。"——Hawthorne—*Marble Faun*

传说火葬之后，心还不会烧化的雪莱，曾悱恻地唱："我堕在人生荆棘上面！我流血了！"人生路上到处都长着荆棘，这是无可讳言的事实。但是我们要怎么样才能够避免常常被刺，就是万不得已皮肤给那尖硬的木针抓破了，我们要去那里找止血的灵药呢？一切恋着人生的人，对这问题都觉有细想的必要。查理斯·兰姆是解决这个问题最好的导师。George Eliot 在那使她失丢青春的长篇小说 *Romola* 里面说"生命没有给人一种它自己医不好的创伤"。兰姆的一生是证明这句话最好的例，而且由他的作品，我们可以学到很多精妙的生活术。

查理斯·兰姆——Coleridge 叫他做"心地温和"的查理斯——在一七七五年二月十八日生于伦敦。他父亲是一个性情恋爱诸事随便的律师 Samuel Salt 的像仆人不是仆人，说书记又非书记式的雇员。他父亲约翰·兰姆做人忠厚慷慨，很得他主人的信任。兰姆的幼年就住在这个律师所住的寺院里，八岁进基督学校 Christ Hospital 受古典教育，到十五岁就离开学校去做事来持家了。基督学校的房子本来也是中古时代一个修道院，所以他十四年都是在寺院中过去的。他那本来易感沉闷的心情，再受这寺院中寂静恬适的空气的影响，更使他耽于思索不爱干事了。他在学校时候与浪漫派诗人和批评家 S. T. Coleridge 订交，他们的交谊继续五十年，没有一些破裂。兰姆这几年学校生活可以说是他环境最好的时期。他十五岁就在南海公司做书记，过两年转到东印度公司会计课办事，在那里过记账生活三十三年，才得养老金回家过闲暇时光。不止他中年这么劳苦，他年青时候还遇着了极不幸的事。当他二十一岁时候，他同一位名叫 Ann Simmons 姑娘发生爱情，后来失恋了，他得了疯病，在疯人院过了六个礼拜。他出院没有多久，比他长十岁的姊姊玛利·兰姆一天忽然发狂起来，拿桌上餐刀要刺一女仆，当她母亲来劝止时候，她母亲被误杀了。玛利自然立刻关在疯人院了。后来玛利虽然经法庭判做无罪，但是对于玛利将来生活问题，兰姆却有许多踌躇。玛利在她母亲死后没有多久时候渐渐地好了，若使把她接回家中住，老父是不答应的，把一个精神健全，不过一年有几天神经会错乱的人关在疯人院里，兰姆觉得是太残酷了。并且玛利是个极聪明知理的女子，同他非常友爱，所以只有在外面另赁房子一个办法。不过兰姆以前入仅敷出，虽然有位哥哥，可是这个大哥自私自利只注意自己的脚痛，别的什么也不管，而且坚持将玛利永久关在疯人院里。兰姆在这万分困难环境之下，定个决心，将玛利由疯人院领出，保证他自己一生都看护她。他恐怕结婚会使他对于玛利招扶〔照拂〕不周到，他自定终身不娶。一个二十一岁青年已背上这么重负担，有这么凄惨的事情占在记忆中间，也可谓极人生的悲哀了。不久他父亲死了。以后他天天忙着公司办事，回家陪伴姊姊，有时还要做些文章，得点钱，来勉强维持家用。玛利有时疯病复发，当有些预征时候，他携着她的手，含一泡眼泪送入疯人院去，他一人回到家里痴痴地愁闷。在这许多困苦中间，兰姆全靠着他的美妙乐天的心灵同几个知心朋友 Wordsworth, Coleridge, Hazlitt, Manning, Rickman, Barton, Burney, Carey 等的安慰来支持着。他虽然厌恶工作，可是当他得年金后，因为工作已成种习惯，所以他又有无聊空虚的愁苦了。又加以他好友 Coleridge 的死，他晚年生活更形暗淡。在一八三四，五月二十日他就死了。他姊姊老是在半知觉状态之下，还活十三年。这是和他的计划相反的，因为他希望他能够比他姊姊后死，免得她一个人在世上过凄凉的生活。他所有的著作都是忙里偷闲做的。

人生的内容是这样子纷纭错杂，毫无头绪，除了大天才像莎士比亚这般人外，多半都只看人生的一方面。有的理想主义者不看人生，只在那里做他的好梦，天天过云雾里生活，Emerson 是个好例。也有明知人生里充满了缺陷同丑恶，却掉过头来专向太阳照到地方注目，满口歌颂自然人生的美，努力去忘记一切他所不愿意有的事情，十九世纪末叶英国有名散文家 John Brown 医生属于这一类。还有一种人整个心给人世各种龌龊事扰乱了，对于一切虚伪，残酷，麻木，无耻攻击同厌恶得太利害了，仿佛世上只有毒蛇猛兽，所有歌鸟吟虫全忘记了。斯夫特主教同近代小说家 Butler 都是这一类人。他们用显微镜来观察人生的斑点，弄得只看见缺陷，所以斯夫特只好疯了。以上三种人，第一种痴人说梦，根本上就不知道人生是怎么一回事，第二种人躲避人生，没有胆量正正地眰着人生，既是缺乏勇气，而且这样同人生捉迷藏，也抓不到人生真正乐趣。若使不愿意看人生缺陷同丑恶，而人生缺陷同丑恶偏排在眼前，那又要怎么好呢？第三种人诅咒人生，当他漫骂时候，把一切快乐都一笔勾销了。只有真真地跑到生活里面，把一切事都用宽大通达的眼光来细细咀嚼一番，好的自然赞美，缺陷里头也要去找出美点出来；或者用法子来解释，使这缺陷不令人讨厌，这种态度才能够使我们在人生途上受最少的苦痛，也是止血的妙方。要得这种态度，最重要的是广大无边的同情心。那是能够对于人们所有举动都明白其所以然；因为同是人类，只要我们能够虚心，各种人们动作，我们全能找出可原谅的地方。因为我们自己也有做各种错事的可能，所以更有原谅他人的必要。

真正的同情是会体贴别人的苦衷，设身处地去想一下，不是仅仅容忍就算了。用这样眼光去观察世态，自然只有欣欢的同情，真挚的怜悯，博大的宽容，而只觉得一切的可爱，自己生活也增加了无限的趣味了。兰姆是有这精神的一个人。有一回一个朋友问他恨不恨某人，他答道："我怎么能恨他呢？我不是认得他？我从来不能恨我认识过的人。"他年青的时候曾在一篇叫做《伦敦人》上面说："往常当我在家觉得烦腻或者愁倦，我跑到伦敦的热闹大街上，任情观察，等到我的双颊给眼泪淌湿，因为对着伦敦无时不有像哑剧各幕的动人拥挤的景况的同情。"在一篇杂感上他又说："在大家全厌弃的坏人的性格上发现出好点来，这是件非常高兴的事，只要找出一些同普通人相同的地方就够了。从我知道他爱吃南野的羊肉起，我对 Wilks 也没有十分坏的意见。"兰姆不求坏人别有什么过人地方，然后才去原谅，止〔只〕要有带些人性，他的心立刻软下去。他到处体贴人情，没有时候忘记自己也是个会做错事说错话的人，所以他无论看什么，心中总是春气盎然，什么地方都生同情，都觉有趣味，所以无往而不自得。这种执着人生，看清人生然后抱着人生接吻的精神，和中国文人逢场作戏，游戏人间的态度，外表有些仿佛，实在骨子里有天壤之隔。中国文人没有挫折时，已经装出好多身世凄凉的架子，只要稍稍磨折，就哼哼地怨天尤人，将人生打得粉碎，仅仅剩个空虚的骄傲同无聊的睥睨。那里有兰姆这样看遍人生的全圆，千灾百难底下，始终保持着颠扑不破的和人生和谐的精神，同那世故所不能损害毫毛的包括一切的同情心。这种大勇主义是值得赞美，值得一学的。

兰姆既然有这么广大的同情心，所以普通生活零星事件都供给他极好的冥想对象，他没有通常文学家习气，一定要在王公大人，惊心动魄事情里面，或者良辰美景，旖旎风光时节，要不然也由自己的天外奇思，空中楼阁里找出文学材料，他相信天天在他面前经过的事情，只要费心去吟味一下，总可想出很有意思的东西来。所以他文章的题目是五花八门的，通常事故，由伦敦叫花子，洗烟囱小孩，烧猪，肥女人，饕餮者，穷亲戚，新年一直到莎士比亚的悲剧，Defoe 的二流作品，Sidney 的十四行诗，Hogarth 的讥笑世俗的画，自天才是不是疯子问题说到彩票该废不废问题。无论什么题目，他只要把他的笔点缀一下，我们好像看见新东西一样。不管是多么乏味事情，他总会说得津津有味，使你听得入迷。A. C. Benson 说得最好："查理斯·兰姆将生活中最平常材料浪漫地描写着，指示出无论是多么简单普通经验也充满了情感同滑稽，平常生活的美丽同庄严是他的题目。"在他书信里也可看出他对普通生活经验的玩味同爱好。他说："一个小心观察生活的人用不着自己去铸什么东西，'自然'已经将一切东西替我们浪漫化了。"（给 Bernard Barton 的信）在他答 Wordsworth 请他到乡下去逛的信上，他说："我一生在伦敦过活，等到现在我对伦敦结得许多深厚的地方感情，同你山中人爱好呆板板的自然一样，Strand 同 Fleet 二条大街灯光明亮的店铺；数不尽的商业，商人，顾客，马车，货车，戏院，Covent 公园里面包含的嘈杂同罪恶，窑子，更夫，醉汉闹事，车声；只要你晚上醒来，整夜伦敦是热闹的；在 Fleet 街的绝不会无聊；群众，一直到泥粑〔巴〕尘埃，射在屋顶道路的太阳，印刷铺，旧书摊，商量价的顾客，咖啡店，饭馆透出菜汤的气，哑剧——伦敦自己就是个大哑剧院，大假装舞蹈会——一切这些东西全影响我的心，给我趣味，然而不能使我觉得看够了。这些好看奇怪的东西使我晚上徘徊在拥挤的街上，我常常在五光十色的大街中看这么多生活，高兴得流泪。"他还说："我告诉你伦敦所有的大街傍道全是纯金铺的，最少我懂得一种点金术，能够点伦敦的泥成金——一种爱在人群中过活的心。"兰姆真有点泥成金的艺术，无论生活怎样压着他，心情多么烦恼，他总能够随便找些东西来，用他精细微妙灵敏多感的心灵去抽出有趣味的点来，他嗤嗤地笑了。十八世纪的散文家多半说人的笑脸可爱，兰姆却觉天下可爱东西非常多，他爱看洗烟囱小孩洁白的齿，伦敦街头墙角鹑衣百结，光怪陆离的叫花子，以至伦敦街声他以为比什么音乐都好听。总而言之由他眼里看来什么东西全包含无限的意义，根本上还是因为他能有普遍的同情。他这点同诗人 Wordsworth 很相像，他们同相信真真的浪漫情调不一定在夺目惊心的事情，而俗人俗事里布满了数不尽可歌可叹的悲欢情感。他不把几个抽象观念来抹杀人生，或者将人生的神奇化作腐朽，他从容不迫地好像毫不关心说这个，谈那个，可是自然而然写出一件东西在最可爱情形底下的状况。就是 Walter Pater 在《查理斯·兰姆评传》所说 the gayest，happiest attitude of things。因此兰姆只觉到处有趣味，可赏玩，并且绝不至于变做灰色的厌世者，始终能够天真地在这碧野青天的世界歌颂上帝给我享受不尽同我们自己做出鉴赏不完的种种物事。他是这么爱人群的，Leigh Hunt 在自传里说"他宁愿同一班他所不爱的人在一块，不肯自己孤独地在一边，"当他姊姊又到疯人院，家中换个新女仆，他写信给 Bernard Barton，提到旧女仆，他感叹着说："责骂同吵闹中间包含有熟识的成分，一种共同的利益——定要认得的人才行——所以责骂同吵闹是属于怨，怨这个东西同亲爱是一家出来的。"一个人爱普通生活到连吵架也信做是人类温情的另一表现，普通生活在他面前简直变成做天国生活了。

Hazlitt 在《时代精神》（*The Spirit of the Age*）评兰姆一段里说："兰姆不高兴一切新面孔，新书，新房子，新风俗，……他的情感回注在'过去'，但是过去也要带着人的或地方的色彩，才会深深的感动他……他是怎么样能干地将衰老的花花公子用笔来渲染得香喷喷地；怎么样高兴地记下已经冷了四十年的情史。"兰姆实在恋着过去的骸骨，这种性情有两个原因，一来因为他爱一切人类的温情。事情虽然已经过去，而中间存着的情绪还可供我们回忆。并且他太爱了人生，虽然事已烟消火灭了，他舍不得就这么算了，免不了时时记起，拿来摩弄一番。他性情又耽好冥想，怕碰事实，所以新的东西有种使他害怕的能力。他喜欢坐在炉边和他姊姊谈幼年事情，顶怕到新地方，住新房，由这样对照，他更爱躲在过去的翼底下。在《伊里亚随笔》第一篇《南海公司》里他说："活的帐同活的会计使我麻烦，我不会算帐，但是你们这些死了大本的数簿——是这么重，现在三个衰颓退化的书记要抬离开那神圣地方都不行——连着那么多古老奇怪的花纹同装饰的神秘的红行——那种三排的总数目，带着无用的圈圈——我们宗教信仰浓厚的祖宗无论什么流水帐，数单开头非有不可的祷告话——那种值钱的牛皮书面，使我们相信这是天国书库的书的皮面——这许多全是有味可敬的好看东西。"由这段可以看出他避新向旧的情绪。他不止喜欢追念过去，而且因为一件事情他经历过那不管这事情有益有害，既然同他发生关系了，好似是他的朋友，若使他能够再活一生，他还愿一切事情完全按旧的秩序递演下去。他在《除夕》那一篇中说："我现在几乎不愿意我一生所逢的任一不幸事会没有发生过，我不欲改换这些事情也同我不欲更改一本结构精密小说的布局一样，我想当我心被亚历斯的美丽的发同更美丽的眼迷醉时候，我将我最黄金的七年光阴憔悴地空费过去这回事比干脆没有碰过这么热情的恋爱是好得多。我宁愿我失丢那老都伯骗去的遗产，不愿意现在有二千镑钱而心中没有这位老奸巨滑〔猾〕的影子。"他爱旧书，旧房子，老朋友，旧瓷器，尤其好说过去的戏子，从前的剧场情形，同他小孩子时候逛的地方。他曾有一首有名的诗说一班旧日的熟人。

一班旧日的熟人

我曾有一些游侣，我曾有一班好伴，

在我孩提的时候，在我就学的时光；

一班旧日的熟人，现在完全失散。

我曾经狂笑，我曾经欢宴，
与一班心腹的朋友在深夜坐饮；
一班旧日的熟人，现在完全失散。

我曾爱着一个绝代的美人：
她的门为我而关，她，我一定不能再见——
一班旧日的熟人，现在完全失散。

我有一个朋友，一个最好的朋友，
我曾鲁莽地背弃他像个忘恩之人；
背弃了他，想到一班旧日的熟人。

我徘徊在幼年欢乐之场像个幽灵，
我不得不走遍大地的荒原，
为了去找一班旧日的熟人。

我的心腹的朋友，你比我的兄弟更强，
你为什么不生在我的家中？
假使我们可以谭到旧日的熟人——

他们有的怎样弃我，有的怎样死亡，

有的被人夺去；所有的朋友都已分离；

一班旧日的熟人，现在完全失散。

他说他像个幽灵徘徊在幼年欢乐之场。实在由这种高兴把旧事重提的人看来，现在只是一刹那，将来是渺茫的，只有过去是安安稳稳地存在记忆，绝不会失丢的宝藏。这也是他在这不断时流中所以坚决地抓着过去的原因。

兰姆一生逢着好多不顺意的事，可是他能用飘逸的想头，轻快的字句把很沉重的苦痛拨开了。什么事情他都取一种特别观察点，所以可给普通人许多愁闷怨恨的事情，他随随便便地不当做一回事地过去了。他有一回编一本剧叫做《H 先生》，第一晚开演时候，就受观众的攻击，他第二天写信给 Sarah Stoddart 说："《H 先生》昨晚开演，失败了，玛利心里很难过。我知道你听见这个消息一定会替我们难过。可是不要紧。我们决心不被这事情弄得心灰意懒。我想开始戒烟，那么我们快要富足起来了。一个吞云吐雾的人，自然只会写乌烟瘴气的喜剧。"他天天从早到晚在公司办事，但是在《牛津游记》上他说："我虽然是个书记，这不过是我一时兴致，一个文人早上须要休息，最好休息的法子是机械式地记棉花，生丝，印花布的价钱，这样工作之后去念书会特别有劲，并且你心中忽然有什么意思，尽可以拿桌上纸条或者封面记下，做将来思索材料。"他的哥哥是个自私的人，收入很好，却天天去买古画，过舒服生活，全不管兰姆的穷苦。兰姆对这事不止没有一毫怨尤，并且看他哥哥天天兴高彩〔采〕烈样子，他心中也欢喜起来了。在《我的亲戚》一篇文中他说："这事情使我快活，当我早上到公司时候，在一个风和日美五月的早上，碰着他（指兰姆哥哥）由对面走来，满脸春风，喜气盈洋。这种高兴样子是指示他心中预期买样看中了的古画。当这种时候他常常拉着我，教训一番。说我这种天天有事非干不可的人比他快活——要我相信他觉得无聊难过——希望他自己没有这么多闲暇——又向西走到市场去，口里唱着调子——心里自信我会信他的话——我却是无歌无调地继续向公司走。"这种一点私见不存，只以客观态度温和眼光来批评事情，注意可以发噱之点，用来做微笑的资料，真是处世最好的精神。在《查克孙上尉》一篇里，他将这种对付不好环境的好法子具体地描写出。查克孙一贫如洗，却无时不排阔架子，这样子就将贫穷的苦恼全忘丢了。兰姆说："他（查克孙上尉）是个变戏法者，他布一层雾在你面前——你没有时间去找出他的毛病。他要向你说'请给我那个银糖钳'，实在排在你面前只有一个小匙，而且仅仅是镀银的。在你还没有看清楚他的错误之前，他又来扰乱你的思想，把一个茶锅叫做茶瓮，或者将凳子说做沙发。富人请你看他的家具，穷人用法子使你不注意他的寒尘〔伧〕东西；他既不是这样，也不是那样，单单自己认他身边一切东西全是好的，使你莫明其妙到底在茅屋里看的是什么。什么也没有，他仿佛什么都有样子。他心中有好多财产。"当他母亲死后一个礼拜，他写信给 Coleridge 说："我练成了一种习惯不把外界事情看重——对这盲目的现在不满意，我努力去得一种宽大的胸怀；这种胸怀支持我的精神。"他姊姊疯好了，他写信给 Coleridge 说："我决定在这塞满了烦恼的剧，尽量得那可得到的瞬间的快乐。"他又说"我的箴言是'只要一些，就须满足；心中却希望能得到更多'"。我们从这几段话可以看出兰姆快乐入世的精神。他既不是以鄙视一切快乐自雄的 Stoic，也不是沾沾自喜歌颂那卑鄙庸懦的满足的人，他带一副止血的灵药，在荆棘上跳跃奔驰，享受这人生道上一切风光，他不鄙视人生，所以人生也始终爱抚他。所以处这使别人能够碎心的情况之下，他居然天天现着笑脸，说他的双关话，同朋友开开玩笑过去了。英国现在大批评家 Augustine Birrell 说："兰姆自己知道他的神经衰弱，同他免不了要受的可怕的一生挫折，他严重地拿零碎东西做他的躲难所，有意装傻，免得过于兴奋变成个疯子了。"他从二十一岁，以后经过千涛百浪，神经老是健全，这就是他这种高明超达的生活术的成功。

兰姆虽然使一双特别的眼睛看世界上各种事情，他的道德观念却非常重。他用非常诚恳态度采取道德观念，什么事情一定要寻根到底赤裸裸地来审察，绝不容有丝毫伪君子成分在他心中。也是因为他对道德态度是忠实，所以他又常主张我们有时应当取一种无道德态度，把道德观念撇开一边不管，自由地来品评艺术同生活。伪君子们对道德没有真真情感，只有一副架子，记着几句口头禅，无处不说他的套语，一时不肯放松将道德存起来，这是等于做贼心虚，更用心保持他好人的外表，偷汉寡妇偏会说贞节一样。只有自己问心无愧的人才敢有时放了道德的严肃面孔，同大家痛快地毫无拘管地说笑。在他那

《沙士比亚同时戏剧家评选》里他说："霸占近代舞台的乏味无聊抹杀一切的道德观念把戏中可赞美的热烈情感排斥去尽了，一种清教徒式的感情迟钝，一种傻子低能的老实渐渐盘绕我们胸中，将旧日戏剧作家给我们的强烈的情感同真真有肉有血生气勃勃的道德赶走了，……我们现在什么都是虚伪的顺从。"所以他爱看十八世〈纪〉几个喜剧家 Congreve，Farquhar，Wycherley 等描写社会的喜剧。他曾说："真理是非常宝贵的，所以我们不要乱用真理。"因为他宝贵道德，他才这么不乱任用道德观念，把它当作不值一句钱的东西乱花。兰姆不怎么尊重传统道德观念，他的观念近乎尼采，他相信有力气做去就是善，柔弱无能对付了事处处用盾牌的是恶，这话似乎有些言之过甚，不过实在是如此。我们读兰姆不觉得念《查拉撒斯图拉如此说》地针针见血，那是因为兰姆用他的诙谐同古怪的文体盖住了好多惊人的意见。在他《两种人类》那篇上，他赞美一个靠借钱为生，心地洁白的朋友。这位朋友豪爽英迈，天天东拉西借，压根儿就没有你我之分，有钱就用，用完再借，由兰姆看起来他这种痛快情怀比个规规矩矩的人高明得多。他那篇最得所谓英国第一批评家 Hazlitt 击节叹赏的文章《战太太对于纸牌的意见》用使人捧腹大笑的笔墨说他这种做得痛快就是对的理论。他觉得叫花子非常高尚，平常人都困在各种虚荣高低之内，惟有叫花子超出一切比较之外，不受什么时髦礼节习惯的支配，赤条条无牵挂，所以他把叫花子尊称做"宇宙间惟一的自由人。"英国习惯每餐都要先感谢上帝，兰姆想我们要感谢上帝地方多得很，有 Milton 可念也是个要感谢的事情，何必专限在饭前，再加上那时候馋涎三尺，那里有心去谢恩，所食东西又是煮得讲究，不是仅仅作维持生命用，谢上帝给我们奢侈纵我们口欲，确实是不大对的。所以他又用滑稽来主张废止。他在《傻子日》里说，"我从来没有一个交谊长久或者靠得住的朋友，而不带几分傻气的，……心中一点傻气都没有的人，心里必有一大堆比傻还坏的东西。"这两句话可以包括他的伦理观念。兰姆最怕拉长面孔，说道德的，我们却噜苏地说他的道德观念，实在对不起他，还是赶快谈别的罢。

法国十六世纪散文大家，近世小品文鼻祖 Montaigne 在他小品文集（*Essays*）序上说："我想在这本书里描写这个简单普通的真我，不用大言，说假话，弄巧计，因为我所写的是我自己。我的毛病要纤毫毕露地说出来，习惯允许我能够坦白说到那里，我就写这自然的我到那地步。"兰姆是 Montaigne 的嫡系作家。他文章里十分之八九是说他自己，他老实地亲信地告诉我们他怎么样不能了解音乐，他的常识是何等的缺乏，他多么怕死，怕鬼，甚至于他怎样怕自己会做贼偷公司的钱，他也毫不遮饰地说出。他曾说他的文章用不着序，因为序是作者同读者对谈，而他的文章在这个意义底下全是序。他谈自己七零八杂事情所以能够这么娓娓动听，那是靠着他能够在说闲话时节，将他全性格透露出来，使我们看见真真的兰姆。谁不愿意听别人心中流露出的真话，何况讲的人又是个和蔼可亲温文忠厚的兰姆。他外面又假放好多笔名同杜撰的事，这不过一层薄雾，为的兰姆到底是害羞的人，文章常用七古八怪的别号，这么一反照，更显出他那真挚诚恳的态度了。兰姆最赞美懒惰，他曾说人类本来状况是游手好闲的，亚当堕落后才有所谓工作。他又说："实在在一个人所能做的最好的事情是什么也不干，次一等才是——好工作。"他那一篇《衰老的人》是个赞美懒惰的福音，比起 Stevenson 的《懒惰汉的辩词》更妙得多，我们读起来一个爱闲暇怕工作的兰姆活现眼前。

兰姆著作不大多，最重要是那投稿给《伦敦杂志》，借伊里亚（Elia）名字发表的絮语文五十余篇，后来集做两卷，就是现在通行的《伊里亚小品文》（*The Essays of Elia*）同《伊里亚小品文续编》（*The Last Essays of Elia*）。伊里亚是南海公司一个意大利书记，兰姆借他名字来发表，他的文体是模仿十七世纪 Fuller，Browne 同别的伊里沙伯时代作家，所以非常古雅蕴藉。此外他编一本莎士比亚同时代戏剧作家选集，还加上批评，这本书关于十九世纪对伊利沙伯时代文学兴趣之复燃，大有关系。他的批评，吉光片羽，字字珠玑，虽然只有几十页，是一本重要文献。他选这本书的目的，是将伊利沙伯时代人的道德观念呈现在读者面前，所以他的选本一直到现在还是风行的。他还有批评莎士比亚悲剧同 Hogarth 的画的文章。此外他同玛利将莎士比亚剧编作散文古事，尽力保存原来精神。他对伊利沙伯朝文学既然有深刻的研究，所以这本《莎氏乐府本事》，还能充满了剧中所有的情调色彩，这是它能够流行的原因。兰姆做不少的诗同一两编戏剧，那都是不重要的。他的书信却是英国书信文学中的杰作，其价值不下于 Cowper，Southey，Gray，Fitzgerald 的书牍，他那种缠绵深情同灵敏心怀在那几百封信里表现得非常清楚。他好几篇好文章《两种人类》，《新同旧的教师》，《衰老的人》等差不多全由他信脱胎出来。他写信给 Southey 说："我从来没有根据系统判断事情，总是执着个体来理论，"这两句话可以做他一切著作的注脚。

兰姆传以 Ainger 做得最好，Ainger 说：他是个利己主义者——但是一个没有一点虚荣同自满的利己主义者——一个剥去了嫉妒同恶脾气的利己主义者。这真是兰姆一生最好的考语。

近代专研究兰姆，学兰姆的文笔的 Lucas 说"兰姆重新建设生活，当他改建时节，把生活弄得尊严内容丰富起来了。"

十七年一月，北大西斋。

（原载于 1928 年 2 月 15 日《摸索》月刊第 1 卷第 1 期，后又刊载于 1934 年 12 月 1 日《文艺月刊》第 6 卷 5、6 期合刊）

文学与人生

在普通当作教本用的《文学概论》《批评原理》这类书里，开章明义常说文学是一面反映人生最好的镜子，由文学我们可以更明白地认识人生。编《文学概论》这种人的最大目的在于平妥无疵，所以他的话老是不生不死似是而非的，念他书的人也半信半疑，考试一过早把这些套话丢到九霄云外了；因此这般作者居然能够无损于人，有益于己地写他那不冷不热的文章。可是这两句话却特别有效力，凡是看过一本半册《文学概论》的人都大声地嚷着由文学里我们可以特别明白地认识人生。言下之意自然是人在世界上所最应当注意的事情无过于认清人生，文学既是认识人生惟一的路子，那么文学在各种学术里面自然坐了第一把交椅，学文学的人自然……这并不是念文学的人虚荣心特别重，那个学历史的人不说人类思想行动不管古今中外全属历史范围；那个研究哲学的学生不睥睨地说在人生根本问题未解决以前，宇宙神秘还是个大谜时节，一切思想行动都找不到根据。法科学生说人是政治动物；想做医生的说，生命是人最重要东西；最不爱丢〔掉〕文的体育家也忽然引起拉丁说健全的思想存在健全的身体里。中国是农业国家这句老话是学农业的人的招牌，然而工业学校出身者又在旁微笑着说"现在是工业世界"。学地质的说没有地球，安有我们。数学家说远些把 Protagoras 抬出说数是宇宙的本质，讲近些引起罗素数理哲学。就是温良恭俭让的国学先生们也说要读书必先识字，要识字就非跑到什么《说文》戴东原书里去过活不可。与世无涉，志干青云的天文学者啧啧赞美宇宙的伟大，可怜地球的微小，人世上各种物事自然是不肯去看的。孔德排起学术进化表来，把他所创设的社会学放在最高地位。拉提琴的人说音乐是人类精神的最高表现。总而言之，统而言之，这块精神世界的地盘你争我夺，谁也睁着眼睛说"请看今日之域中，究是谁家之天下。"然而对这种事也用不着悲观。风流文雅的王子不是在几千年前说过"文人相轻，自古已然"。可惜这种文力统一的梦始终不能实现，恐怕是永久不能实现。所以还是打开天窗说亮话罢。若使有学文学的伙计们说这是长他人意气，灭自己威风，则只有负荆谢罪，一个办法；或者拉一个死鬼来挨骂。在 Conrad 自己认为最显露地表现出他性格的书，《人生与文学》（*Notes on Life and Letters*）里，他说："文学的创造不过是人类动作的一部分，若使文学家不完全承认别的更显明的动作的地位，他的著作是没有价值的。这个条件，文学家，——特别在年青时节

——很常忘记，而倾向于将文学创造算做比人类一切别的创作的东西都高明。一大堆诗文有时固然可以发出神圣的光芒，但是在人类各种努力的总和中占不得什么特别重要的位置。"Conrad虽然是个对于文学有狂热的人，因为他是水手出身，没有进过文学讲堂，所以说话还保存些老舟子的直爽口吻。

文学到底同人生关系怎么样？文学能够不能够，丝毫毕露地映出人生来呢？大概有人会说浪漫派捕风捉影，在空中建起八宝楼台，痴人说梦，自然不能同实际人生发生关系。写实派脚踏实地，靠客观的观察来描写，自然是能够把生活画在纸上。但是天下实在没有比这个再错的话。文学无非叙述人的精神经验（述得确实不确实又是一个问题），色欲利心固然是人性一部分，而向渺茫处飞翔的意志也是构成我们生活的一个重要成分。梦虽然不是事实，然而总是我们做的梦，所以也是人生的重要部分。天下不少远望着星空，虽然走着的是泥泞道路的人，我们不能因为他满身尘土，就否认他是爱慕闪闪星光的人。我们只能说梦是与别东西不同，而不能否认它的存在，写梦的人自然可以算是写人生的人。Hugo说过"你说诗人是在云里的，可是雷电也是在云里的。"世上没有人否认雷电的存在，多半人却把诗人的话，当做镜花水月。当什么声音都没有的深夜里，清冷的月色照着旷野同山头，独在山脚下徘徊的人们免不了会可怜月亮的凄凉寂寞，望着眠在山上的孤光，自然而然想月亮对于山谷是有特别情感的。这实是人们普通的情绪，在我们生活中占有重要位置的。Keats用他易感的心灵，把这情绪具体化，利用希腊神话里月亮同牧羊人爱情故事，歌咏成他第一首长诗 *Endymion*。好多追踪理想的人一生都在梦里过去，他们的生活是梦的，所以只有渺茫灿烂的文字才能表现出他们的生活。Wordsworth 说他少时常感觉到自己同宇宙是分不开的整个，所以他有时要把墙摸一下，来使他自己相信有外界物质的存在；普通人所认为虚无乡，在另一班看来到〔倒〕是惟一的实在。无论多么实事求是抓着现在的人晚上也会做梦的。我们一生中一半光阴是做梦，而且还有白天也做梦的。浪漫派所写的人生最少也是人生的大部分，人们却偏说是无中生有，这也是无可奈何的事。但是我们虽然承认浪漫文学不是镜里自己生出来的影子，是反映外面东西，我们对它照得精确不，却大大怀疑。可是所谓写实派又何曾是一点不差的描摹人生，作者的个人情调杂在里面绝不会比浪漫作家少。法国大批评家 Amiel 说，"所谓更客观的作品不过是一个客观性比别人多些的心灵的表现，就是说他在事物面前能够比别人更忘记自己；但是他的作品始终是一个心灵的表现。"曼殊斐儿的丈夫 Middleton Murry 在他的《文体问题》（*The Problem of Style*）里说，"法国的写实主义者无论怎样拚命去压下他自己的性格，还是不得不表现出他的性格。只要你真是个艺术家，你绝不能做一个没有性格的文学艺术家。"真的，不止浪漫派作家每人都有一个特别世界排在你眼前，写实主义者也是用他的艺术不知不觉间将人生的一部分拿来放大着写。让我们拣三个艺术差不多，所写的人物也差不多的近代三个写实派健将 Maupassant，Chekhov，Bennett 来比较。Chekhov 有俄国的 Maupassant 这个外号，Bennett 在他《一个文学家的自传》（*The Truth about an Author*）里说他曾把 Maupassant 当作上帝一样崇拜，他的杰作是读了 Maupassant 的《一生》（*Une Vie*）引起的。他们三个既然于文艺上有这么深的关系，若使写实文学真能超客观地映出人生，那么这三位文豪的著作应当有同样的色调，可是细心地看他们的作品，就发现他们有三个完全不同的世界。Maupassant 冷笑地站在一边袖手旁观，毫无同情，所以他的世界是冰冷的；Chekhov 的世界虽然也是灰色，但是他却是有同情的，而他的作品也比较地温暖些，有时怜悯的眼泪也由这隔江观火的世态旁观者眼中流下。Bennett 描写制陶的五镇人物更是怀着满腔热血，不管是怎么客观地形容，乌托邦的思想不时还露出马脚来。由此也可见写实派绝不能脱开主观的，所以三面的镜子，现出三个不同的世界。或者有人说他们各表现出人生的一面，然而当念他们书时节我们真真觉得整个人生是这么一回事；他们自己也相信人生本相这样子的。说了一大阵，最少总可证明文学这面镜子是凸凹靠不住的，而不能把人生丝毫不苟地反照在上面。许多厌倦人生的人们，居然可以在文学里找出一块避难所来安慰，也是因为文学里的人生同他们所害怕的人生不同的缘故。

假设文学能够诚实地映出人生，我们还是不容易由文学里知道人生。纸上谈兵无非是秀才造反。Tennyson 有一首诗 *The Lady of Shalott* 很可以解释这一点。诗里说一个住在孤岛之贵女，她天天织布，布机杼前面安一个镜，照出河岸上一切游人旅客；她天天由镜子看到岛外的世界，孤单地将所看见的小女，武士，牧人，僧侣，织进她的布里。她不敢回头直接去看，因为她听到一个预言说她一停着去赏玩河岸的风光，她一定会受罚。在月亮当头时她由镜里看见一对新婚伴侣沿着河岸散步，她悲伤地说"我对这些影子真觉得厌倦了。"在晴朗的清晨一个盔甲光辉夺目的武士骑着骄马走过河旁，她不能自主地转过对着镜子走，去望一望。镜子立刻碎了，她走到岛旁，看见一个孤舟，在黄昏的时节她坐在舟上，任河水把她飘荡去，口里唱着哀歌慢慢地死了。Tennyson 自己说他这诗是象征理想碰着现实的灭亡。她由镜里看人生，虽然是影像分明，总有些雾里看花，一定要离开镜子，走到窗旁，才尝出人生真真的味道。文学最完美时候不过像这面镜子，可是人生到底是要我们自己到窗子向外一望才能明白的。有好多人我们不愿见他们跟他们谈天，可是书里无论怎样穷凶极恶，奸巧利诈的小人，我们却看得津津有味，差不多舍不得同他们分离，仿佛老朋友一样。读 Othello 的人对 Iago 的死，虽然心里是高兴的，一定有些惆怅，因为不能再看他弄诡计了。读 Dickens 书，我记不清 Oliver Twist，David Copperfield，Nicholas Nickleby 的性格，而慈幼院的女管事 Uriah Heep 同 Nicholas Nickleby 的叔父是坏得有趣的人物，我们读时，又恨他们，又爱看他们。但是若使真真在世界上碰见他们，我们真要避之惟恐不及。在莎士比亚以前流行英国的神话剧中，最受观众欢迎的是魔鬼，然而谁真见了魔鬼不会飞奔躲去。

文学同人生中间永久有一层不可穿破的隔膜。大作家往往因为对于人生太有兴趣，不大去念文学书，或者也就是因为他不怎么给文学迷住，或者不甚受文学影响，所以眼睛还是雪亮的，能够看清人生的庐山真面目。莎士比亚只懂一些拉丁，希腊文程度更糟，然而他确是看透人生的大文豪。Ben Jonson 博学广览，做戏曲时常常掉书袋，很以他自己的学问自雄，而他对人生的了解是绝比不上莎士比亚。Walter Scott 天天打猎，招呼朋友，Washington Irving 奇怪他那里找到时间写他那又多又长的小说，自然更谈不上读书，可是谁敢说 Scott 没有猜透人生的哑谜。Thackeray 怀疑小说家不读旁人做的小说，因茶点店伙计是爱吃饭而不喜欢茶点的。Stevenson 在《给青年少女》(*Virginibus Puerisque*) 里说"书是人生的没有血肉的代替者。"医学中一个大难关是在不能知道人身体实在情形。我们只能解剖死人，死人身里的情形同活人自然大不相同。所以人身里真真状况是不能由解剖来知道的。人生是活人，文学不过可以算死人的肢体，Stevenson 这句无意说的话刚刚合式可以应用到我们这个比喻。所以真真跑到人生里面的人，就是自己作品也无非因为一时情感顺笔写去，来表现出他当时的心境，写完也就算了，后来不再加什么雕琢功夫。甚至于有些是想发财，才去干文学的，莎士比亚就是个好例。他在伦敦编剧发财了，回到故乡作富家翁，把什么戏剧早已丢在字纸篮中了。所以现在教授学者们对于他剧本的文字要争得头破血流，也全因为他没有把自己作品看得是个宝贝，好好保存着。他对人生太有趣味，对文学自然觉得是隔靴搔痒。就是 Steele，Goldsmith 也都是因为天天给这光怪陆离的人生迷住，高兴地喝酒，赌钱，穿漂亮衣服，看一看他们身旁五花八门的生活，他们简直没有心去推敲字句，注意布局。文法的错误也有，前后矛盾地方更多。他们是人生舞台上的健将，而不是文学的家奴。热情的奔腾，辛酸的眼泪充满了他们的字里行间。但是文学的技巧，修辞的把戏他们是不去用的。虽然有时因为情感的关系文字个变非常动人。Browning 对于人生也是有具体的了解，同强度的趣味，他的诗却是一做完就不改的，只求能够把他那古怪的意思达到一些，别的就不大管了。弄得他的诗念起来令人头昏脑痛。有一回人家找他解释他自己的诗，这老头子自己也不懂了。总而言之，他们知道人生内容的复杂，文学表现人生能力微少。所以整个人浸于人生之中，对文学的热心赶不上他们对人生那种欣欢的同情。只有那班不大同现实接触，住在乡下，过完全象牙塔生活的人，或者他们的心给一个另外的世界锁住，才会做文学的忠实信徒，把文学做一生的惟一目的，始终在这朦胧境里过活，他们的灵魂早已脱离这个世界到他们自己织成的幻境去了。Hawthorne 与早年的 Tennyson 全带了这种色彩。一定要对现实不大注意，被艺术迷惑了的人才会把文学看得这么重要，由这点也可以看出文学同人生是怎样地隔膜了。

以上只说文学不是人生的镜子，我们不容易由文学里看清人生。王尔德却说人生是文学的镜子，我们日常生活思想所受艺术的支配比艺术受人生的支配还大。但是王尔德的话以少引为妙，恐怕人家会拿个唯美主义者的招牌送来，而我现在衣钮上却还没有带〔戴〕一朵凋谢的玫瑰花。并且他这种意思在《扯谎的退步》里说得漂亮明白，用不着再来学舌。还是说些文学对着人生的影响罢。

法朗士说"书籍是西方的鸦片。"这话真不错，文学的麻醉能力的确不少，鸦片的影响是使人懒洋洋地，天天在幻想中糊涂地销磨去，什么事情也不想干。文学也是一样地叫人把心搁在虚无缥缈间，看着理想的境界，有的沉醉在里面，有的心中怀个希望想去实现，然而想像的事总是不可捉摸的，自然无从实现，打算把梦变做事实也无非是在梦后继续做些希望的梦罢！因此对于现实各种的需求减少了，一切做事能力也软弱下去了。憧憬地度过时光无时不在企求什么东西似地，无时不是任一去不复的光阴偷偷地过去。为的是他已经在书里尝过人所不应当尝的强度咸酸苦甜各种味道，他对于现实只觉乏味无聊，不值一顾。读 *Romeo and Juliet* 后反不想做爱情的事，非常悲哀时节念些挽歌到可以将你酸情安慰。读 Bacon 的论文集时候，他那种教人怎样能够于政治上得到权力的话使人厌倦世俗的富贵。不管是为人生的文学也好，为艺术的文学也好，写实派，神秘派，象征派，唯美派……文学里的世界是比外面的世界有味得多。只要踏进一步，就免不了喜欢住在这趣味无穷的国土里，渐渐地忘记了书外还有一个宇宙。本来真干事的人不讲话，口说莲花的多半除嘴外没有别的能力。天下最常讲爱情者无过于文学家，但是古往今来为爱情而牺牲生命的文学家，几乎找不出来。Turgeniev 深深懂得念文学的青年光会说爱情，而不能够心中真真地燃起火来，就是点着，也不过是暂时的，所以在他的小说里他再三替他的主人翁说没有给爱情弄得整夜睡不着。要做一件事，就不宜把它拿来瞎想，不然想来想去，越想越有味，做事的雄心力气都化了。老年人所以万念俱灰全在看事太透，青年人所〈以〉会英气勃勃，靠着他的盲目本能。Carlyle 觉得静默之妙，做了一篇读起来音调雄壮的文章来赞美，这个矛盾地方不知道这位气吞一世的文豪想到没有。理想同现实是两个隔绝的世界，谁也不能够同时候在这两个地方住。荷马诗里说有一个岛，中有仙女（Siren）她唱出歌来，水手听到迷醉了，不能不向这岛驶去，忘记回家了。又说有一个地方出产一种莲花，人闻到这香味，吃些花粉，就不想回到故乡去，愿意老在那里滞着。这仙女同莲花可以说都是文学象征。

还没有涉世过仅仅由文学里看些人生的人一同社会接触免不了有些悲观。好人坏人全没有书里写的那么有趣，到处是硬板板地单调无聊。然而当尝尽人海波涛后，或者又回到文学，去找人生最后的安慰。就是在心灰意懒时期，文学也可以给他一种鼓舞，提醒他天下不只是这么一个糟糕的世界，使他不会对人性生了澈底的藐视。法朗士说若使世界上一切实情，我们都知道清楚，谁也不愿意活着了。文学可以说是一层薄雾，盖着人生，叫人看起不会太失望了。不管作家书里所谓人生是不是真的，他们那种对人生的态度是值得赞美模仿的。我们读文学是看他们的伟大精神，或者他们的看错人生处正是他们的好处，那么我们也何妨跟他走错呢，Marcus Aurelius 的宇宙万事先定论多数人不能相信，但是他的坚忍质朴逆来顺受而自得其乐的态度使他的《冥想录》做许多人精神的指导同安慰。我们这样所得到的大作家伦理的见解比仅为满足好奇心计那种理智方面的明白人生真相却胜万万倍了。

十七年二月于北大西斋。

（原载于 1928 年 4 月 20 日《摸索》月刊第 1 卷第 3 期，原题《文艺杂论》，收入本集时改为现名）

寄给一个失恋人的信（二）

秋心：

在我心境万分沉闷时候，接到你由艳阳的南方来的信，虽然只是潦草几行，所说的又是凄凉酸楚的话，然而我眉开眼笑起来了。我不是因为有个烦恼伴侣，所以高兴。真真尝过愁绪的人，是不愿意他的朋友也挨这刺心的苦痛。那个躺在床上呻吟的病人，会愿意他的家人来同病相怜呢？何况每人有各自的情绪，天下绝找不出同样烦闷的人们。可是你的信，使我回忆到我们的过去生活；从前那种天真活泼充满生机的日子却从时光宝库里发出灿烂的阳光，我这彷徨怅惘的胸怀也反照得生气勃勃了。

你信里很有流水年华，春花秋谢的感想。这是人们普遍都感到的。我还记得去年读 Arnold Bennett 的 *The Old Wives' Tale* 最后几页的情形。那是在个静悄悄的冬夜，电灯早已暗了，烛光闪着照那已熄的火炉。书中是说一个老妇人在她丈夫死去那夜的悲哀。"最感动她心的是他曾经年青过，渐渐的老了，现在是死了。他一生就是这么一回事。青春同壮年总是这么结局。什么事情都是这么结局。"Bennett 到底是写实派第一流人物，简简单单几句话把老寡妇的心事写得使我们不能不相信。我当时看完了那末章，觉有个说不出的失望，痴痴的坐着默想，除了渺茫，惨淡，单调，无味，……几个零碎感想外，又没有什么别的意思。以后有时把这些话来咀嚼一下，又生出赞美这青春同逝水一般流去了的想头。假使世上真有驻颜的术，不老的丹，Oscar Wilde 的 Dorian Gray 的梦真能实现，每人都有无穷的青春，那时我们的苦痛比现在恐怕会多得好些，另外有"青春的悲哀"了。本来青春的美就在它那种蜻蜓点水燕子拍绿波的同我们一接近就跑去这一点。看着青春的易逝，才觉得青春的可贵，因此也更想能够在这一去不返的瞬间里得到无穷的快乐。所以在青春时节我们特别有生气，一颗心仿佛是清早的园花，张大了瓣吸收朝露。青春的美大部分就存在着这种努力享乐惟恐不及生命力的跳跃。若使每人前面全现一条不尽的花草缤纷的青春的路，大家都知道青春是常住的，没有误了青春的可怕，谁天天也懒洋洋起来了。青春给我们一抓到，它的美就失丢了，同肥皂泡子相像，只好让它在空中飞翔，将青天红楼全缩映在圆球外面，可是我们的手一碰，立刻变为乌有了。

就说是对这呆板不变的青春，我们仍然能够有些赞赏，不断单调的享乐也会把人弄烦腻了，天下没整天吃糖口胃不觉难受的人。而且把青春变成家常事故，它的浪漫飘渺的美丽也全不见了。本来人活着精神物质方面非动不可，所以在对将来抱着无限希望同捶心跌脚追悔往事，或者回忆从前黄金时代这两个心境里，生命力是不停地奔驰，生活也觉得丰富，而使精神停住来享受现在是不啻叫血管不流一般地自杀政策，将生命的花弄枯萎了。不同外河相通的小池终免不了变成秽水，不同别人生同情的心总是枯涸无聊。没有得到爱的少年对爱情是赞美的，做黄金好梦的恋人是充满了欣欢，失恋人同结婚不得意的人在极端失望里爆发出一线对爱情依依不舍的爱恋，和凤凰烧死后又振翼复活再度幼年的时光一样。只有结婚后觉得满意的人是最苦痛的，他们达到日日企望的地方，却只觉空虚渐渐的涨大，说不出所以然来，也想不来一个比他们现状再好的境界，对人生自然生淡了，一切的力气免不了麻痹下去。人生最怕的是得意，使人精神废弛一切灰心的事情无过于不散的筵席。你还记得前年暑假我们一块划船谈 Wordsworth 诗的快乐罢？那时候你不是极赞美他那首 *Yarrow Unvisited* 说我们应当不要走到尽头，高声地唱：

> "Twill soothe us in our sorrow,
>
> That earth has something yet to show,
>
> The bonny holms of Yarrow!"

青春之所以可爱也就在它给少年以希望，赠老年以惆怅（安慰人的能力同希望差不多，比心满意足，登高山洒几滴亚历山大的泪的空虚是好万万倍了。）好多人埋怨青春骗了我们，先允许我们一个乐园，后来毫不践言只送些眼泪同长叹。然而这正是青春的好处，它这样子供给我们活气，不至于陷于颓偿了的无为。希望的妙处全包含在它始终是希望这样事里面，若使每个希望都化做铁硬的事实，那样什么趣味一笔勾消了的世界还有谁愿意住吗？所以年青人可以唱恋爱的歌，失恋人同死了爱人的人也做得出很好失望（希望的又一变相，骨子里差不多的东西）同悼亡的诗，只有那在所谓甜蜜家庭两人互相妥协着的人们心灵是化作灰烬。Keats 在情诗中歌颂死同日本人无缘无故地相约情死全是看清楚此中奥妙后的表现。他们只怕青春的长留着，所以用死来划断这青春黄金的线。这般情感锐敏的人若生在青春常住的世界，他们的受难真不是言语所能说。这些话不是我有意要慰解你才说的，这的确我自己这么相信。春花秋谢，谁看着免不了嗟叹。然而假设花老是这么娇红欲滴的开着，春天永久不离大地，这种雕刻似的死板板的美景更会令人悲伤。因为变更是宇宙的原则，也可算做赏美中一般重要成分。并且春天既然是老滞在人间，我们也跟着失丢了每年一度欢迎春来热烈的快乐。由美神经灵敏人看来，残春也别有它的好处，甚至比艳春更美，为的是里面带种衰颓的色调，互相同春景对照着，十分地显出那将死春光的欣欣生意。夕阳所以"无限好"，全靠着"近黄昏"。让瞥眼过去的青春长留个不灭的影子在心中，好像 Pompeii 废墟，劫后余烬，有人却觉得比完整建筑还好。若使青春的失丢，真是件惨事，倚着拐杖的老头也不会那么笑嘻嘻地说他们的往事了。[1]

十七年三月二日。

（原载于 1928 年 3 月 20 日《摸索》月刊第 1 卷第 2 期）

---

[1] 此后原刊还有如下附记："这是第二封信，头一封从前在别的刊物发表。这几封信各个都能独立，并没有什么连接地方，所以就由第二封登下去，也无妨。"以上收入《春醪集》时删去，并加上日期。——编者注

文 艺 杂 话

　　"美就是真，真就是美，"这是开茨那首有名《咏一个希腊古瓮》诗最后的一句。凡是谈起开茨，免不了会提到这名句，这句话也真是能够简洁地表现出开茨的精神。但是一位有名的批评家在牛津大学诗学讲堂上却说开茨这首五十行诗，前四十几行玲珑精巧，没有一个字不妙，可惜最后加上那人人都知道的二行名句。

　　"'Beauty is truth, truth beauty,'—that is all

　　Ye know on earth, and all ye need to know."

并不是这两句本身不好，不过和前面连接不起，所以虽然是一对好句，却变做全诗之累了。他这话说得真有些道理。只要细心把这首百读不厌的诗吟咏几遍之后，谁也会觉得这诗由开头一直下来，都是充满了簇新的想像，微妙的思想，没有一句陈腐的套语，和惯用的描写，但是读到最后两句时，逃不了感到一种说不出的失望，觉得这么灿烂希奇的描写同幻想，就只能得这么一个结论吗？念的回数愈多，愈相信这两句的不合式。开茨是个批评观念非常发达的人，用字锻句，丝毫不苟，那几篇 Ode 更是他呕心血做的，为什么这下会这么大意呢？我只好想出下面这个解释来。开茨确是英国唯美主义的先锋，他对美有无限的尊重，这或者是他崇拜希腊精神的结果。所以这句"美就是真，真就是美，"确是他心爱的主张。为的要发表他的主义，他情愿把一首美玉无瑕的诗，牺牲了——实在他当时只注意到自己这种新意见，也没有心再去关照全诗的结构了。开茨是个咒骂理智的人，在《蛇女》(Lamia) 那首长诗里他说：

"That but a moment's thought is passion's passing bell."
然而他这回到〔倒〕甘心让诗的精神来跪在哲学前面，做个唯理智之命是从的奴隶。由这里也可以看到自己的主张太把持着心灵时候，所做的文学总有委曲求全的色彩。所以我对于古往今来那班带有使命的文学，常抱些无谓的杞忧。

凡是爱念 Wordsworth 的人一定记得他那五六首关于露茜 (Lucy) 的诗。那种以极简单明了的话表出一种刻骨镂心的情，说时候又极有艺术裁制 (Restraint) 的能力，仅仅轻描淡写，已经将死了爱人的悲哀的焦点露出，谁念着也会动心。可是这老头子虽然有这么好描写深情的天才，在他那本页数既多，字印得又小的全集里，我们却找不出十首歌颂爱情的诗。有一回 Aubrey de Vere 问他为什么他不多做些情诗，他回答，"若使我多做些情诗，我写时候，心中一定会有强度的热情，这是我主张所不许可的。"我们知道 Wordsworth 主张诗中间所含的情调要经过一回冷静心境的溶解，所以他反对心中只充满些强烈的情绪时所做的情诗。固然因为他照着这种说法写诗，他那好多赞美自然的佳句，意味才会那么隽永，值得细细咀嚼，那种回甘的妙处真是无穷。但是因此我们也失丢了许多一往情深词句挚朴的好情诗。Wordsworth 这种学究的态度真是自害不浅，使我们深深地觉到创造绝对自由的需要。

说到这里，我们自然而然联想到托尔斯泰。托翁写实本领非常高明，他描状的人物情境都能有使人不得不相信的妙处。但是他始终想把文学当传布思想的工具，有时硬将上帝板板的主张放在绝妙的写实作品中间，使读者在万分高兴时节，顿然感到失望。所以 Saintsbury 说他没有一篇完全无瑕的作品。我记得从前读托翁一篇小说，中间述一个豪爽英迈的强盗在森林中杀人劫货，后来被一个教士感化了，变成个平平常常的好人了。当这教士头一次碰着这强盗时节，

> "咱是个强盗，"强盗拉住了缰说，"我大道上骑马，到处杀人；我杀得人越多，我唱的歌越是高兴。"

谁念了这段，不会神往于驰骋风沙中，飞舞着刀，唱着调儿的绿林好汉，而看出这种人生活里的美处。托翁有那种天才，把强盗的心境说得这么动人，可惜他又带进来个教士，将这篇像十七八世纪西班牙英法述流氓小说的好作品，变做十九，二十世纪传单化的文学了。但是不管托翁怎样蹂躏自己的天才，他的小说还是不朽的东西，仍然有能力吸引住成千成万的读者，

这也可以见文学的能力到底是埋在心的最深处，决非主张等等所能毁灭，充其量不过是减些光辉，使读者在无限赞美中，有一种说不出的惆怅罢。

十七年四月十日北大西斋。

（原载于 1928 年 5 月 20 日《摸索》月刊第 1 卷第 4 期）

醉中梦话（二）

一，"才子佳人信有之"

才子佳人，是一句不时髦的老话。说来也可怜得很，自从五四以后，这四个字就渐渐倒霉起来，到现在是连受人攻击的资格也失掉了。侥幸才子佳人这两位宝贝却并没有灭亡，不过摇身一变，化作一对新时代的新人物：文学家和安琪儿。才子是那口里说"钟情自在我辈"，能用彩笔做出相思曲和定情诗的文人。文学家是那在心弦上深深地印着她的情影，口里哼着我被爱神的箭伤了，笔下写出长长短短高高低低的情诗的才子。至于佳人即是安琪儿，这事连小学生都知道了，用不着我来赘言。总而言之，统而言之，昔日的才子和当今的文学家都是既能做出哀感顽艳的情诗，自己又是一个一往情深的多情种子。

我却觉得人们没有这么万能，"自然"好像总爱用分工的原则，有些人她给了一个嘴，口说莲花，可是别无所能，什么事情也不会干，当然不会做个情感真挚的爱人，这就是昔日之才子，当今的文学家。真真干事的人不说话，只有那不能做事的孱弱先生才会袖着手大发牢骚。真真的爱人在快乐时节和情人拈花微笑，两人静默着；失恋时候，或者自杀，或者胡涂地每天混过去，或者到处瞎闹，或者……但是绝没有闲情逸致，摇着头做出情诗来。人们总以为英国的拜伦，雪莱，济慈是中国式的才子，又多情，又多才。我却觉得拜伦是一个只会摆那多情的臭架子的纨袴公子。雪莱只是在理想界中憧憬着，根本就和现实世界没有接触，多次的结婚离婚无非是要表现出他敢于反抗社会庸俗的意见。济慈只想尝遍人生各种的意味，他爱爱情，因为爱情可以给我们很大的刺激，内里包含有咸酸苦辣诸味，他何曾真爱他的爱人呢？最会做巧妙情诗的 Robert Herrick 有一次做首坦白的自叙诗，题目是 *Upon Himself*，中间有几段，让我抄下来罢！

> I could never love in deed;
>
> Never see mine own heart bleed;
>
> Never crucify my life;
>
> Or for widow, maid, or wife.
>
> ....
>
> I could never break my sleep,
>
> Fold my arms, sob, sigh, or weep.

Never beg, or humbly woo

With oaths and lies, (as others do)

·····························

But have hitherto lived free,

As the air that circles me,

And kept credit with my heart,

Neither broke in the whole, or part.

Herrick 这么坦白地说他绝不会有什么恋爱，也不会挨求恋和失恋的痛苦，这到〔倒〕是他心中的话。但是那个爱念 Herrick 的年青人不会觉得他是赞颂爱情的绝妙诗人？等到看着这首冷酷的自剖，免不了会有万分的惊愕。然而，这正是 Herrick 一贯的地方。若使 Herrick 不是这么无情的人，他绝不能够做出那好几百首艳丽的短短情歌。爱伦·波（Edgar Allan Poe）说，"真挚的情感有种质朴的气味（homeliness），那是不能拿来做诗材用的。"风花雪月的诗人实在不能够闭着嘴去当一个充满了真挚情感的爱人。欧美小说里情场中的英雄，很少是文学家；情人多半是不能做诗的，屠格涅夫最爱写大学生和文学家的恋史，可是他小说中的主人翁多半是意志薄弱的情人，常带着"得不足喜，失不足忧"的态度。这都是洋鬼子比我们观察得更周到的地方。不过这样地把文学家的兼职取消，未免有点"焚琴煮鹤"，区区也很觉得怅然。

文学家不但不知道什么是爱情，而且也不懂得死的意义。所以最爱谈自杀的是文学家，而天下敢去自杀的文学家却是凤毛麟角。最近上海自杀了不少人，多半都有绝命书留下来，可是没有一篇写得很文学的，很动听的；可见黄浦江里面水鬼中并没有文豪在内。这件事对于文坛固然是很好的消息，但是也可见文学家只是种不生不死半生半死的才子了。不过古今中外的舆论是操在文学家的手里，小小的舞台上自己拚命喝自己的采，弄得大家头晕脑眩，胡里胡涂地跟着喝采，才子们便自觉得是超人了。

二，滑稽（Humour）和愁闷

　　整天笑嘻嘻的人是不会讲什么笑话的，就是偶然讲句把，也是那不会引人捧腹，值不得传述的陈旧笑谈。这的确是上帝的公平地方，一个人既然满脸春风，两窝酒靥老挂在颊边，为社会增不少融融泄泄的气象，又要他妙口生莲，吐出轻妙的诙谐，这未免太苦人所难了，所以上帝体贴他们，把诙谐这工作放在那班愁闷人肩上，让笑嘻嘻的先生光是笑嘻嘻而已。那班愁闷的人们不论日夜，总是口里喃喃，心里郁郁，给世界一种倒霉的空气，自然也该说几句叫人听着会捧腹的话，或者轻轻地吐出几句妙语，使人们嘴角微微的笑起来，以便将功折罪，抵消他们脸上的神情所给人的阴惨的印象。因此古往今来世上大诙谐家都是万分愁闷的人。

　　英国从前有个很出名的丑角，他的名字我不幸忘记了，就把他叫做密斯忒 X 罢！密斯忒 X 平常总是无缘无故地皱眉蹙额，他自己也是莫名其妙，不过每日老是心中一团不高兴。他弄得自己没有法子办，跑到内科医生那里问有什么医法没有。那内科医生诊察了半天，最后对他说："我劝你常去看那丑角密斯忒X的戏，看了几回之后，我包管你会好。"密斯忒X听了这话，啼也不好，笑也不好，只得低着头走出诊察室。

听说做《寻金记》和《马戏》主角的贾波林也是很忧郁的。这是必然的，否则，他绝不能够演出那趣味深长的滑稽剧。英国十九世纪浪漫派诗人Coleridge曾说：我是以眼泪来换人们的笑容。他是个谈锋极好的人，每天晚上滔滔不绝地讨论玄学诗体以及其他一切的问题，他说话又深刻又清楚，无论谁都会忘了疲倦，整夜坐在旁边听他娓娓地清谈。他虽然能够给人们这么多快乐，他自己的心境却常是枯燥烦恼到了极点。写《心爱的猫儿溺死在金鱼缸里》和《痴汉骑马歌》的Gray和Cowper也都是愁闷之神的牺牲者。Cowper后来愁闷得疯死了，Gray也是几乎没有一封信不是说愁说恨的。晋朝人讲究谈吐，喜欢诙谐，可是晋朝人最爱讲达观，达观不过是愁闷不堪，无可奈何时的解嘲说法。杀犯当临刑时节，常常唱出滑稽的歌曲，人们失望到不能再失望了，就咬着牙齿无端地狂笑，觉得天下什么事情都是好笑的。这些事都可以证明滑稽和愁闷的确有很大的关系。

诙谐是由于看出事情的矛盾。萧伯纳说过，"天下充满了矛盾的事情，只是我们没有去思索，所以看不见了。"普通人，尤其那笑嘻嘻的人们与物无忤地天天过去，无忧无虑无欢无喜。

他们没有把天下事情放在口里咀嚼一番，所以也不知道到底是什么味道，草草一生就算了。只有那班愁闷的人们，无往而不不自得，好像上帝和全人类连盟起来，和他捣乱似的。他背着手噙着眼泪走遍四方，只觉到处都是灰色的。他免不了拼命地思索，神游物外地观察，来遣闷消愁。哈哈！他看出世上一切物事的矛盾，他抿着嘴唇微笑，写出那趣味隽永的滑稽文章，用古怪笔墨把地上的矛盾穷形尽相地描写出来。我们读了他们的文章，看出埋伏在宇宙里的大矛盾，一面也感到洞明了事实真相的痛快，一面也只得无可奈何地笑起来了。没有那深深的烦恼，他们绝不能瞧到这许多很显明的矛盾事情，也绝不会得到诙谐的情绪和沁人心脾的滑稽辞句。滑稽和愁闷居然有因果的关系，这个大矛盾也值得愁闷人们的思索。

因为诙谐是从对于事情取种怀疑态度，然后看出矛盾来，所以怀疑主义者多半是用诙谐的风格来行文，因为他承认矛盾是宇宙的根本原理。Voltaire，Montaigne 和当代的法朗士，罗素的书里都有无限滑稽的情绪。

法国的戏剧家 Beaumarchais 说："我不得不老是狂笑着，怕的是笑声一停，我就会哭起来了。"这或者也是愁闷人所以滑稽的原因。

三，"九天阊阖开宫殿，万国衣冠拜冕旒"的文学史

记得五年前，当我大发哲学迷时候，天天和 C 君谈那玄而

又玄自己也弄不清楚的哲学问题。那时 C 君正看罗素著的《哲学概论》，罗素是反对学生读哲学史的，以为应该直接念洛克，休谟，康德等原作，不该隔靴搔痒来念博而不专的哲学史。C 君看得高兴，就写一封十张八行的长信同我讨论这事情，他仿佛也是赞成罗素的主张。后来 C 君转到法科去，我在英文系的讲堂坐了四年，那本红笔画得不成书的 Thilly 哲学史也送给一位朋友了，提起来真不胜有沧桑之感。从前麻麻胡胡读的洛克，笛卡儿，斯宾诺莎，康德的书，现在全忘记了，可是我现在对哲学史还是厌恶，以为是无用的东西。由我看来，文学史是和哲学史同样没有用的。文学史的唯一用处只在赞扬本国文字的优美，和本国文人的言行的纯洁……总之，满书都是甜蜜蜜的。所以我用王右丞的颂圣诗两句，来形容普通文学史的态度。

普通文学史的第一章总是说本国的文字是多么好，比世界上任一国的文字都好，克鲁泡特金那样子具有世界眼光的人，编起《俄国文学史》（*Russian Literature，It's Ideals & Realitics*）来，还是免不了这个俗套。这是狭窄的爱国主义者的拿手好戏，中国到现在还没有一本像样的文学史，也可以说是一件幸事。

第一口蜜喝完了，接着就是历代文人的行状。隐恶扬善，把几百个生龙活虎的文学家描写成一堆模糊不清毫无个性的圣贤。把所有做教本用的美国文学史都念完，恐怕也不知道大文豪霍桑曾替美国一个声名狼籍〔藉〕的总统捧场过，做一本传记，对他多方颂扬，使他能够被选。歌德，惠德曼，王尔德的同性爱是文学史素来所不提的。莎士比亚的偷鹿文学史家总想法替他掩饰辩护。文学史里只赞扬拜伦助希腊独立的慷慨情怀，没有说到他待 Leigh Hunt 的刻薄。这些劣点虽然不是这几位文学家的全人格的表现，用不着放大地来注意，但是要认识他们的真面目，这些零星罪过也非看到不可，并且我觉得这比他们小孩时候的聪明和在小学堂里得奖这些无聊事总来得重要好多。然而仁慈爱国的普通文学史家的眼睛只看到光明那面，弄得念文学史的人一开头对于各文学家的性格就有错误的认识。谁念过普通英国文学史会想到 Wordsworth 是个脾气极坏，态度极粗鲁的人呢？可是据他的朋友们说，他很常和人吵架，谈到政治，总是捶桌子。而且不高兴人们谈"自然"，好像这是他的家产样子。然而，文学史中只说他爱在明媚的湖边散步。

中国近来介绍外国文学的文章多半是采用文学史这类的笔法。用一大堆颂扬的字眼，恭维一阵，真可以说是新"应制"体。弄得看的人只觉得飘飘然，随便同情地跟着啧啧称善。这种一味奉承的批评文字对于读者会养成一种只知盲目地赞美大作家的作品习惯，丝毫不敢加以好坏的区别。屈服于权威的座前已是我们的国粹，新文学家用不着再抬出许多沾尘不染的洋圣人来做我们盲目崇拜的偶像。

我以为最好的办法是在每本文学史里叙述各作家的性格那段底下留着一页或者半页的空白，让读者将自己由作品中所猜出的作者性格和由不属于正统的批评家处所听到的话拿来填这空白。这样子历代的文豪或者可以恢复些人气，免得像从前绣像小说头几页的图画，个个都是一副同样的脸孔。

四，这篇是顺笔写去，信口开河，所以没有题目

英国近代批评家 Bailey 教授在他那本《密尔敦评传》里主张英国人应当四十岁才开始读《圣经》。他说，英国现代的教育制度是叫小孩子天天念《圣经》，念得不耐烦了，对《圣经》自然起一种恶感，后来也不去看一看里面到底有什么真理隐藏着没有。要等人们经过了世变，对人生起了许多疑问，在这到处都是无情的世界里想找同情和热泪的时候，那时才第一次打开《圣经》来读，一定会觉得一字一珠，舍不得放下。这是这位老教授的话。圣经我是没有从头到底读过的，而且自己年纪和四十岁也相隔得太远，所以无法来证实这句话。不过我觉得 Bailey 这话是很有道理的，无论什么东西，若使我们太熟悉了，太常见了，它们对我们的印象反不深刻起来，我们简直会把它们忘记，更不会跑去拿来仔细研究一番。谁能够说出他母亲面貌的特点在那里，那个生长在西湖的人会天天热烈地欣赏六桥三竺的风光。婚姻制度的流弊也在这里。Richard King 说："为爱情而牺牲生命并不是件难事，最难的是能够永久在早餐时节对妻子保持种亲爱的笑容。"记得 Hazlitt 对于英国十八世纪歌咏自然的诗人 Cowper 的批评是，"他是由那剪得整整齐齐的篱笆里，去欣赏自然……他戴双很时髦的手套，和'自然'握手。"可是正因为 Cowper 是个城里生长的人，一生对于"自然"没有亲昵地接触过，所以当他偶然看到自然的美，免不了感到惊奇，感

觉也特别灵敏。他和"自然"老是保持着一种初恋的热情，并没有和"自然"结过婚，跟着把"自然"看得冷淡起来。在乡下生长，却居然能做歌咏自然的诗人，恐怕只有 Burns，其他赞美田舍风光的作家总是由乌烟瘴气的城里移住乡间的人们。Dostoivsky 的一枝笔把龌龊卑鄙的人们的心理描摹得穷形尽相，但是我听说他却有洁癖，做小说时候，桌布上不容许有一个小污点。神秘派诗人总是用极显明的文字，简单的句法来表明他们神秘的思想。因为他们相信宇宙是整个的，只有一个共同的神秘，埋伏在万物万事里面。William Blake 所谓由一粒沙可以洞观全宇宙也是这个意思。他们以为宇宙是很简单的，可是越简单，那神秘也更见其奥妙。越是能够用浅显文字指示出那神秘，那神秘也越远离人们理智能力的范围，因为我们已经用尽了理智，才能够那么明白地说出那神秘；而这个最后的神秘既然不是缘于我们的胡涂，自然也不是理智所能解决了。诗文的风格（style）奇奇怪怪的人们多半是思想上非常平稳。Chesterton 顶喜欢用似非而是打筋斗的句子，但是他的思想却是四平八稳的天主教思想。勃浪宁的相貌像位商人，衣服也是平妥得很，他的诗是古怪得使我念着就会淌眼泪。Tennyson 长发披肩，衣服松松地带有成千成万的皱纹，但是他那 *In Memoriam* 却是清醒流利，一点也不糊涂费解。约翰生说 Goldsmith 做事无处不是个傻子，拿起笔就变成聪明不过的文人了。……这么老写下去，离题愈离愈远，而且根本就是没有题目，真是如何是好，还是就这么收住罢！

写完了上面这一大段，自己拿来念一遍，觉得似乎有些意思。然而我素来和我自己写的文章是"相视而笑，莫逆于心"的。这也是无可奈何之事也。

五，两段抄袭，三句牢骚

Steele 说："学来的做坏最叫人恶心。"

Second-hand vice, sure, of all is most nauseous.

From "*The Characters of a Rake and a Conquest*"

Dostoivsky 的《罪与罚》里有底下这一段话：

> 拉朱密兴拼命地喊："你们以为我是攻击他们说瞎话吗？一点也不对！我爱他们说瞎话。这是人类独有的权利。从错误你们可以走到真理那里去！因为我会说错话，做错事，所以我才是一个人！你要得到真理，一定要错了十四回，或者是要错了一百十四回才成。而且做错了事真是有趣味；但是我们应当能够自己做出错事来！说瞎话，可是要说你自己的瞎话，那么我要把你爱得抱着接吻。随着自己的意思做错了比跟着旁人做对了，还要好得多。自己弄错了，你还是一个人；随人做对了，你连一只鸟也不如。我们终究可以抓到真理，它是逃不掉的，生命却是会拘挛麻木的。"

因此，我觉得打麻将比打朴〔扑〕克高明，逛窑子的人比到跳舞场的人高明，姑嫂吵架是天地间最有意义百听不倦的吵架——自然比当代浪漫主义文学家和自然主义文学家的笔墨官司好得万万倍了。

　　"醉中梦话"是我二年前在《语丝》上几篇杂感的总题目。匆匆地过了二年，我喝酒依旧，做梦依旧，这仿佛应当有些感慨才是。然而我的心境却枯燥得连微喟一声都找不出。从前那篇《醉中梦话》还有几句无聊口号，现在抄在下面：

　　生平不大喝酒，从来没有醉过，并非自夸量大，实在因为胆小，那敢多灌黄汤。梦是夜夜都做，梦中未必说话，"醉中梦话"云者，装糊涂假痴聋，免得"文责自负"。

十八年十二月十日于真茹。[1]

　　〔原载于 1929 年 4 月 20 日《奔流》第 1 卷第 10 期，原题《醉中梦话（随笔五则）》〕

---

　　1 此日期原刊无，为收入本集时所加。其写作时间晚于后面初刊时间，明显有误。——编者注

谈"流浪汉"

当人生观论战已经闹个满城风雨，大家都谈厌烦了不想再去提起时候，我一天忽然写一篇短文，叫做《人死观》。这件事实在有些反动嫌疑，而且该挨思想落后的罪名，后来仔细一想，的确很追悔。前几年北平有许多人讨论 Gentleman 这字应该要怎么样子潘译才好，现在是几乎谁也不说这件事了，我却又来喋喋，谈那和"君子"Gentleman 正相反的"流浪汉"Vagabond，将来恐怕免不了自悔。但是想写文章时候，那能够顾到那么多呢？

Gentleman 这字虽然难潘，可是还不及 Vagabond 这字那样古怪，简直找不出适当的中国字眼来。普通的英汉字典都把它潘做"走江湖者""流氓""无赖之徒""游手好闲者"……，但是我觉得都失丢这个字的原意。Vagabond 既不像走江湖的卖艺为生，也不是流氓那种一味敲诈，"无赖之徒""游手好闲者"

都带有贬骂的意思，Vagabond 却是种可爱的人儿。在此无可奈何时候，我只好暂用"流浪汉"三字来譒，自然也不是十分合式的。我以为 Gentleman，Vagabond 这些字所以这么刁钻古怪，是因为它们被人们活用得太久了，原来的意义早已消失，于是每个人用这个字时候都添些自己的意思，这字的涵义越大，更加好活用了。因此在中国寻不出一个能够引起那么多的联想的字来。本来 Gentleman，Vagabond 这二个字和财产都有关系的，一个是拥有财产，丰衣足食的公子，一个是毫无恒产，四处飘零的穷光蛋。因为有钱，自然能够受良好的教育，行动举止也温文尔雅，谈吐也就蕴藉不俗，更不至于跟人铢锱必较，言语冲撞了。Gentleman 这字的意义就由世家子弟一变变做斯文君子，所以现在我们不管一个人出身的贵贱，财产的有无，只要他的态度是温和，做人很正直，我们都把他当做 Gentleman。一班穷酸的人们被人冤枉时节，也可以答辩道："我虽然穷，却是个 Gentleman。"Vagabond 这个字意义的演化也经过了同样的历程。本来只指那班什么财产也没有，天天随便混过去的人们。他们既没有一定的职业，有时或者也干些流氓的勾当。但是他们整天随遇而安，到〔倒〕也无忧无虑，他们过惯了放松的生活，所以就是手边有些钱，也是胡里胡涂地用光，对人们当然是很慷慨的。他们没有身家之虑，做事也就痛痛快快，并不像富人那种畏首畏尾，瞻前顾后。酒是大杯地喝下去，话是随便地顺口开河，有时也胡诌些有趣味的谎语。他们万事不关怀，天天笑呵呵，规矩的人们背后说他们没有责任心。他们与世无忤，既不会桌上排着一斗黄豆，一斗黑豆，打算盘似地整天数自己的好心思和坏心思，也不会皱着眉头，弄出连环巧计来陷害人们。他们的行为是胡涂的，他们的心肠是好的。他们是大个顽皮小孩，可是也带了小孩的天真。他们脑里存了不少奇奇怪怪的幻想，满脸春风，老是笑迷迷的，一些机心也没有。……我们现在把凡是带有这种心情的人们都叫做 Vaga-bond，就是他们是王侯将相的子孙，生平没有离开家乡过也不碍事。他们和中国古代的侠客有些相像，可是他们又不像侠客那样朴刀横腰，给夸大狂迷住，一脸凶气，走遍天下专为打不平。他们对于伦理观念，没有那么死板地痴痴执着。我不得已只好翻做"流浪汉"，流浪是指流浪的心情，所以我所赞美的流浪汉或者同守深闺的小姐一样，终身未出乡里一步。

英国十九世纪末叶诗人和小品文作家斯密士（Alexander Smith）对于流浪汉是无限地颂扬。他有一段描写流浪汉的文章，说得很妙。他说："流浪汉对于许多事情的确有他的特别意见。比如他从小是同密尼表妹一起养大，心里很爱她，而她小孩时候对于他的感情也是跟着年龄热烈起来，他俩结合后大概也可以好好地过活，他一定把她娶来，并没有考虑到他们收入将来能够不能够允许他请人们来家里吃饭或者时髦地招待朋友。这自然是太鲁莽了。可是对于流浪汉你是没法子说服他。他自己有他一套再古怪不过的逻辑（他自己却以为是很自然的推论），他以为他是为自己娶亲的，并不是为招待他的朋友的缘故；他把得到一个女人的真心同纯洁的胸怀比袋里多一两镑钱看得重得多。规矩的人们不爱流浪汉。那班膝下有还未出嫁姑娘的母亲特别怕他——并不是因他为子不孝，或者将来不能够做个善良的丈夫，或者对朋友不忠，但是他的手不像别人的手，总不会把钱牢牢地握着。他对于外表丝毫也不讲究。他结交朋友，不因为他们有华屋美酒，却是爱他们的性情，他们的好心肠，他们讲笑话听笑话的本领，以及许多别人看不出的好处。因此他的朋友是不拘一类的，在富人的宴会里却反不常见到他的踪迹。我相信他这种流浪态度使他得到许多好处。他对于人生的希奇古怪的地方都有接触过。他对于人性晓得更透彻，好像一个人走到乡下，有时舍开大路，去凭吊荒墟古冢，有时在小村逆旅休息，路上碰到人们也攀谈起来，这种人对于乡下自然比那坐在四轮马车里骄傲地跑过大道的知道得多。我们因为这无理的骄傲，失丢了不少见识。一点流浪汉的习气都没有的人是没有什么价值的。"斯密士说到流浪汉的成家立业的法子，可见现在所谓的流浪汉并不限于那无家可归，脚跟如蓬转的人们。斯密士所说的只是一面，让我再由另一个观察点——流浪汉和 Gentleman 的比较——来论流浪汉，这样子一些一些凑起来或者能够将流浪汉的性格描摹得很完全，而且流浪汉的性格复杂万分，（汉既以流浪名，自不是安分守己，方正简单的人们，）绝不能一气说清。

英国文学里分析 Gentleman 的性格最明晰深入的文章，公推是那位叛教分子纽门（J. H. Newman）的《大学教育的范围同性质》。纽门说："说一个人他从来没有给别人以苦痛，这句话几乎可以做'君子'的定义……'君子'总是从事于除去许多障碍，使同他接近的人们能够自然地随意行动；'君子'对于他人行动是取赞同合作态度，自己却不愿开首主动……真正的'君子'极力避免使同他在一块的人们心里感到不快或者颤震，以及一切意见的冲突或者感情的碰撞，一切拘束，猜疑，沉闷，怨恨；他最关心的是使每个人都很随便安逸像在自己家里一样。"这样小心翼翼的君子我们当然很愿意和他们结交，但是若使天下人都是这么我让你，你体贴我，扭扭泥泥地，谁也都是捧着同情等着去附和别人的举动，可是谁也不好意思打头阵；你将就我，我将就你，大家天天只有个互相将就的目的，此外是毫无成见的，这种的世界和平固然很和平，可惜是死国的和平。迫得我们不得不去欢迎那豪爽英迈，勇往直前的流浪汉。他对于自己一时兴到想干的事趣味太浓厚了，只知道口里吹着调子，放手做去，既不去打算这事对人是有益是无益，会成功还是容易失败，自然也没有虑及别人的心灵会不会被他搅乱，而且"君子"们袖手旁观，本是无可无不可的，大概总会穿着白手套轻轻地鼓掌。流浪汉干的事情不一定对社会有益，造福于人群，可是他那股天不怕，地不怕，不计得失，不论是非的英气总可以使这麻木的世界呈现些须生气，给"君子"们以赞助的材料，免得"君子"们整天掩着手打呵欠（流浪汉才会痛快地打呵欠，"君子"们总是像林黛玉那样子抿着嘴儿）找不出话讲，我承认偷情的少女，再嫁的寡妇都是造福于社会的，因为没有她们，那班贞洁的小姐，守节的孀妇就失丢了谈天的材料，也无从来赞美自己了。并且流浪汉整天瞎闹过去，不仅目中无人，简直把自己都忘却了。真正的流浪汉所以不会引起人们的厌恶，因为他已经做到无人无我的境地，那一刹那间的冲动是他惟一的指导，他自己爱笑，也喜欢看别人的笑容，别的他什么也不管了。"君子"们处处为他人着想，弄得不好，反使别人怪难受，到〔倒〕不如流浪汉的有饭大家吃，有酒大家喝，有话大家话，先无彼此之分，人家自然会觉得很舒服，就是有冲撞地方，也可以原谅，而且由这种天真的冲撞更可以见流浪汉的毫无机心。真是像中国旧文人所爱说文章天成，妙手偶得之，流浪汉任性顺情，万事随缘，丝毫没有想到他人，人们却反觉得他是最好的伴侣，在他面前最能够失去世俗的拘束，自由地行动。许多人爱留连在乌烟瘴气的酒肆小茶店里，不愿意去高攀坐在王公大人们客厅的沙发上，一班公子哥儿喜欢跟马夫下流人整天打伙，不肯到他那客气温和的亲戚家里走走，都是这种道理。纽门又说："君子知道得很清楚，人类理智的强处同弱处，范围同限制。若使他是个不信宗教的人，他是太精明太雅量了，绝不会去嘲笑或者反宗教；他太智慧了，不会武断地或者热狂地反教。他对于虔敬同信仰有相当的尊敬；有些制度他虽然不肯赞同，可是他还以为这些制度是可敬的良好的或者有用的；他礼遇牧师，自己仅仅是不谈宗教的神秘，没有去攻击否认。他是信教自由的赞助者，这并不只是因为他的哲学教他对于各种宗教一视同仁，一半也是由于他的性情温和近于女性，凡是有文化的人们都是这样。"这种人修养功夫的确很到家，可谓火候已到，丝毫没有火气，但是同时也失去活气，因为他所磨炼去的火是 Prometheus 由上天偷来做人们灵魂用的火。十八世纪第一画家 Reynolds 是位脾气顶好的人，他的密友约翰生（就是那位麻脸的胖子）一天对他说："Reynolds 你对于谁也不恨，我却爱那善于恨人的人。"约翰生伟大的脑袋蕴蓄有许多对于人生微妙的观察，他通常冲口而出的牢骚都是入木三分的慧话。恨人恨得好（A good hater）真是一种艺术，而且是人人不可不讲究的。我相信不会热烈地恨人的人也是不知道怎地热烈地爱人。流浪汉是知道如何恨人，如何爱人。他对于宗教不是拚命地相信，就是尽力地嘲笑。Donne, Herrick, Cellini 都是流浪汉气味十足的人们，他们对于宗教都有狂热；Voltaire, Nietzsche 这班流浪汉就用尽俏皮的辞句，热嘲冷讽，掉尽枪花，来讥骂宗教。在人生这幕悲剧的喜剧或者喜剧的悲剧里，我们实在应该旗帜分明地对于一切不是打到〔倒〕，就是拥护，否则到处妥协，灰色地独自踯躅于战场之上，未免太单调了，太寂寞了。我们既然知道人类理智的能力是有限的，那么又何必自作聪明，僭居上帝的地位，盲目地对于一切主张都持个大人听小孩说梦话态度，保存种白痴的无情脸孔，暗地里自夸自己的眼力不差，晓得可怜同原谅人们低弱的理智。真真对于人类理智力的薄弱有同情的人是自己也加入跟着人们胡闹，大家一起乱来，对人们自然会有无限同情。和人们结伙走上错路，大家当然能够不言而喻地互相了解。当浊酒三杯过后，大家拍桌高歌，莫名其妙地相视而笑，莫逆于心，那时人们才有真正的同情，对于人们的弱点有愿意的谅解，并不像"君子"们的同情后面常带有我佛如来怜悯众生的冷笑。我最怕那人生的旁观者，所以我对于厚厚的《约翰生传》会不倦地温读，听人提到 Addison 的《旁观报》就会皱眉，虽然我也承认他的文章是珠圆玉润，修短适中，但是我怕他那像死尸一般的冰冷。纽门自己说"君子"的性情温和近于女性（The gentleness and effeminacy of feeling），流浪汉虽然没有这类在台上走 S 式步伐的旖旎风光，他却具有男性的健全。他敢赤身露体地和生命肉搏，打个你死我活。不管流浪汉的结果如何，他的生活是有力的，充满趣味的，他没有白过一生，他尝尽人生的各种味道，然后再高兴地去死的国土里遨游。这样在人生中的趣味无穷翻身打滚的态度，已经值得我们羡慕，绝不是女性的"君子"所能晓得的。

耶稣说过："凡想要保全生命的，必丧掉生命。凡丧掉生命的，必救活生命。"流浪汉无时不是只顾目前的痛快，早把生命的安全置之度外，可是他却无时不尽量地享受生之乐。守己安分的人们天天守着生命，战战兢兢，只怕失丢了生命，反把生命真正的快乐完全忽略，到了盖棺论定，自己才知道白宝贵了一生的生命，却毫无受到生命的好处，可惜太迟了，连追悔的时候都没有。他们对于生命好似守财虏〔奴〕的念念不忘于金钱，不过守财虏〔奴〕还有夜夜关起门来，低着头数血汗换来的钱财的快乐，爱惜生命的人们对于自己的生命，只有刻刻不忘的担心，连这种沾沾自喜的心情也没有，守财虏〔奴〕为了金钱缘故还肯牺牲了生命，比那什么想头也消失了，光会顾惜自己皮肤的人们到底是高一等，所以上帝也给他那份应得的快乐。用句罗素的老话，流浪汉对于自己生命不取占有冲动，是被创造冲动的势力鼓舞着。实在说起来，宇宙间万事万物流动不息，那里真有常住的东西。只有灭亡才是永存不变的，凡是存在的天天总脱不了变更，这真是"法轮常转"。Walter Pater 在他的《文艺复兴研究》的结论曾将这个意思说得非常美妙，可惜写得太好了，不敢翻译。尤其生命是瞬刻之间，变幻万千的，不跳动的心是属于死人的。所以除非顺着生命的趋势，高兴地什么也不去管望〔往〕前奔，人们绝不能够享受人生。近代小品文家 Jackson 在他那篇论"流浪汉"文里说："流浪汉如入生命的波涛汹涌的狂潮里生活。"他不把生命紧紧地拿着，（普通人将生命握得太紧，反把生命弄僵化死了，）却做生命海中的弄潮儿，伸开他的柔软身体，跟着波儿上下，他感觉到处处触着生命，他身内的热血也起共鸣。最能够表现流浪汉这种的精神是美国放口高歌，不拘韵脚的惠提曼（Walt Whitman）。他那本诗集《草之叶》（*Leaves of Grass*）里句句诗都露出流浪汉的本色，真可说是流浪汉的圣经。流浪汉生活所以那么有味一半也由于他们的生活是很危险的。踢足球，当兵，爬悬崖削〔峭〕壁……所以会那么饶有趣味，危险性也是一个主因。在这个单调寡趣，平淡无奇的人生里，凡有血性的人们常常觉到不耐烦，听到旷野的呼声，原人时代啸游山林，到处狩猎的自由化做我们的本能，潜伏在黑礼服的里面，因此我们时时想出外涉险，得个更充满的不羁生活。万顷波涛的大海谁也知道覆灭过无〔万〕千无数的大船，可是年年都有许多盎格罗萨格逊的小孩恋着海上危险的生涯，宁愿抛弃家庭的安逸，违背父母的劝谕，跑去过碧海苍天中辛苦的水手生涯。海所以会有那么大的魔力就是因为它是世上最危险的地方，而身心健全的好汉那个不爱冒险，爱慕海洋的生活，不仅是一"海上夫人"而已也。所以海洋能够有小说家们像 Marryat，Cooper，Loti，Conrad，等等去描写它，而他们的名著又能够博多数人的同情。蔼理斯曾把人生比做跳舞，若使世界真可说是个跳舞场，那么流浪汉是醉眼朦胧，狂欢地跳二人旋转舞的人们。规矩的先生们却坐在小桌边无精打彩〔采〕地喝无聊的咖啡，空对着似水的流年惆怅。

流浪汉在无限量地享受当前生活之外，他还有丰富的幻想做他的伴侣。Dickens 的《块肉余生述》里面的 Micawber 在极穷困的环境中不断地说"我们快交好运了"，这确是流浪汉的本色。他总是乐观的，走的老是蔷薇的路。他相信前途一定会光明，他的将来果然会应了他的预测，因为他一生中是没有一天不是欣欣向荣的；就是悲哀时节，他还是肯定人生，痛痛快快地哭一阵后，他的泪珠已滋养大了希望的根苗。他信得过自己，所以他在事情还没有做出之前，就先口说莲花，说完了，另一个新的冲动又来了，他也忘却自己讲的话，那事情就始终没有干好。这种言行不能一致，孔夫子早已反对在前，可是这类英气勃勃的矛盾是多么可爱！蔼理斯在他名著《生命的跳舞》里说："我们天天变更，世界也是天天变更，这是顺着自然的路，所以我们表面的矛盾有时就全体来看却是个深一层的一致。”（他的话大概是这样，一时记不清楚。）流浪汉跟着自然一团豪兴，想到那里就说到那里，他的生活是多么有力。行为不一定是天下一切主意的唯一归宿，有些微妙的主张只待说出已是值得赞美了，做出来或者反见累赘。神话同童话里的世界那个不爱，虽然谁也知道这是不能实现的。流浪汉的快语在渗淡的人生上布一层彩色的虹。这就很值得我们谢谢了，并且有许多事情起先自己以为不能胜任，若使说出话来，因此不得不努力去干，到〔倒〕会出乎意料地成功；倘然开头先怕将来不好，连半句话也不敢露，一碰到障碍，就随它去，那么我们的作事能力不是一天天退化了。一定要言先乎事，做我们努力的刺激，生活才有兴味，才有发展。就是有时失败，富有同情的人们定会原谅，尖酸刻薄人们的同情是得不到的，并且是不值一文的。我们的行为全借幻想来提高，所以 Masefield 说“缺乏幻想能力的人民是会灭亡的。”幻想同矛盾是良好生活的经纬。流浪汉心里想出七古八怪的主意，干出离奇矛盾的事情。什么传统正道也束缚他不住，他真可说是自由的骄子，在他的眼睛里，世界变做天国，因为他过的是天国里的生活。

若使我们翻开文学史来细看，许多大文学家全带有流浪汉气味。Shakespeare 偷过人家的鹿，Ben Jonson，Marlowe 等都是 Mermaid Tavern 这家酒店的老主顾，Goldsmith 吴市吹箫，靠着他的口笛遍游大陆，Steele 整天忙着躲债，Charles Lamb，Leigh Hunt 颠头颠脑，吃大烟的 Coleridge，De Quincey 更不用讲了，拜伦，雪莱，济茨那是谁也晓得的。就是 Wordsworth 那么道学先生神气，他在法国时候，也有过一个私生女，他有一首有名的十四行诗就是说这个女孩。目光如炬专说精神生活的塔果尔小孩时候最爱的是逃学。Browning 带着人家的闺秀偷跑，Mrs. Browning 违着父亲淫奔，前数年不是有位好事先生考究出 Dickens 年青时许多不轨的举动，其他如 Swinburne, Stevenson 以及《黄书》杂志那班唯美派作家那是更不用说了。为什么偏是流浪汉才会写出许多不朽的书，让后来"君子"式的大学生整天整夜按步〔部〕就班地念呢？头一下因为流浪汉敢做敢说，不晓得掩饰求媚，委曲求全，所以他的话真挚动人。有时加上些瞒天大谎，那谎却是那样子大胆子地杜撰的，一般拘谨人和假君子所绝对不敢说的，谎言因此有谎言的真实在，这真实是扯谎者的气魄所逼成的。而且文学是个性的结晶，个性越显明，越能够坦白地表现出来，那作品就更有价值。流浪汉是具有出类拔萃的个性的人物，他们的思想同行事全有他们的特别性格的色彩，他们豪爽直截的性情使他们能够把这种怪异的性格跃跃地呈现于纸上。斯密士说得不错，"天才是个流浪汉"，希腊哲学家讲过知道自己最难，所以在世界文学里写得好的自传很少，可是世界中所流传几本不朽的自传全是流浪汉写的。Cellini 杀人不眨眼，并且敢明明白白地记下，他那回忆录（*Memoirs*）过了几千年还没有失去光辉。Augustine 少年时放荡异常，他的《忏悔录》却同托尔斯泰（他在莫斯科纵欲的事迹也是不可告人的）的《忏悔录》，卢骚的《忏悔录》同垂不朽。富兰克林也是有名的流浪汉，不管他怎样假装做正人君子，他那浪子的骨头总常常露出，只要一念 Cobbett 攻击他的文章就知道他是个多么古怪一个人。De Quincey 的《英国一个吃鸦片人的忏悔录》，这个名字已经可以告诉我们那内容了。做《罗马衰亡史》的 Gibbon，他年青时候爱同教授捣乱，他那本薄薄的自传也是个愉快的读物。Jefferies 一心全在自然的美上面，除开游荡山林外，什么也不注意，他那《心史》是本冰雪聪明，微妙无比的自白。记得从前美国一位有钱老太太希望她的儿子成个文学家，写信去请教一位文豪，这位文豪回信说："每年给他几千镑，让他自己鬼混去罢。"这实在是培养创造精神的无上办法。我希望想写些有生气的文章的大学生不死滞在文科讲堂里，走出来当一当流浪汉罢。最近半年北大的停课对于中国将来文坛大有裨益，因为整天没有事只好逛市场跑前门的文科学生免不了染些流浪汉气息。这种千载一时的机会，希望我那些未毕业的同学们好好地利用，免贻后悔。

前几年才死去的一位英国小说家 Conrad 在他的散文集《人生与文学》内，谈到一位有流浪汉气的作家 Luffmann，说起有许多小女读他的书以后，写信去向他问好，不禁醋海生波，顾影自怜地（虽然他是老舟子出身）叹道："我平生也写过几本故事（我不愿意无聊地假假自谦），既属纪实，又很有趣。可是没有女人用温柔的话写信给我。为什么呢？只是因为我没有他那种流浪汉气。家庭中可爱的专制魔王对于这班无法无天的人物偏动起怜惜的心肠。"流浪汉确是个可爱的人儿，他具有完全男性，情怀潇洒，磊落大方，那个怀春的女儿见他不会倾心。俗语说"痴心女子负心汉。"就是因为负心汉全是处处花草颠连的浪子，什么事情都不放在心头，他那痛快淋漓的气慨〔概〕自然会叫那老被人拘在深闺里的女孩儿一见心倾，后来无论他怎地负心总是痴心地等待着。中古的贵女爱骑士，中国从前的美人爱英雄总是如花少女对于风尘中飘荡人的一往情深的表现。红拂的夜奔李靖，乌江军帐里的虞姬，随着范蠡飘荡五湖的西施……这些例子也不知道有多少。清朝上海窑子爱姘马夫，现在电影明星姘汽车夫，姨太太跟马弁偷情也是同样的道理。总之流浪汉天生一种叫人看着不得不爱的情调，他那种古怪莫测的行径刚中女人爱慕热情的易感心灵。岂只女人的心见着流浪汉会镕，我们不是有许多瞎闹胡乱用钱行事乖张的朋友，常常向我们借钱捣乱，可是我们始终恋着他们率直的态度，对他们总是怜爱帮忙。天下最大的流浪汉是基督教里的魔鬼。可是那个人心里不喜欢魔鬼。在沙士比亚以前英国神话剧盛行时候，丑角式的魔鬼一上场，大家都忙着拍手欢迎，魔鬼的一举一动看客必定跟着捧腹大笑。Robert Lynd 在他的小品文集《橘树》里《论魔鬼》那篇中说"《失乐园》诗所说的撒但在我们想像中简直等于儿童故事里面伟大英猛的海盗。"凡是儿童都爱海盗，许多人念了密尔敦史诗觉得诡谲的撒但比板板的上帝来得有趣得多。魔鬼的堪爱地方太多了，不是随便说得完，留得将来为文细论。

清末有几位王公贝勒常在夏天下午换上叫花子的打扮，偷跑到十〔什〕刹海路旁口唱莲花向路人求乞，黄昏时候才解下百衲衣回王府去。我在北京住了几年，心中很羡慕旗人知道享乐人生，这事也是一个证明。大热天气里躺在柳阴底下，顺口唱些歌儿，自在地饱看来往的男男女女；放下朝服，着半件轻轻的破衫，尝一尝暂时流浪汉生活的滋味，这是多么知道享受人生。戏子的生活也是很有流浪汉的色彩，粉墨登场，去博人们的笑和泪，自己仿佛也变做戏中人物，清末宗室有几位很常上台串演，这也是他们会寻乐地方。白浪滔天半生奔走天下，最后入艺者之家，做一个门弟子，他自己不胜感慨，我却以为这真是浪人应得的涅槃。不管中外，戏子女优必定是人们所喜欢的人物，全靠着他们是社会中最显明的流浪汉。Dickens 的小说所以会那么出名，每回出版新书时候，要先通知警察到书店门口守卫，免得购书的人争先恐后打起架来，也是因为他书内大脚色全是流浪汉，Pickwick 俱乐部那四位会员和他们周游中所遇的人们，《双城记》中的 Carton 等等全是第一等的流浪汉。《儒林外史》的杜少卿，《水浒》的鲁智深，《红楼梦》的柳二郎，《老残游记》的补残老是深深地刻在读者的心上，变成模范的流浪汉。

流浪汉自己一生快活，并且凭空地布下快乐的空气，叫人们看到他们也会高兴起来，说不出地喜欢他们，难怪有人说"自然创造我们时候，我们个个都是流浪汉，是这俗世把我们弄成个讲究体面的规矩人。"在这点我要学着卢骚，高呼"返于自然。"无论如何，在这麻木不仁的中国，流浪汉精神是一服极好的兴奋剂，最需要的强心针。就是把什么国家，什么民族一笔勾销，我们也希望能够过个有趣味的一生，不像现在这样天天同不好不坏，不进不退的先生们敷衍。写到这里，忽然记起东坡一首《西江月》，觉得很能道出流浪汉的三昧，就抄出做个结论罢！

照野弥弥浅浪，

横空隐隐层霄，

障泥未解玉骢骄，

我欲醉眠芳草。

可惜一溪风月，

莫教踏碎琼瑶，

解鞍敧枕绿杨桥，

杜宇一声春晓。

"顷在黄州，春夜行蕲水中，过酒家，饮酒醉。乘月至一溪桥上，解鞍曲肱，醉卧少休。及觉已晓，乱山攒拥，流水锵锵，疑非尘世也。书此语桥柱上。"

十八年除夕之前二日于福州。

（原连载于 1929 年 4 月 8 日、4 月 15 日《语丝》第 5 卷第 5 期、第 6 期）

"春朝"一刻值千金

（懒惰汉的懒惰想头之一）

十年来，求师访友，足迹走遍天涯，回想起来给我最大益处的却是"迟起"，因为我现在脑子里所有些聪明的想头，灵活的意思多半是早上懒洋洋地赖在床上想出来的。我真应该写几句话赞美它一番，同时还可以告诉有志的人们一点迟起艺术的门径。谈起艺术，我虽然是门外汉，不过对于迟起这门艺术到〔倒〕可说是一位行家，因为我既具有明察秋毫的批评能力，又带了甘苦备尝的实践精神。我天天总是在可能范围之内，尽量地滞在床上——那是我们的神庙——看着射在被上的日光，暗笑四围人们无谓的匆忙，回味前夜的痴梦——那是比做梦还有意思的事，——细想迟起的好处，唯我独尊地躺着，东倒西倾的小房立刻变做一座快乐的皇宫。

诗人画家为着要追求自己的幻梦，实现自己的痴愿，宁可牺牲一切物质的快乐，受尽亲朋的诟骂，他们从艺术里能够得到无穷的安慰，那是他们真实的世界，外面的世界对于他们反变成一个空虚。迟起艺术家也具有同等的精神。区区虽然不是一个迟起大师，但是对于本行艺术的确有无限的热忱——艺术家的狂热。所以让我拿自己做个例子罢。当我是个小孩时候，我的生活由家庭替我安排，毫无艺术的自觉，早上六点就起来了。后来到北方念书去，北方的天气是培养迟起最好的沃土，许多同学又都是程度很高的迟起艺术专家，于是绝好的环境同朋辈的切磋使我领略到迟起的深味，我的忠于艺术的热度也一天一天地增高。暑假年假回家时期，总在全家人吃完了早饭之后，我才敢动起床的念头。老父常常对我说清晨新鲜空气的好处，母亲有时提到重温稀饭的麻烦，慈爱的祖母也屡次向我姑母说"早起三日当一工"（我的姑母老是起得很早的），我虽然万分不愿意失丢大人们的欢心，但是为着忠于艺术的缘故，居然甘心得罪老人家。后来老人家知道我是无可救药的，反动了怜惜的心肠，他们早上九点钟时候走过我的房门前还是用着足尖；人们温情地放纵我们的弱点是最容易刺动我们麻木的良心，但是我总舍不得违弃了心爱的艺术，所以还是懊悔地照样地高卧。在大学里，有几位道貌岸然的教授对于迟到学生总是白眼相待，我不幸得很，老做他们白眼的鹄的，也曾好几次下个决心早起，免得一进教室的门，就受两句冷讽，可是一年一年地过去，我足足受了四年的白眼待遇，里头的苦处是别人想不出来的。有一年寒假住在亲戚家里，他们晚饭的时间是很早的，所以一醒来，腹里就咕隆地响着，我却按下饥肠，故意想出许多有趣事情，使自己忘却了肚饿，有时饿出汗来，还是坚持着非到十时是不起来的，对于艺术我是多么忠实，情愿牺牲。枵腹做诗的爱仑·波真可说是我的同志。后来入世谋生，自然会忽略了艺术的追求；不过我还是尽量地保留一向的热诚，虽然已经是够堕落了。想起我个人因为迟起所受的许多说不出的苦痛，我深深相信迟起是一门艺术，因为只有艺术才会这样带累人，也只有艺术家才肯这样不变初衷地往前牺牲一切。

但是从迟起我也得到不少的安慰，总够补偿我种种的苦痛。迟起给我最大的好处是我没有一天不是很快乐地开头的。我天天起来总是心满意足的，觉得我们住的世界无日不是春天，无处不是乐园。当我神怡气舒地躺着时候，我常常记起勃浪宁的诗："上帝在上，万物各得其所。"（鱼游水里，鸟栖树枝，我卧床上。）人生是短促的，可是若使我们有过光荣的青春，我们的一生就不能算是虚度，我们的残年很可以傍着火炉，晒着太阳在回忆里过日子。同样地一天的光阴是很短促的，可是若使我们有过光荣的早上，（一半时间化在床上的早晨！）我们这一天就不能说是白丢了，我们其余时间可以用在追忆清早的幸福，我们青年时期若使是欣欢的结晶，我们的余生一定不会很凄凉的，青春的快乐是有影子留下的，那影子好似带了魔力，惨淡的老年给它一照，也呈出和蔼慈祥的光辉。我们一天里也是一样的，人们不是常说：一件事情好好地开头，就是已经成功一半了；那么赏心悦意的早晨是一天快乐的先导。迟起不单是使我天天快活地开头，还叫我们每夜高兴地结束这个日子；我们夜夜去睡时候，心里就预料到明早迟起的快乐——预料中的快乐是比当时的享受，味还长得多——这样子我们一天的始终都是给生机活泼的快乐空气围住，这个可爱的升平景象却是迟起一手做成的。

迟起不仅是能够给我们这甜蜜的空气，它还能够打破我们结结实实的苦闷。人生最大的愁忧是生活的单调。悲剧是很热闹的，怪有趣的，只有那不生不死的机械式生活才是最无聊赖的。迟起真是唯一的救济方法。你若使感到生活的沉闷，那么请你多睡半点钟（最好是一点钟），你起来一定觉得许多要干的事情没有时间做了，那么是非忙不可——"忙"是进到快乐宫的金钥，尤其那自己找来的忙碌。忙是人们体力发泄最好的法子，亚里士多德不是说过人的快乐是生于能力变成效率的畅适。我常常在办公时间五分钟以前起床，那时候洗脸拭牙进早餐，都要用最快的速度完成，全变做最浪漫的举动，当牙膏四溅，脸水横飞，一手拿着头梳，对着镜子，一面吃面包时节，谁会说人生是没有趣味呢？而且当时只怕过了时间，心中充满了冒险的情绪。这些暗地晓得不碍事的冒险兴奋是顶可爱的东西，尤其是对于我们这班不敢真真履险的懦夫。我喜欢北方的狂风，因为当我们冲着黄沙望〔往〕前进的时候，我们仿佛是斩将先登，冲锋陷阵的健儿，跟自然的大力肉搏，这是多么可歌可泣的壮举，同时除开耳孔鼻孔塞点沙土外，丝毫危险也没有，不管那时是怎地像煞有介事样子。冒险的嗜好那个人没有，不过我们胆小，不愿白丢了生命，仁爱的上帝，因此给我们卷地蔽天的刮风，做我们安稳冒险的材料。住在江南的可怜虫，找不到这一天赐的机会，只得英雄做时势，迟些起来，自己创造机会。就是放假期间，十时半起床，早餐后抽完了烟，已经十一时过了，一想到今天打算做的事情一件也没有动手，赶紧忙着起来——天下里还有比无事忙更有趣味的事吗？若使你因为迟起挨到人家的闲话，那最少也可以打破你日常一波不兴无声无臭的生活。我想凡是尝过生活的深味的人一定会说痛苦比单调灰色生活强得多，因为痛苦是活的，灰色的生活却是死的象征。迟起本身好似是很懒惰的，但是它能够给我们最大的活气，使我们的生活跳动生姿；世上最懒惰不过的人们是那般黎明即起，老早把事做好，坐着呆呆地打呵欠的人们。迟起所有的这许多安慰，除开艺术，我们那里还找得出来呢？许多人现在还不明白迟起的好处，这也可以证明迟起是一种艺术，因为只有艺术人们才会这样地不去睬它。

现在春天到了，"春宵苦短日高起，"五六点钟醒来，就可以看见太阳，我们可以醉也似地躺着，一直躺了好几个钟头，静听流莺的巧啭，细看花影的慢移，这真是迟起的绝好时光。能让我们天天多躺一会儿罢，别辜负了这一刻千金的"春朝"。

《懒惰汉的懒惰想头》是当代英国小品文家 Jerome K. Jerome 的文集名字（*Idle Thoughts of an Idle Fellow*），集里所说的都是拉闲扯散，瞎三道四的废话，可是自带有幽默的深味，好似对于人生有比一般人更微妙的认识同玩味——这或者只是因为我自己也是懒惰汉，官官相卫，惺惺惜惺惺，那么也好，就随它去罢。"春宵一刻值千金"

这句老话，是谁也知道的，我觉得换一个字，就可以做我的题目。连小小二句题目，都要东抄西袭凑合成的，不肯费心机自己去做一个，这也可以见我的懒惰了。

在副题目底下加了"之一"两字，自然是指明我还要继续写些这类无聊的小品文字，但是什么时候会写第二篇，那是连上帝都不敢预言的，我是那么懒惰。有时晚上想好了意思，第二天起得太早，心中一懊悔，什么好意思都忘却了。

（原载于 1929 年 5 月 27 日《语丝》第 5 卷第 12 期）

"失掉了悲哀"的悲哀

那是三年前的春天，我正在上海一个公园里散步，忽然听到有个很熟的声音向我招呼。我看见一位神采飘逸的青年站在我的面前，微笑着叫我的名字问道："你记得青吗？"我真不认得他就是我从前大学预科时候的好友，因为我绝不会想到过了十年青还是这么年青样子，时间对于他会这样地不留痕迹。在这十年里我同他一面也没有会过，起先通过几封信，后来各人有各人的生活，彼此的环境又不能十分互相明了，来往的信里渐渐多谈时局天气，少说别话了，我那几句无谓的牢骚，接连写了几遍，自己觉得太无谓，不好意思再重复，却又找不出别的新鲜话来，因此信一天一天地稀少，以至于完全断绝音问已经有七年了。青的眼睛还是那么不停地动着，他颊上依旧泛着红霞，他脸上毫无风霜的颜色，还脱不了从前那种没有成熟的小孩神气。有一点却是新添的，他那渺茫的微笑是从前所没有的，而且是故意装出放在面上的，我对着这个微笑感到一些不快。

"青，"我说，"真奇怪！我们别离时候，你才十八岁，由十八到二十八，那是人们老得最快的时期，因为那是他由黄金的幻梦觉醒起来，碰到倔强的现实的时期。你却是丝毫没有受环境的影响，还是这样充满着青春的光荣，同十年前的你真是一点差别也找不出。我想这十年里你过的日子一定是很快乐的。对不对？"他对着我还是保持着那渺茫的微笑，过了一会，漠然地问道："你这几年怎么样呢？"我叹口气道，"别说了，许多的志愿，无数的心期全在这几年里销磨尽了。为着要维持生活，延长生命，整天忙着，因此却反失掉了生命的意义，多少想干的事情始终不能实行，有时自己想到这种无聊赖的生活，这样暗送去绝好的时光，心里的确万分难过。这几年里接二连三遇到不幸的事情，我是已经挣扎得累了。我近来的生活真是满布着悲剧的情绪。"青忽然兴奋地插着说，"一个人能够有悲剧的情绪，感到各种的悲哀，他就不能够算做一个可怜人了。"他正要往下说，眼皮稍稍一抬，迟疑样子，就停住不讲，又鼓着嘴唇现出笑容了。青从前是最直爽痛快不过的人，尤其和我，是什么话都谈的，我们常常谈到天亮，有时稍稍一睡，第二天课也不上，又唧唧哝哝谈起来。谈的是什么，现在也记不清了，那个人能够记得他睡在母亲怀中时节所做的甜梦。所以我当时很不高兴他这吞吞吐吐的神情，我说："青，十年里你到底学会些世故，所以对着我也是柳暗花明地只说半截话。小孩子的确有些长进。"青平常是最性急的人，现在对于我这句激他的话，却毫不在怀地一句不答，仿佛渺茫地一笑之后完事了。过了好久，他慢腾腾地说道："讲些给你听听玩，也不要紧，不讲固然也是可以的。我们分手后，我不是转到南方一个大学去吗？大学毕业后，我同人们一样，做些事情，吃吃饭，我过去的生活是很普通的，用不着细说。实在讲起来，那个人生活不是很普通的呢？人们总是有时狂笑，有时流些清泪，有时得意，有时失望，此外无非工作，娱乐，有家眷的回家看看小孩，独自的空时找朋友谈天。此外今天喜欢这个，明日或者还喜欢他，或者高兴别人，今年有一两人爱我们，明年他们也许仍然爱我们，也许爱了别人，或者他们死了，那就是不能再爱谁，再受谁的爱了。一代一代递演下去，当时自己都觉得是宇宙的中心，后来他忘却了宇宙，宇宙也忘却他了。人们生活脱不了这些东西，在这些东西以外也没有别的什么。这些东西的纷纭错杂就演出喜剧同悲剧，给人们快乐同悲哀。但是不幸得很，（或者是侥幸得很，）我是个对于喜剧同悲剧全失掉了感觉性的人。这并不是因为我麻木不仁了，不，我懂得人们一切的快乐同悲哀，但是我自己却失掉了快乐，也失掉了悲哀，因为我是个失掉了价值观念的人。人们一定要对于人生有个肯定以后，才能够有悲欢哀乐。不觉得活着有什么好处的人，死对于他当然不是件哀伤的事；若使他对于死也没有什么爱慕，那么死也不是什么赏心的乐事，一个人活在世上总须有些目的，然后生活才会有趣味，或者是甜味，或者是苦味；他的目的是终身的志愿也好，是目前的享福也好，所谓高尚的或者所谓卑下的，总之他无论如何，他非是有些希冀，他的生活是不能够有什么色彩的。人们的目的是靠人们的价值观念而定的。倘若他看不出什么是好，什么是坏，他什么肯定也不能够说了，他当然不能够有任何目的，任何希冀了。"

他说到这里，向我凄然冷笑一声，我忽然觉得他那笑是有些像我想像中恶鬼的狞笑。他又接着说："你记得吗？当我们在大学预科时候，有一天晚上你在一本文学批评书上面碰到一句 Spenser 的诗——

He could not rest, but did his stout heart eat.

你不晓得怎么解释，跑来问我什么叫做 to eat one's heart，我当时模糊地答道，就是吃自己的心。现在我可能告诉你什么叫做'吃自己的心'了。把自己心里各种爱好和厌恶的情感，一个一个用理智去怀疑，将无数的价值观念，一条一条打破，这就等于把自己的心一口一口地咬烂嚼化，等到最后对于这个当刽子手的理智也起怀疑，那就是他整个心吃完了的时候，剩下来的只是一个玲珑的空洞。他的心既然吃进去，变做大便同小便，他怎地能够感到人世的喜怒同哀乐呢？这就是 to eat one's heart。把自己心吃进去和心死是不同的。心死了，心还在胸内，不过不动就是了，然而人们还会觉得有重压在身内，所以一切穷凶极恶的人对于生活还是有苦乐的反应。只有那班吃自己心的人是失掉了悲哀的。我听说悲哀是最可爱的东西，只有对于生活有极强烈的胃口的人才会坠涕泣血，滴滴的眼泪都是人生的甘露。若使生活不是可留恋的，值得我们一顾的，我们也用不着这么哀悼生活的失败了。所以在悲哀时候，我们暗暗地是赞美生活，惋惜生活，就是肯定生活的价值。有人说人生是梦，莎士比亚说世界是个舞台，人生像一幕戏。但是梦同戏都是人生中的一部分；他们只在人生中去寻一种东西来象征人生，可见他们对于人生是多么感到趣味，无法跳出圈外，在人生以外，找一个东西来做比喻，所以他们都是肯定人生的人。我却是不知道应该去肯定或者去否定，也不知道世界里有什么'应该'没有。我怀疑一切价值的存在，我又不敢说价值观念绝对是错的。总之我失掉了一切行动的南针，我当然忘记了什么叫做希望，我不会有遂意的事，也不会有失意的事，我早已没有主意了。所以我总是这么年青，我的心已经同我躯壳脱离关系，不至于来捣乱了。我失掉我的心，可是没有地方去找，因为是自己吃进去的。我记得在四年前我才把我的心吃得干净，开始吃的时候很可口，去掉一个价值观念，觉得人轻一点，后来心一部一部蚕食去，胸里常觉空虚的难受，但是胃口又一天一天增强，吃得越快，弄得全吃掉了，最后一口是顶有味的。莎士比亚不是说过：Last taste is the sweetest。现在却没有心吃了。哈！哈！哈！哈！"

他简直放下那渺茫微笑的面具，老实地狰狞笑着。他的脸色青白，他的目光发亮。我脸上现出惊慌的颜色，他看见了立刻镇静下去，低声地说："王尔德在他那《牢狱歌》里说过：'从来没有流泪的人现在流泪了。'我却是从来爱流泪的人现在不流泪了。你还是好好保存你的悲哀，常常洒些愉快的泪，我实在不愿意你也像我这样失掉了悲哀，狼吞虎咽地把自己的心吃得精光。哈！哈！我们今天会到很好，我能够明白地回答你十年前的一个英文疑问。我们吃饭去罢!"

我们同到一个馆子，我似醉如痴地吃了一顿饭，青是不大说话，只讲几句很无聊的套语。我们走出馆子时候，他给我他旅馆的地址。我整夜没有睡好，第二天清早就去找他，可是旅馆里帐房说并没有这么一个人。我以为他或者用的不是真姓名，我偷偷地到各间房间门口看一看，也找不出他的影子，我坐在旅馆门口等了整天，注视来往的客人，也没有见到青。我怅惘地慢步回家，从此以后就没有再遇到青了。他还是那么年青吗？我常有这么一个疑问。我有时想，他或者是不会死的，老是活着，狞笑地活着，渺茫微笑地活着。

（原载于 1929 年 7 月 20 日《奔流》第 2 卷第 3 期）

泪 与 笑

梁遇春　著

上海开明书店，1934年6月初版

CONTENTS

目　次

序 一

秋心之死，第一回给我丧友的经验。以前听得长者说，写得出的文章大抵都是可有可无的，我们所可以文字表现者只是某一种情意，固然不很粗浅但也不很深切的部分，今日我始有感于此言。在恋爱上头我不觉如此，一晌〔向〕自己作文也是兴会多佳，那大概都是做诗，现在我要来在亡友的遗著前面写一点文章，屡次提起笔来又搁起，自审有所道不出。人世最平常的大概是友情，最有意思我想也是友情，友情也最难言罢，这里是一篇散文，技巧俱已疏忽，人生至此，没有少年的意气，没有情人的欢乐，剩下的倒是几句真情实话，说又如何说得真切。不说也没有什么不可，那么说得自己觉得空虚，可有可无的几句话，又何所惆怅呢，惟吾友在天之灵最共叹息。古人词多有伤春的佳句，致慨于春去之无可奈何，我们读了为之爱好，但那到底是诗人的善感，过了春天就有夏天，花开便要花落，原是一定的事，在日常过日子上，若说有美趣都是美趣，我们可以"随时爱景光，"这就是说我是不大有伤感的人。秋心这位朋友，正好比一个春光，绿暗红嫣，什么都在那里拚命，我们见面的时候，他总是燕语呢喃，翩翩风度，而却又一口气要把世上的话说尽的样子，我就不免于想到辛稼轩的一句词，"倩谁唤流莺声住，"我说不出所以然来暗地叹息。我爱惜如此人才。世上的春天无可悼惜，只有人才之间，这样的一个春天，那才是一去不复返，能不感到摧残。最可怜，这一个春的怀抱，洪水要来淹没他，他一定还把着生命的桨，更作一个春的挣扎，因为他知道他的美丽。他确确切切有他的怀抱，到了最后一刻，他自然也最是慷慨，这叫做"无可奈何花落去。"孔子曰，"朝闻道，夕死可矣。"我们对于一个闻道之友，只有表示一个敬意，同时大概还喜欢把他的生平当作谈天的资料，会怎么讲就怎么讲，能够说到他是怎样完成了他，便好像自己做了一件得意的工作。秋心今年才二十七岁，他是"赍志以殁，"若何可言，哀矣。

若从秋心在散文方面的发展来讲，我好像很有话可说。等到话要说时，实在又没有几句。他并没有多大的成绩，他的成绩不大看得见，只有几个相知者知道他酝酿了一个好气势而已。但是，即此一册小书，读者多少也可以接触此君的才华罢。近三年来，我同秋心常常见面，差不多总是我催他作文，我知道他的文思如星珠串天，处处闪眼，然而没有一个线索，稍纵即逝，他不能同一面镜子一样，把什么都收藏得起来。他有所作，也必让我先睹为快，我捧着他的文章，不由得起一种欢欣，我想我们新的散文在我的这位朋友手下将有一树好花开。据我的私见，我们的新文学，散文方面的发达，有应有尽有的可能，过去文学许多长处，都可在这里收纳，同时又是别开生面的，当前问题完全在人才二字，这一个好时代倒是给了我们充分的自由，虽然也最得耐勤劳，安寂寞。我说秋心的散文是我们新文学当中的六朝文，这是一个自然的生长，我们所欣羡不来学不来的，在他写给朋友的书简里，或者更见他的特色，玲珑多态，繁华足媚，其芜杂亦相当，其深厚也正是六朝文章所特有。秋心年龄尚青，所以容易有喜巧之处，幼稚亦自所不免，如今都只是为我们对他的英灵被以光辉。他死后两周，我们大家开会追悼，我有挽他一联，文曰，"此人只好彩笔成梦，为君应是昙华招魂，"即今思之，尚不失为我所献于秋心之死一份美丽的礼物，我不能画花，不然我可以将这一册小小的遗著为我的朋友画一幅美丽的封面，那画题却好像是潦草的坟这一个意思而已。

二十一年十二月八日，废名。

序 二

驭聪的一生过得很平凡，纵使不是这样的短，恐怕也不会有甚么希奇的花样出来，然而，在与驭聪熟悉的人，却始终觉得这个人太奇特了。他有一篇文章题目叫做"观火"，我们觉得他本身就像一团火，虽然如此，但他不能真实的成一团火，只是把这一团火来旁观——他在人生里翻筋斗，出入无定，忽悲忽喜。十年都市的生活，把这位"好孩子"的洁白心灵染上世故人情的颜色，他无法摆脱现实，躲藏这里头又没有片刻的安宁，他旁观自己，旁观他人，他真有所得，他立刻又放下了，他旁皇无已，他没有"入定"一般的见道，他的所得却是比不平凡的人多得多了。

他的情感也是属于平凡的人的，但也没有比这个再亲切的。初次见他的人也许感到有一点冷气，但只要你是知道他，他会慢慢自己点着，烧热来应付你们，我觉得他对人生最有趣味而不敢自己直接冒昧来尝试——这解释了他对朋友的态度。他会忽然鸣金收军，你不要气馁，他迟早总会降服了你，这当中使你感到未曾有过的温情，他的法门极多，却无一不是从内心出来，他的语言是整块成堆的，透明的而不是平面的，真够搅乱了你的胸怀，他走后，这印象留下，延长下去很久。驭聪的朋友们有谁不觉得受他牵引，纠缠你的心曲而无法开交呢？

他耽于书卷比谁都利害一点，他不受任何前辈先生的意见支配，他苦讨冥搜，他自己就是"象罔，"这确是最能得古人精髓的人应有的本色，可惜大多数人都失去了这本色。我们随便拿他一篇文章来看，立刻就能知道学究的话没有进过他的门限，他口上没有提过学问这两个字，这样他得了正法眼藏，但是有的到了这境界的人转到学究那边去了，自己关住了，他能守能攻，无征不克，他的趣味的驳杂配得上称獭祭鱼，所以甚么东西都可在他的脑海里来往自如，一有逗留，一副对联，半章诗句都能引起他无数的感想与傅会，扯到无穷远去。与他亲密的人领会这错中错，原谅他，佩服他，引起的同感非常曲折深邃，这的确不是非深知他的人所能知道的。

说到他的文章，时常有晦涩生硬的地方，正是在这里头包藏了他的深情密意。不，密意是说深入的意思，这是好孩子的话——我们又像见着一个从未见过的生气蓬勃的哲人——他把自己所见所思的，吞吞吐吐地说出，不把他当做他在给你 Confidence 的人，不会看懂，因为他就不曾想过做甚么文章，所以他的文章是朋友们的宝藏，神气十分像他的话匣子开起来的时候，可惜毕竟是文章，终有一个结束，总不如他本人来得生动，来得滔滔不绝。谁能想到滔滔不绝的生命之流会在他身上中断了，这一切停住了，他到另一世界去了，在这边留下一个不可弥补的偌大的空虚，在深夜我想起他的谈笑丰姿，想起他撇下的家庭，这是一件不能令人相信的事，这是一件惨不堪言的事。

驭聪昔日常常说青年时候死去在他人的记忆里永远是年青的，想不到他自己应了这一句话，我们虽然不敢一定要挽留他在这悲苦的世上颓老下去，但在这崎岖的人生道上忽然失去这样的一个同伴，在记忆里的他清新的面孔，不断给我无涯际的痛心，惆怅至于无穷期……

这样的一个人仅仅留下几十篇文章，结集起来算是朋友们对他做的一件事，此外再也没有甚么可以尽力的。我苦于无话可说，不料在他死后仅仅一年余，居然也能写出这篇充满理智的文字，这也是人间世可悲痛的事。

刘国平

序　三

　　秋心的这本集子，在去年秋天曾经由废名兄带到上海来，要我们给它找一个出版家，而且"派定"我作一篇序文。但结果到今年春间这原稿还是寄回北平去了，而我的序文也就始终没有写，曾日月之几何，如今只落得个物在人亡了。他的死实不仅是在友谊上一个可悲的损失而已。

　　回忆我们在大学的时候，虽则是同级，同系，又同宿舍，可是除了熟悉彼此的面孔和知道彼此的姓名外，我们之间并没有什么来往。有时在外面碰着，不知怎的彼此都仿佛有点不好意思似的望一望就过去，很少点头招呼过，更不用说谈过什么话了。那时他所给与我的印象只是一个年少翩翩颇有富贵气象的公子哥儿罢了。到了毕业的那一年，因为借书的关系我才开始和他发生交涉。记得我第一次招呼他和他攀话时他的脸上简直有点皴红哩。后来渐渐地熟了，我才知道他是一个最爽快最热忱不过的人，厥后来沪，他在真茹（那时有人嘲笑地称他为"口含烟斗的白面教授，"其实他只是一个助教而已），而我则住在租界的中心，他乡遇故知，自然格外觉得亲热。虽则相距颇远，我们每星期总是要来往一次的。他是一个健谈的人，每次见面真是如他自己所谈的"口谈手谈。"有时读了什么得意的文章，或写了什么得意的文章，总是很高兴地翻出来给我看，桌子上大抵堆满了他所翻开的书本，而我当时却几乎是"束书不观"的。他于书可以说是无所不读，而且他的理解和心得是很足以使姝姝自悦的我自愧弗如了。往往在对谈之际，自己自一个思想在脑子里模糊得不能明白地表达因而口头上吞吞吐吐觉得很窘的时候，他大抵能够猜出我的意思而给我点破一下或竟直截地代我说了出来。那一年余的友谊生活在我实在是平生快事。但不久他便北平去了。他之往北平，据他自己说，主要地是因为在暨南"无事干，白拿钱，自己深觉无味，"可是到了那儿事情可又太烦了；除了在北大图书馆办公室作事外他还要教课，而教课却是他深以为苦的。那时他的一封来信中便有一段说到这个：

"昔 Cowper 因友人荐彼为议院中书记，但要试验一下，彼一面怕考试，一面又觉友人盛意难却，想到没有法子，顿萌短见，拿根绳子上吊去了，后来被女房东救活。弟现常有 Cowper 同类之心情。做教员是现在中国智识阶级唯一路子，弟又这样畏讲台如猛虎，这个事实的悲哀，既无 Poetical halo 围在四旁，像精神的悲哀那样，还可以慰情，只是死板板地压在心上，真是无话可说。"

以后频频的来信往往总不免诉说牢愁——也许可以说是"寻愁觅恨"罢。然而以他的气质和学养，他却始终保持着他的潇洒的情趣，这也是可以从他所有的来信中看得出来的。去秋废名兄自北平来，告诉我说他年来样子上虽则老了一点，却还是生气勃勃的。这不能不叫眼前所摆的只是些铁板的事实而始终苦于不能超脱的我感着惭愧，羡慕和佩服。不过我读到他后来在《骆驼草》上发表的一些文章，虽则在文字上是比以前精炼的多，而且在思想上也更为邃密些，然而却似乎开始染上了一种阴沉的情调，很少以前那样发扬的爽朗的青春气象了。尤其是最近在《新月》上看到他的一篇遗稿《又是一年春草绿》，我真叹息那不应该是像他那样一个青年人写的，为什么这样凄凉呢！如果我们把他的这篇文章拿来和《春醪集》中的《"春朝"一刻值千金》或《谈"流浪汉"》对读，恐怕这三年的间隔应当抵上三十年罢。难道他的灵魂已经预感到死的阴影了？

如今这个集子终于快要出版了。在所谓学问文章上，自知不足以论秋心，只好把数月前在某杂志上发表过我所作以纪念他的一篇小文略为删改附在这里，聊以表示"挂剑"之意而已。

石民

一九三二年，十二月二十日。

（原载于 1932 年 6 月 30 日《文艺月刊》第 3 卷第 5、6 期合刊，原题《亡友梁遇春》，收入本集为序，稍有修改）

泪 与 笑

　　匆匆过了二十多年，我自然也是常常哭，常常笑，别人的啼笑也看过无数回了。可是我生平不怕看见泪，自己的热泪也好，别人的呜咽也好；对于几种笑我却会惊心动魄，吓得连呼吸都不敢大声，这些怪异的笑声，有时还是我亲口发出的。当一位极亲密的朋友忽然说出一句冷酷无情冰一般的冷话来，而且他自己还不知道他说的会使人心寒，这时候我们只好哈哈哈莫名其妙地笑了，因为若使不笑，叫我们怎么样好呢？我们这个强笑或者是出于看到他真正的性格（他这句冷语所显露的）和我们先前所认为的他的性格的矛盾，或者是我们要勉强这么一笑来表示我们是不会给他的话所震动，我们自己另有一个超乎一切的生活，他的话是不能损坏我们于毫发的，或者……但是那时节我们只觉到不好不这么大笑一声，所以才笑，实在也没有闲暇去仔细分析自己了。当我们心里有说不出的苦痛缠着，正要向人细诉，那时我们平时尊敬的人却用个极无聊的理由（甚至于最卑鄙的）来解释我们这穿过心灵的悲哀，看到这深深一层的隔膜，我们除开无聊赖地破涕为笑，还有什么别的办法吗？有时候我们倒霉起来，整天从早到晚做的事没有一件不是失败的，到晚上疲累非常，懊恼万分，悔也不是，哭也不是，也只好咽下眼泪，空心地笑着。我们一生忙碌，把不可再得的光阴消磨在马蹄轮铁，以及无谓敷衍之间，整天打算，可是自己不晓得为甚这么费心机，为了要活着用尽苦心来延长这生命，却又不觉得活着到底有何好处，自己并没有享受生活过，总之黑漆一团活着，夜阑人静，回头一想，那能够不吃吃地笑，笑时感到无限的生的悲哀。就说我们淡于生死了，对于现世界的厌烦同人事的憎恶还会像毒蛇般蜿蜒走到面前，缠着身上。我们真可说倦于一切，可惜我们也没有爱恋上死神，觉得也不值得花那么大劲去求死，在此不生不死心境里，只见伤感重重来袭，偶然挣些力气，来叹几口气，叹完气也免不了失笑，那笑是多么酸苦的。这几种笑声发自我们的口里，自己听到，心中生个不可言喻的恐怖，或者又引起另一个鬼似的狞笑。若使是由他人口里传出，只要我们探讨出它们的源泉，我们也会惺惺惜惺惺而心酸，同时害怕得全身打战。此外失望人的傻笑，下头人挨了骂对于主子的陪笑，趾高气扬的热官对于贫贱故交的冷笑，老处女在他人结婚席上所呈的干笑，生离永别时节的苦笑——这些笑全是"自然"跟我们为难，把我们弄得没有办法，我们承认失败了的表现，是我们心灵的堡垒下面刺目的降幡。

莎士比亚的妙句"对着悲哀微笑"（smiling at grief）说尽此中的苦况。拜伦在他的杰作 *Don Juan* 里有二句：

"Of all tales 'tis the saddest—and more sad,

Because it makes us smile."

这两句是我愁闷无聊时所喜欢反复吟诵的，因为真能传出"笑"的悲剧的情调。

泪却是肯定人生的表示。因为生活是可留恋的，过去是春天的日子，所以才有伤逝的清泪。若使生活本身就不值得我们的一顾，我们那里会有惋惜的情怀呢？当一个中年妇人死了丈夫时候，她号淘〔啕〕地大哭，她想到她儿子这么早失丢了父亲，没有人指导，免不了伤心流泪，可是她隐隐地对于这个儿子有无穷的慈爱同希望。她的儿子又死了，她或者会一声不做地料理丧事，或者发疯狂笑起来，因为她已厌倦于人生，她微弱的心已经麻木死了。我每回看到人们的流泪，不管是失恋的刺痛，或者丧亲的悲哀，我总觉人世真是值得一活的。眼泪真是人生的甘露。当我是小孩时候，常常觉得心里有说不出的难过，故意去臆造些伤心事情，想到有味时候，有时会不觉流下泪来，那时就感到说不出的快乐。现在却再寻不到这种无根的泪痕了。那个有心人不爱看悲剧，亚里士多德所说的净化的确不错。我们精神所纠结郁积的悲痛随着台上的凄惨情节发出来，哭泣之后我们有形容不出的快感，好似精神上吸到新鲜空气一样，我们的心灵忽然间呈非常健康的状态。Gogol 的著作人们都说是笑里有泪，实在正是因为后面有看不见的泪，所以他小说会那么诙谐百出，对于生活处处有回甘的快乐。中国的诗词说高兴赏心的事总不大感人，谈愁语恨却是易工，也由于那些怨词悲调是泪的结晶，有时会逗我们洒些同情的泪，所以亡国的李后主，感伤的李义山始终是我们爱读的作家。天下最爱哭的人莫过于怀春的少女同情海中翻身的青年，可是他们的生活是最有力，色彩最浓，最不虚过的生活。人到老了，生活力渐渐消磨尽了，泪泉也干了，剩下的只是无可无不可那种将就木的心境和好像慈祥实在是生的疲劳所产生的微笑——我所怕的微笑。十八世纪初期浪漫派诗人格雷在他的 *On a Distant Prospect of Eton College* 里说：

> 流下也就忘了的泪珠，
>
> 那是照耀心胸的阳光。
>
> The tear forgot as soon as shed，
>
> The sunshine of the breast.

这些热泪只有青年才会有，它是同青春的幻梦同时消灭的。泪尽了，个个人心里都像苏东坡所说的"存亡惯见浑无泪"那样的冷淡了，坟墓的影已染着我们的残年。

（原载于 1929 年 6 月 17 日《语丝》第 5 卷第 15 期）

天真与经验

天真和经验好像是水火不相容的东西。我们常以为只有什么经验也没有的小孩子才会天真，他那位饱历沧桑的爸爸是得到经验，而失掉天真了。可是，天真和经验实在并没有这样子不共戴天，它们俩倒很常是聚首一堂。英国最伟大的神秘诗人勃来克著有两部诗集：《天真的歌》（*Songs of Innocence*）同《经验的歌》（*Songs of Experience*）。在《天真的歌》里，他无忧无虑地信口唱出晶莹甜蜜的诗句，他简直是天真的化身，好像不晓得世上是有龌龊的事情的。然而在《经验的歌》里，他把人情的深处用简单的辞句表现出来，真是找不出一个比他更有世故的人了。他将伦敦城里扫烟囱小孩子的穷苦，娼妓的厄运说得辛酸凄迷，可说是看尽人间世的烦恼。可是他始终仍然是那么天真，他还是常常亲眼看见天使当他的工作没有做得满意时候，他就同他的妻子双双跪下，向上帝祈祷。他快死的前几天，那时他结婚已经有四十五年了，一天他看着他的妻子，忽然拿起铅笔叫道："别动！在我眼里你一向是一个天使；我要把你画下，"他就立刻画出她的相貌。这是多么天真的举动。尖酸刻毒的斯惠夫特写信给他那两位知心的女人时候，的确是十足的孩子气，谁去念 *The Journal to Stella* 这部书信集，也不会想到写这信的人就是 *Gulliver's Travels* 的作者。斯蒂芬生在他的小品文集《贻青年少女》中（*Virginibus Puerisque*），说了许多世故老人的活，尤其是对于婚姻，讲有好些叫年青的爱人们听着会灰心的冷话。但是他却没有失丢了他的童心，他能够用小孩子的心情去叙述海盗的故事，他又能借小孩子的口气，著出一部《小孩的诗园》（*A Child's Garden of Verses*），里面充满着天真的空气，是一本儿童文学的杰作。可见确然吃了知识的果，还是可以在乐园里逍遥到老。我们大家并不是个个人都像亚当先生那么不幸。

也许有人会说，这班诗人们的天真是装出来的，最少总有点做作的痕迹，不能像小孩子的天真那么浑脱自然，毫无机心。但是，我觉得小孩子的天真是靠不住的，好像个很脆的东西，经不起现实的接触。并且当他们才发现出人情的险诈同世路的崎岖时候，他们会非常震惊，因此神经过敏地以为世上除开计较得失利害外是没有别的东西的，柔嫩的心或者就这么麻木下去，变成个所谓值得父兄赞美的少年老成人了。他们从前的天真是出于无知，值不得什么赞美的，更值不得我们欣羡。桌子是个一无所知的东西，它既不晓得骗人，更不会去骗人，为什么我们不去颂扬桌子的天真呢？小孩子的天真跟桌子的天真并没有多大的分别。至于那班已坠世网的人们的天真就大不同了。他们阅历尽人世间的纷扰，经过了许多得失哀乐，因为看穿了鸡虫得失的无谓，又知道在太阳底下是难逢笑口的，所以肯将一切利害的观念丢开，来任口说去，任性做去，任情去欣赏自然界的快乐。他们以为这样子痛快地活着才是值得的。他们把机心看做是无谓的虚耗，自然而然会走到忘机的境界了。他们的天真可说是被经验锻炼过了，仿佛像在八卦炉里蹲过，做成了火眼金睛的孙悟空。人世的波涛再也不能将他们的天真卷去，他们真是"世路如今已惯，此心到处悠然，"这种悠然的心境既然成为习惯，习惯又成天然，所以他们的天真也是浑脱一气，没有刀笔的痕迹的。这个建在理智上面的天真绝非无知的天真所可比拟的，从无知的天真走到这个超然物外的天真，这就全靠着个人的生活艺术了。

忽然记起我自己去年的生活了，那时我同 G 常作长夜之谈。有一晚电灯灭后，蜡烛上时，我们搓着睡眼，重新燃起一斗烟来，就谈着年青人所最爱谈的题目——理想的女人。我们不约而同地说道最可爱的女子是像卖解，女优，歌女等这班风尘人物里面的痴心人。她们流落半生，看透了一切世态，学会了万般敷衍的办法，跟人们好似是绝不会有情的，可是若使她们真真爱上了一个情人，她们的爱情比一般的女子是强万万倍的。她们不像没有跟男子接触过的女子那样盲目，口是心非的甜言蜜语骗不了她们，暗地皱眉的热烈接吻瞒不过她们的慧眼，她们一定要得到了个一往情深的爱人，才肯来永不移情地心心相托。她们对于爱人所以会这么苛求，全因为她们自己是恳挚万分。至于那班没有经验的女子，她们常常只听到几句无聊的卿卿我我，就以为是了不得了，她们的爱情轻易地结下，将来也就轻易地勾销，这那里可以算做生生死死的深情。不出闺门的女子只有无知，很难有颠扑不破的天真，同由世故的镕炉里铸炼出来的热情。数十年来我们把女子关在深闺里，不给她们一个得到经验的机会，既然没有经验来锻炼，她们当然不容易有个强毅的性格，我们又来怪她们的杨花水性，说了许多混话，这真是太冤枉了。我们把无知误解做天真，不晓得从经验里突围而出的天真才是可贵的，因此上造了这九洲〔州〕大错，这又要怪谁呢？

没有尝过穷苦的人们是不懂得安逸的好处的，没有感到人生的寂寞的人们是不能了解爱的价值的，同样地未曾有过经验的孺子是不知道天真之可贵的。小孩子一味天真，糊糊涂涂地过日，对于天真并未曾加以认识，所以不能做出天真的诗歌来，笨大的爸爸们尝遍了各种滋味，然后再洗涤俗虑，用锻炼过后的赤子之心来写诗歌，却做出最可喜的儿童文学，在这点上就可以看出人世的经验对于我们是最有益的东西了。老年人所以会和蔼可亲也是因为他们受过了经验的洗礼。必定要对于人世上万物万事全看淡了，然后对于一二件东西的留恋才会倍见真挚动人。宋诗里常有这种意境。欧阳永叔的"棋罢不知人换世，酒阑无奈客思家，"同苏长公的"存亡惯见浑无泪，乡井难忘尚有心"全能够表现出这种依依的心情。虽然把人世存亡全置之度外，漠然不动于衷，但是对于客子的思家同自己的乡愁仍然是有些牵情。这种惘怅的情怀是多么清新可喜，我们读起来觉得比处处留情的才子们的滥情是高明得多，这全因为他们的情绪受过了一次蒸溜〔馏〕。从经验里出来的天真会那么带着诗情也是为着同样的缘故。

蔼里斯在他的杰作《性的心理的研究》第六卷里说道："就说我们承认看着裸体会激动了热情，这个激动还是好的，因为它引起我们的一种良好习惯，自制。为着恐怕有些东西对于我们会有引诱的能力，就赶紧跑到沙漠去住，这也可说是一种可怜的道德了。我们应当知道在文化当中故意去创造出一个沙漠来包围自己，这种举动是比别的要更坏得多了。我们无法去丢〔掉〕热情，即使我们有这个决心；何尔巴哈说得好，理智是教人这样拣择正当的热情，教育是教人们怎样把正当的热情种植培养在人心里面。观看裸体有一个精神上的价值，那可以教我们学会去欣赏我们没有占有着的东西，这个教训是一切良好的社会生活的重要预备训练，小孩子应当学到看见花，而不想去采它；男人应当学到看见着一个女人的美，而不想占有她。"我们所说的天真常是躲在沙漠里，远隔人世的引诱这类的天真。经验陶冶后的天真是见花不采，看到美丽的女人，不动枕席之念的天真。

人世是这么百怪千奇，人命是这样他生未卜，这个千载一时的看世界机会实在不容错过，绝不可误解了天真意味，把好好的人儿囚禁起来，使他草草地过了一生，并没有尝到做人的意味，而且也不懂得天真的真意了。这种活埋的办法绝非上帝造人的本意，上帝是总有一天会跟这班刽子手算账的。我们还是别当刽子手好罢，何苦手上染着女人小孩子的血呢！

（原载于 1929 年 10 月 14 日《语丝》第 5 卷第 31 期）

途　中

　　今天是个潇洒的秋天，飘着零雨，我坐在电车里，看到沿途店里的伙计们差不多都是懒洋洋地在那里谈天，看报，喝茶——喝茶的尤其多，因为今天实在有点冷起来了。还有些只是倚着柜头，望望天色。总之纷纷扰扰的十里洋场顿然现出闲暇悠然的气概，高楼大厦的商店好像都化做三间两舍的隐庐，里面那班平常替老板挣钱，向主顾陪笑的伙计们也居然感到了生活余裕的乐处，正在拉闲扯散地过日，仿佛全是古之隐君子了。路上的行人也只是稀稀的几个，连坐在电车里面上银行去办事的洋鬼子们也燃着烟斗，无聊赖地看报上的广告，平时的燥气全消，这大概是那件雨衣的效力罢！到了北站，换上去西乡的公共汽车，雨中的秋之田野是别有一种风味的。外面的濛濛细雨是看不见的，看得见的只是车窗上不断地来临的小雨点，同河面上错杂得可喜的纤纤雨脚。此外还有粉般的小雨点从破了的玻璃窗进来，栖止在我的脸上。我虽然有些寒战，但是受了雨水的洗礼，精神变成格外地清醒。已撄世网，醉生梦死久矣的我真不容易有这么清醒，这么气爽。再看外面的景色，既没有像春天那娇艳得使人们感到它的不能久留，也不像冬天那样树枯草死，好似世界是快毁灭了，却只是静默默地，一层轻轻的雨雾若隐若现地盖着，把大地美化了许多，我不禁微吟着乡前辈姜白石的诗句[1]，真是"人生难得秋前雨。"忽然想到今天早上她皱着眉头说道："这样凄风苦雨的天气，你也得跑那么远的路程，这真可厌呀！"我暗暗地微笑。她那里晓得我正在凭窗赏玩沿途的风光呢？她或者以为我现在必定是哭丧着脸，像个到刑场的死囚，万不会想到我正流连着这叶尚未凋，草已添黄的秋景。同情是难得的，就是错误的同情也是无妨，所以我就让她老是这样可怜着我的仆仆风尘罢；并且有时我有什么逆意的事情，脸上露出不豫的颜色，可以借路中的辛苦来遮掩，免得她一再追究，最后说出真话，使她凭添了无数的愁绪。

其实我是个最喜欢在十丈红尘里奔走道路的人。我现在每天在路上的时间差不多总在两点钟以上，这是已经有好几月了，我却一点也不生厌，天天走上电车，老是好像开始蜜月旅行一样。电车上和道路上的人们彼此多半是不相识的，所以大家都不大拿出假面孔来，比不得讲堂里，宴会上，衙门里的人们那

---

[1] 姜白石，即南宋词人姜夔，饶州鄱阳（今江西鄱阳）人。梁遇春为福州人，此处称姜夔为"乡前辈"，疑有误记。或因姜夔与闽清（今属福州）诗人萧德藻交好，萧将自己的侄女配给姜夔，故有此称。——编者注

样彼此拼命地一味敷衍。公园，影戏院，游戏场，馆子里面的来客个个都是眉花眼笑的，最少也装出那么样子，墓地，法庭，医院，药店的主顾全是眉头皱了几十纹的，这两下都未免太单调了，使我们感到人世的平庸无味，车子里面和路上的人们却具有万般色相，你坐在车里，只要你睁大眼睛不停地观察了卅分钟，你差不多可以在所见的人们脸上看出人世一切的苦乐感觉同人心的种种情调。你坐在位子上默默地鉴赏，同车的客人们老实地让你从他们的形色举止上去推测他们的生平同当下的心境，外面的行人一一现你眼前，你尽可恣意瞧着，他们并不会晓得，而且他们是这么不断地接连走过，你很可以拿他们来彼此比较，这种普通人的行列的确是比什么赛会都有趣得多，路上源源不绝的行人可说是上帝设计的赛会，当然胜过了我们佳节时红红绿绿的玩意儿了。并且在路途中我们的心境是最宜于静观的，最能吸收外界的刺激的。我们通常总是有事干，正经事也好，歪事也好，我们的注意免不了特别集中在一点上，只有路途中，尤其走熟了的长路，在未到目的地以前，我们的方寸是悠然的，不专注于一物，却是无所不留神的，在匆匆忙忙的一生里，我们此时才得好好地看一看人生的真况。所以无论从那一方面说起，途中是认识人生最方便的地方。车中，船上同人行道可说是人生博览会的三张入场券，可惜许多人把它们当做废纸，空走了一生的路。我们有一句古话："读万卷书，行万里路，"所谓行万里路自然是指走遍名山大川，通都大邑，但是我觉换一个解释也是可以。一条的路你来往走了几万遍，凑成了万里这个数目，只要你真用了你的眼睛，你就可以算是懂得人生的人了。俗语说道："秀才不出门，能知天下事，"我们不幸未得入泮，只好多走些路，来见见世面罢！对于人生有了清澈的观照，世上的荣辱祸福不足以扰乱内心的恬静，我们的心灵因此可以获到永久的自由，可见个个的路都是到自由的路，并不限于罗素先生所钦定的：所怕的就是面壁参禅，目不窥路的人们，他们自甘沦落，不肯上路，的确是无法可办。读书是间接地去了解人生，走路是直接地去了解人生，一落言诠，便非真谛，所以我觉得万卷书可以搁开不念，万里路非放步走去不可。

了解自然，便是非走路不可。但是我觉得有意的旅行到〔倒〕不如通常的走路那样能与自然更见亲密。旅行的人们心中只惦着他的目的地，精神是紧张的，实在不宜于裕然地接受自然的美景。并且天下的风光是活的，并不拘拘于一谷一溪，一洞一岩，旅行的人们所看的却多半是这些名闻四海的死景，人人莫名其妙地照例赞美的胜地。旅行的人们也只得依样葫芦一番，做了万古不移的传统的奴隶。这又何苦呢？并且只有自己发现出的美景对着我们才会有贴心的亲切感觉，才会感动了整个心灵，而这些好景却大抵是得之偶然的，绝不能强求。所以有时因公外出，在火车中所瞥见的田舍风光会深印在我们的心坎里，而花了盘川，告了病假去赏玩的名胜倒只是如烟如雾地浮动在记忆的海里。今年的春天同秋天，我都去了一趟杭州，每天不是坐在划子里听着舟子的调度，就是跑山，恭敬地聆着车夫的命令，一本薄薄的指南隐隐地含有无上的威权，等到把所谓胜景一一领略过了，重上火车，我的心好似去了重担。当我再继续过着我通常的机械生活，天天自由地东瞧西看，再也不怕受了舟子，车夫，游侣的责备，再也没有什么应该非看不可的东西，我真快乐得几乎发狂。西泠的景色自然是渐渐消失得无影无迹，可惜消失得太慢，起先还做了我几个噩梦的背境。当我梦到无私的车夫，带我走着崎岖难行的宝石山或者光滑不能住足的往龙井的石路，不管我怎样求免，总是要迫我去看烟霞洞的烟霞同龙井的龙角。谢谢上帝，西湖已经不再浮现在我的梦中了。而我生平所最赏心的许多美景是从到西乡的公共汽车的玻璃窗得来的。我坐在车里，任它一上一下，一左一右地跳荡，看着老看不完的十八世纪长篇小说，有时闭着书随便望一望外面天气，忽然觉得青翠迎人，遍地散着香花，晴天现出不可描摹的蓝色。我顿然感到春天已到大地，这时我真是神魂飞在九霄云外了。再去细看一下，好景早已过去，剩下的是闸北污秽的街道，明天再走到原地，一切虽然仍旧，总觉得有所不足，与昨天是不同的，于是乎那天的景色永留在我的心里。甜蜜的东西看得太久了也会厌烦，真真的好景都该这样一瞬即逝，永不重来。婚姻制度的最大毛病也就是在于日夕聚首：将一切好处都因为太熟而化成坏处了。此外在热狂的夏天，风雪载途的冬季我也常常出乎意料地获到不可名言的妙境，滋润着我的心田。会心不远，真是陆放翁所谓的"何处楼台无月明。"自己培养有一个易感的心境，那么走路的确是了解自然的捷径。

"行"不单是可以使我们清澈地了解人生同自然，它自身又是带有诗意的，最浪漫不过的。雨雪霏霏，杨柳依依，这些境界只有行人才有福享受的。许多奇情逸事也都是靠着几个人的漫游而产生的。《西游记》，《镜花缘》，《老残游记》，Cervantes 的《吉诃德先生》（*Don Quixote*），Swift 的《海外轩渠录》（*Gulliver's Travels*），Bunyan 的《天路历程》（*Pilgrim's Progress*），Cowper 的《痴汉骑马歌》（*John Gilpin*），Dickens 的 *Pickwick Papers*，Byron 的 *Childe Harold's Pilgrimage*，Fielding 的 *Joseph Andrews*，Gogol 的 *Dead Souls* 等不可一世的杰作没有一个不是以"行"为骨子的，所说的全是途中的一切，我觉得文学的浪漫题材在爱情以外，就要数到"行"了。陆放翁是个豪爽不羁的诗人，而他最出色的杰作却是那些纪行的七言。我们随便抄下两首，来代我们说出"行"的浪漫性罢！

剑南道中遇微雨

衣上征尘杂酒痕，远游无处不销魂，此身合是诗人未，细雨骑驴入剑门。

南定楼遇急雨

行遍梁州到益州，今年又作度泸游，江山重复争供眼，风雨纵横乱入楼，人语朱离逢峒獠，棹歌欸乃下吴州〔舟〕，天涯住稳归心懒，登览茫然却欲愁。
因为"行"是这么会勾起含有诗意的情绪的，所以我们从

"行"可以得到极愉快的精神快乐，因此"行"是解闷销愁的最好法子，将濒自杀的失恋人常常能够从漫游得到安慰，我们有时心境染了凄迷的色调，散步一下，也可以解去不少的忧愁。Hawthorne 同 Edgar Allen Poe 最爱描状一个心里感到空虚的悲哀的人不停地在城里的各条街道上回复地走了又走，以冀对于心灵的饥饿能够暂时忘却。Dostoivsky 的《罪与罚》里面的 Raskolnikov 犯了杀人罪之后，也是无目的到处乱走，仿佛走了一下，会减轻了他心中的重压。甚至于有些人对于"行"具有绝大的趣味，把别的趣味一齐压下了，Stevenson 的《流浪汉之歌》就表现出这样的一个人物，他在最后一段里说道："财富我不要，希望，爱情，知己的朋友，我也不要；我所要的只是上面的青天同脚下的道路。"

> Wealth I ask not, hope nor love,
>
> Nor a friend to know me;
>
> All I ask, the heaven above
>
> And the road below me.

Walt Whitman 也是一个歌颂行路的诗人，他的《大路之歌》真是"行"的绝妙赞美诗，我就引他开头的雄浑诗句来做这段的结束罢！

> A foot and light-hearted I take to the open road,
>
> Healthy, free, the world before me,
>
> The long brown path before me leading wherever I choose.

我们从摇篮到坟墓也不过是一条道路，当我们正寝以前，我们可说是老在途中。途中自然有许多的苦辛，然而四围的风光和同路的旅人都是极有趣的，值得我们跋涉这程路来细细鉴赏。除开这条悠长的道路外，我们并没有别的目的地，走完了这段征程，我们也走出了这个世界，重回到起点的地方了。科学家说我们就归于毁灭了，再也不能重走上这段路途，主张灵魂不灭的人们以为来日方长，这条路我们还能够一再重走了几千万遍。将来的事，谁去管它，也许这条路有一天也归于毁灭。我们还是今天有路今天走罢，最要紧的是不要闭着眼睛，朦朦[1]一生，始终没有看到了世界。

十八，十一，五。

（原载于 1929 年 11 月 11 日《语丝》第 5 卷第 35 期）

---

1 朦朦，原刊作"草草"。——编者注

论智识贩卖所的伙计

"每门学问的天生仇敌是那门的教授。"——威廉·詹姆士

智识贩卖所的伙计大约可分三种：第一种是著书立说，多半不大甘心于老在这个没有多大出息的店里混饭，想到衙门中显显身手的大学教授；第二种是安分守己，一声不则，随缘消岁月的中学教员；第三种是整天在店里当苦工，每月十几块工钱有时还要给教育厅长先挪去，用做招待星期讲演的学者（那就是比他们高两级的著书立说的教授）的小学教员。他们的苦乐虽也各各不同，他们却带有个共同的色彩。好像钱庄里的伙计总是现出一副势利面孔，旅馆里的茶房没有一个不是带有不道德的神气，理发匠老是爱修饰，做了下流社会里的花花公子，以及个个汽车夫都使我们感到他们家里必定有个姘头。同样地，

教书匠具有一种独有的色彩，那正同杀手脸上的横肉一样，做了他们终身的烙印。

糖饼店里的伙计必定不喜欢食糖饼，布店的伙计穿的常是那价廉物不美的料子，"卖扇婆婆手遮日"是世界里最普通的事情，所以智识贩卖所的伙计是最不喜欢智识，失掉了求知欲望的人们。这也难怪他们，整天弄着那些东西，靠着那些东西来自己吃饭，养活妻子，不管你高兴不高兴，每天总得把这些东西照例说了几十分钟或者几点钟，今年教书复明年，春恨秋愁无暇管，他们怎么不会讨厌智识呢？就说是个绝代佳人，这样子天天在一块，一连十几年老是同你卿卿我我，也会使你觉得腻了。所以对于智识，他们失丢了孩童都具有的那种好奇心。他们向来是不大买书的，充其量不过把图书馆的大本书籍搬十几本回家，搁在书架上让灰尘，蠹鱼同蜘蛛来尝味，他们自己也忘却曾经借了图书馆的书，有时甚至于把这些书籍的名字开在黑板上，说这是他们班上学生必须参考的书，害得老实的学生们到图书馆找书找不到，还急得要死；不过等到他们自己高据在讲台之上的时节，也早忘却了当年情事，同样慷慨地腾出家里的书架替学校书库省些地方了。他们天天把这些智识排在摊上，在他们眼里这些智识好像是当混沌初开，乾坤始定之时，就已存在人间了，他们简直没有想到这些智识是古时富有好奇心的学者不惜万千艰苦，虎穴探子般从"自然"手里夺来的。他们既看不到古昔学者的热狂，对于智识本身又因为太熟悉了生出厌倦的心情，所以他们老觉得智识是冷冰冰的，绝不会自己还想去探求这些冻手的东西了。学生的好奇心也是他们所不能了解的，所以在求真理这出的捉迷藏戏里他们不能做学生们的真正领袖，带着他们狂欢地瞎跑，有时还免不了浇些冷水，截住了青年们的兴头，愿上帝赦着他们罢，阿门。然而他们一度也做过学生，也怀过热烈的梦想，许身于文艺或者科学之神，曾几何时，热血沸腾的心儿停着不动，换来了这个二目无光的冷淡脸孔，隐在白垩后面，并且不能原谅年青人的狂热，可见亲身经验是天下里最没用的事，不然人们也不会一代一代老兜同一的愚蠢圈子了。他们最喜欢那些把笔记写得整整齐齐，伏贴贴地听讲的学生，最恨的是信口胡问的后生小子，他们立刻露出不豫的颜色，仿佛这有违乎敬师之道。法郎士在《伊壁鸠鲁斯园》里有一段讥笑学者的文字，可以说是这班伙计们的最好写真。他说："跟学者们稍稍接触一下就够使我们看到他们是人类里最没有好奇心的。前几年偶然在欧洲某大城里，我去参观那里的博物院，在一个保管的学者领导之下，他把里面所搜集的化石很骄傲地，很愉快地讲述给我听。他给我许多很有价值的智识，一直讲到鲜新世的岩层。但是我们一走到那个发现了人类最初遗痕的地层的陈列柜旁边，他的头忽然转向别的地方去了；对于我的问题他答道这是在他所管的陈列柜之外。我知道鲁莽了。谁也不该向一个学者问到不在他所管的陈列柜之内的宇宙秘密。他对于它们没有感到兴趣。"叫他们去鼓舞起学生求知的兴趣，真是等于找个失恋过的人去向年青人说出恋爱的福音，那的确是再滑稽也没有的事。不过我们忽略过去，没有下一个仔细的观察，否则我们用不着看陆克，贾波林的片子，只须走到学校里去，想一想他们干的实在是怎么一回事，再看一看他们那种慎重其事的样子，我们必定要笑得肚子痛起来了。

他们不只不肯自备斧斤去求智识，你们若使把什么新智识呈献他们面前，他们是连睬也不睬的，这还算好呢，也许还要恶骂你们一阵，说是不懂得天高地厚，信口胡谈。原来他们对于任何一门智识都组织有一个四平八稳的系统，整天在那里按章分段，提纲挈领地说出许多大大小小的系统来。你看他们的教科书，那是他们的圣经，是前有总论，后有结论的。他们费尽苦心把前人所发现的智识编成这样一个天罗地网，炼就了这个法宝，预备他们终身之用，子孙百世之业。若使你点破了这法宝，使他们变成为无棒可弄的猴子，那不是窘极的事吗？从前人们嘲笑烦琐学派的学者说道：当他们看到自然界里有一种现象同亚里士多德书中所说的相反，他们宁可相信自己的眼看错了，却不肯说亚里士多德所讲的话是不对的。智识贩卖所的伙计对于他们的系统所取的盲从同固执的态度也是一样的。听说美国某大学有一位经济思想史的教授，他所教的经济思潮是截至一八九〇年为止的，此后所发表的经济学说他是毫不置问的，仿佛一八九〇〈年〉后宇宙已经毁灭了，这是因为他是在那年升做教授了，他也是在那年把他的思想铸成了一篇只字不能移的讲义了。记得从前在北平时候，有一位同乡在一个专门学校电气科读书，他常对我说他先生所定的教科书都是在外国已经绝版了的，这是因为当这几位教授十几年前在美国过青灯黄卷生涯时是用这几本书，他们不敢忘本，所以仍然捧着这本书走上十几年后中国的大学讲台。前年我听到我这位同乡毕业后也在一个专门学校教书，我暗想这本教科书恐怕要三代同堂了。这一半是惯性使然。在这贩卖所里跑走几年之后，多半已经暮气沉沉，更那里找得到一股精力，翻个筋斗，将所知道的智识拿来受过新陈代谢的洗礼呢！一半是由于自卫本能，他们觉得他们这一套的智识是他们的惟一壁垒，若使有一方树起降幡，欢迎新智识进来，他们只怕将来喧宾夺主，他们所懂的东西要全军覆没了，那么甚至于影响到他们在店里的地位。人们一碰到有切身利害的事情时，多半是只瞧利害，不顾是非的，这已变成为一种不自觉的习惯。学术界的权威者对于新学说总是不厌极端诋毁，他们有时还是不自知有什么卑下的动机，只觉得对于新的东西有一种说不出的厌恶，也是因为这是不自觉的。惟其是不自觉的，所以是更可怕的。总之，他们已经同智识的活气告别了，只抱个死沉沉的空架子，他们对于新发现是麻木不仁了，只知道倚老卖老做一日和尚撞一日钟。白垩使他们的血管变硬了，这又那里是他们自己的罪过呢？

笛卡儿哲学的出发点是"我怀疑，所以我存在；"智识贩卖所的伙计们的哲学的出发点是"我肯定，所以我存在。"他们是以肯定为生的，从走上讲台一直到铃声响时，他们所说的全是十三分肯定的话，学生以为他们该是无所不知的，他们亦以全知全能自豪。"人之患在好为人师。"所谓好为人师就是喜欢摆出我是什么都懂得的神气，对着别人说出十三分肯定的话。这种虚荣的根性是谁也有的，这班伙计们却天天都有机会来发挥这个低能的习气，难怪他们都染上了夸大狂，不可一世地以正统正宗自命，觉得普天之下只有一条道理，那又是在他掌握之中的。这个色彩差不多是自三家村教读先生以至于教思想史的教授所共有的。怀疑的精神早已风流云散，月去星移了，剩下来的是一片渗淡无光，阴气森森的真理。Schiller 说过："只有错误才是活的，智识却是死的。"那么难怪智识贩卖所里的伙计是这么死沉沉的。他们以贩卖智识这块招牌到处招摇，却先将智识的源泉——怀疑的精神——一笔勾销，这是看见母鸡生了金鸡子，就把母鸡杀死的办法。他们不止自己这么武断一切，并且把学生心中一些存疑的神圣火焰也弄熄了，这简直是屠杀婴儿。人们天天嚷道天才没有出世，其实是有许多天才遭了这班伙计们的毒箭。我不相信学了文学概论，小说作法等课的人们还能够写出好小说来。英国一位诗人说道，我们一生的光阴常消磨在两件事情上面，第一是在学校里学到许多无谓的东西，第二是走出校门后把这些东西一一设法弃掉。最可惜的就是许多人刚把这些垃圾弃尽，还我海阔天空时候，却寿终正寝了。

因此，我所最敬重的是那班常常告假，不大到店里来的伙计们。他们的害处大概比较会少点罢！

（原载于 1929 年 12 月 2 日《语丝》第 5 卷第 38 期）

观　火

独自坐在火炉旁边，静静地凝视面前瞬息万变的火焰，细听炉里呼呼的声音，心中是不专注在任何事物上面的，只是痴痴地望着炉火，说是怀一种惆怅的情绪，固然可以，说是感到了所有的希望全已幻灭，因而反现出恬然自安的心境，亦无不可。但是既未曾达到身如槁木，心如死灰的地步，免不了有许多零碎的思想来往心中，那些又都是和"火"有关的，所以把它们集在"观火"这个题目底下。

火的确是最可爱的东西。它是单身汉的最好伴侣。寂寞的小房里面，什么东西都是这么寂静的，无生气的，现出呆板板的神气，惟一有活气的东西就是这个无聊赖地走来走去的自己。虽然是个甘于寂寞的人，可是也总觉得有点儿怪难过。这时若使有一炉活火，壁炉也好，站着有如庙里菩萨的铁炉也好，红泥小火炉也好，你就会感到宇宙并不是那么荒凉了。火焰的万千形态正好和你心中古怪的想像携手同舞，倘然你心中是枯干到生不出什么黄金幻梦，那么体态轻盈的火焰可以给你许多暗示，使你自然而然地想入非非。她好像但丁《神曲》里的引路神，拉着你的手，带你去进荒诞的国土。人们只怕不会做梦，光剩下一颗枯焦的心儿，一片片逐渐剥落。倘然还具有梦想的学力，不管做的是狰狞凶狠的噩梦，还是融融春光的甜梦，那么这些梦好比会化雨的云儿，迟早总能滋润你的心田。看书会使你做起梦来，听你的密友细诉衷曲也会使你做梦，晨曦，雨声，月光，舞影，鸟鸣，波纹，桨声，山色，暮霭……都能勾起你的轻梦，但是我觉得火是最易点着轻梦的东西。我只要一走到火旁，立刻感到现实世界的重压——消失，自己浸在梦的空气之中。有许多回我拿着一本心爱的书到火旁慢读，不一会儿，把书搁在一边，却不转睛地尽望着火。那时我觉得心爱的书还不如火这么可喜。它是一部活书。对着它真好像看着一位大作家一字字地写下他的杰作，我们站在一旁跟着读去。火是一部无始无终，百读不厌的书，你那回看到两个形状相同的火焰呢！拜伦说："看到海而不发出赞美词的人必定是个傻子。"我是个沧海曾经的人，对于海却总是漠然地，这或者是因为我会晕船的缘故罢！我总不愿自认为傻子。但是我每回看到火，心中常想唱出赞美歌来。若使我们真有个来生，那么我只愿下世能够做一个波斯人，他们是真真的智者，他们晓得拜火。

记得希腊有一位哲学家——大概是 Zeno 罢——跳到火山的口里去，这种死法真是痛快，在希腊神话里，火神（Hephaestus or Vulcan）是个跛子，他又是一个大艺术家。天上的宫殿同盔甲都是他一手包办的。当我靠在炉旁时候，我常常期望有一个黑脸的跛子从烟里冲出，而且我相信这位艺术家是没有留了长头发同打一个大领结的。

在"现代丛书"（*Modern Library*）的广告里，我常碰到一个很奇妙的书名，那是唐南遮（D'annunzio）的长篇小说《生命的火焰》（*The Flame of Life*）。唐南遮的著作我一字都未曾读过，这本书也是从来没有看过的，可是我极喜欢这个书名，《生命的火焰》这个名字是多么含有诗意，真是简洁地说出人生的真相。生命的确是像一朵火焰，来去无踪，无时不是动着，忽然扬焰高飞，忽然销沉将熄，最后烟消火灭，留下一点残灰，这一朵火焰就再也燃不起来了。我们的生活也该像火焰这样无拘无束，顺着自己的意志狂奔，才会有生气，有趣味。我们的精神真该如火焰一般地飘忽莫定，只受里面的热力的指挥，冲倒习俗，成见，道德种种的藩篱，一直恣意干去，任情飞舞，才会迸出火花，幻出五色的美焰。否则阴沉沉地，若存若亡地草草一世，也辜负了创世主叫我们投生的一番好意了。我们生活内一切值得宝贵的东西又都可以用火来打比。热情如沸的恋爱，创造艺术的灵悟，虔诚的信仰，求知的欲望，都可以拿火来做象征。Heraclitus 真是绝等聪明的哲学家，他主张火是宇宙万物之源。难怪得二千多年后的柏格森诸人对着他仍然是推崇备至。火是这么可以做人生的象征的，所以许多民间的传说都把人的灵魂当作一团火。爱尔兰人相信一个妇人若使梦见一点火花落在她口里或者怀中，那么她一定会怀孕，因为这是小孩的灵魂。希腊神话里，Prometheus 做好了人后，亲身到天上去偷些火下来，也是这种的意思。有些诗人心中有满腔的热情，灵魂之火太大了，倒把他自己燃烧成灰烬，短命的济慈就是一个好例子。可惜我们心里的火都太小了，有时甚至于使我们心灵感到寒战，怎么好呢？

我家乡有一句土谚："火烧屋好看，难为东家。"火烧屋的确是天下一个奇观。无数的火舌越梁穿瓦，沿窗冲天地飞翔，弄得满天通红了，仿佛地球被掷到镕炉里去了，所以没有人看了心中不会起种奇特的感觉，据说尼罗王因为要看大火，故意把一个大城全烧了，他可说是知道享福的人，比我们那班做酒池肉林的暴君高明得多。我每次听到美国那里的大森林着火了，燃烧得一两个月，我就怨自己命坏，没有在哥仑比亚大学当学生。不然一定要告个病假，去观光一下。

许多人没有烟瘾，抽了烟也不觉得什么特别的舒服，却很喜欢抽烟，违了父母兄弟的劝告，常常抽烟，就是身上只剩一角小洋了，还要拿去买一盒烟抽，他们大概也是因为爱同火接近的缘故罢！最少，我自己是这样的。所以我爱抽烟斗，因为一斗的火是比纸烟头一点儿的火有味得多。有时没有钱买烟，那么拿一匣的洋火，一根根擦燃，也很可以解这火瘾。

离开北方已经快两年了，在南边虽然冬天里也生起火来，但是不像北方那样一冬没有熄过地烧着，所以我现在同火也没有像在北方时那么亲热了。回想到从前在北平时一块儿烤火的几位朋友，不免引起惆怅的心情，这篇文字就算做寄给他们的一封信罢！

十九年元旦试笔。

（原载于 1929 年 12 月 23 日《语丝》第 5 卷第 41 期）1

---

1 此文初刊日期，早于作者撰写此文落款时间，疑系《语丝》此期发行时间延期。——编者注

破　　晓

今天破晓酒醒时候，我忽然忆起前晚上他向我提过"空持罗带，回首恨依依"这两句词。仿佛前宵酒后曾有许多感触。宿酒尚未全醒的我，就闭着眼睛暗暗地追踪那时思想的痕迹。底下所写下来的就是还逗留在心中的一些零碎。也许有人会拿心理分析的眼光含讥地来解剖这些杂感，认为是变态的，甚至于低能的，心理的表现；可是我总是十分喜欢它们。因为我爱自己，爱这个自己厌恶着的自己，所以我爱我自己心里流出，笔下写出的文字，尤其爱自己醒时流泪醉时歌这两种情怀凑合成的东西。而且以善于写信给学生家长，而荣膺大学校长的许多美国大学校长，和单知道立身处世，势利是图的佛兰克林式的人物，虽然都是神经健全，最合于常态心理的人们，却难免得使甘于堕落的有志之士恶心。

"空持罗带，回首恨依依，"这真是我们这一班人天天尝着的滋味。无数黄金的希望失掉了，只剩下希望的影子，做此刻惆怅的资料，此刻又弄出许多幻梦，几乎是明知道不能实现的幻梦，那又是将来回首时许多感慨之所系。于是乎，天天在心里建起七宝楼台，天天又看到前天架起的灿烂的建筑物消失在云雾里，化作命运的狞笑，仿佛《亚俪丝异乡游记》里所说的空中里一个猫的笑脸。可是我们心里又晓得命运是自己，某一位文豪早已说过，"性格是命运"了！不管我们怎样似乎坦白地向朋友们，向自己痛骂自己的无能和懦弱，可是对于这个几十年来寸步不离，形影相依的自己怎能说没有怜惜，所以只好抓着空气，捏成一个莫名其妙的命运，把天下地上的一切可杀不可留的事情全归诿到他（照希腊神话说，应当称为她们）的身上，自己清风朗月般在旁学泼妇的骂街。屠格涅夫在他的某一篇小说里不是说过：Destiny makes everyman, and everyman makes his own destiny（命运定了一切人，然而一切人能够定他自己的命运。）

屠格涅夫，这位旅居巴黎，后来害了谁也不知道的病死去的老文人，从前我对他很赞美，后来却有些失恋了。他是一个意志薄弱的人，他最爱用微酸的笔调来描绘意志薄弱的人，我却也是个意志薄弱的人，也常在玩弄或者吐唾自己这种心性，所以我对于他的小说深有同感，然而太相近了，书上的字，自己心里的意思，颠来倒去无非意志薄弱这个概念，也未免太单调，所以我已经和他久违了。他在年青时候曾跟一个农奴的女儿发生一段爱情，好像还产有一位千金，后来却各自西东了，他小说里也常写这一类飞鸿踏雪泥式的恋爱，我不幸得很或者幸得很却未曾有过这么一回事，所以有时倒觉得这个题材很可喜，这也是我近来又翻翻几本破旧尘封的他的小说集的动机。这几天偷闲读屠格涅夫，无意中却有个大发现，我对于他的敬慕也从新燃起来了。屠格涅夫所深恶的人是那班成功的人，他觉得他们都是很无味的庸人，而那班从娘胎里带来一种一事无成的性格的人们却多少总带些诗的情调。他在小说里凡是说到得意的人们时，常现出藐视的微笑和嘲侃的口吻。这真是他独到的地方，他用歌颂英雄的心情来歌颂弱者，使弱者变为他书里唯一的英雄，我觉得他这种态度是比单描写弱者性格，和同情于弱者的作家是更别致，更有趣得多。实在说起来，值得我们可怜的绝不是一败涂地的，却是事事马到功成的所谓幸运人们。

人们做事情怎么会成功呢？他必定先要暂时跟人世间一切别的事物绝缘，专心致志去干目前的勾当。那么，他进行得愈顺利，他对于其它千奇百怪的东西越离得远，渐渐对于这许多有意思的玩意儿感觉迟钝了，最后逃不了个完全麻木。若使当他干事情时，他还是那样子处处关心，事事牵情，一曝十寒地做去，他当然不能够有什么大成就，可是他保存了他的趣味，他没有变成个只能对于一个刺激生出反应的残缺的人。有一位批评家说第一流诗人是不做诗的，这是极有道理的话。他们从一切目前的东西和心里的想像得到无限诗料，自己完全浸在诗的空气里，鉴赏之不暇，那里还有找韵脚和配轻重音的时间呢？

人们在刺心的悲哀里时是不会做悲歌的，Tennyson 的 *In Memoriam* 是在他朋友死后三年才动笔的。一生都沉醉于诗情中的绝代诗人自然不能写出一句的诗来。感觉钝迟是成功的代价，许多扬名显亲的大人物所以常是体广身胖，头肥脑满，也是出于心灵的空虚，无忧无虑麻木地过日。归根说起来，他们就是那么一堆肉而已。

人们对于自己的功绩常是带上一重放大镜。他不单是只看到这个东西，瞧不见春天的花草和街上的美女，他简直是钻到他的对象里面去了。也可说他太走近他的对象，冷不防地给他的对象一口吞下。近代人是成功的科学家，可是我们此刻个个都做了机械的奴隶，这件事聪明的 Samuel Butler 六十年前已经屈指算出，在他的杰作《虚无乡》（*Erewhon*）里慨然言之矣。崇拜偶像的上古人自己做出偶像来跟自己找麻烦，我们这班聪明的，知道科学的人们都觉得那班老实人真可笑，然而我们费尽心机发明出机械，此刻它们反脸无情，踏着铁轮来蹂躏我们了。后之视今，犹今之视昔，真不知道将来的人们对于我们的机械会作何感想，这是假设机械没有将人类弄得覆灭，人生这幕喜剧的悲剧还继续演着的话。总之，人生是多方面的，成功的人将自己的十分之九杀死，为的是要让那一方面尽量发展，结果是尾大不掉，虽生犹死，失掉了人性，变做世上一两件极微小的事物的祭品了。

世界里什么事一达到圆满的地位就是死刑的宣告。人们一切的痴望也是如此，心愿当真实现时一定不如蕴在心头时那么可喜。一件美的东西的告成就是一个幻觉的破灭，一场好梦的勾销。若使我们在世上无往而不如意，恐怕我们会烦闷得自杀了。逍遥自在的神仙的确是比监狱中终身监禁的犯人还苦得多。闭在黑暗房里的囚犯还能做些梦消遣，神仙们什么事一想立刻就成功，简直没有做梦的可能了。所以失败是幻梦的保守者，惆怅是梦的结晶，是最愉快的，洒下甘露的情绪。我们做人无非为着多做些依依的心怀，才能逃开现实的压迫，剩些青春的想头，来滋润这将干枯的心灵。成功的人们劳碌一生最后的收获是一个空虚，一种极无聊赖的感觉，厌倦于一切的胸怀，在这本无目的的人生里，若使我们一定要找一个目的来磨折自己，那么最好的目的是制做〔作〕"空持罗带，回首恨依依"的心境。

（原载于 1930 年 5 月 26 日《骆驼草》第 3 期，署名秋心）

救　火　夫

三年前一个夏天的晚上，我正坐在院子里乘凉，忽然听到接连不断的警钟声音，跟着响三下警炮，我们都知道城里什么地方的屋子又着火了。我的父亲跑到街上去打听，我也奔出去瞧热闹。远远来了一阵嘈杂的呼喊，不久就有四五个赤膊工人个个手里提一只灯笼，拚命喊道，"救，""救，"……从我们面前飞也似地过去，后面有六七个工人拖一辆很大的铁水龙同样快地跑着，当然也是赤膊的。他们只在腰间系一条短裤，此外棕黑色的皮肤下面处处有蓝色的浮筋跳动着，他们小腿的肉的颤动和灯笼里闪铄〔烁〕欲灭的烛光有一种极相协的和谐，他们的足掌打起无数的尘土，可是他们越跑越带劲，好像他们每回举步时，从脚下的"地"都得到一些新力量。水龙隆隆的声音杂着他们尽情的呐喊，他们在满面汗珠之下现出同情和快乐的脸色。那一架庞大的铁水龙我从前在救火会曾经看见过，总以为最少也要十七八个人用两根杠子才抬得走，万想不到六七个人居然能够牵着它飞奔。他们只顾到口里喊"救，"那么不在乎地拖着这笨重的家伙望〔往〕前直奔，他们的脚步和水龙的轮子那么一致飞动，真好像铁面无情的水龙也被他们的狂热所传染，自己用力跟着跑了。一霎眼他们都过去了，一会儿只剩些隐约的喊声。我的心却充满了惊异，愁闷的心境顿然化为晴朗，真可说拨云雾而见天日了。那时的情景就不灭地印在我的心中。

从那时起，我这三年来老抱一种自己知道绝不会实现的宏愿，我想当一个救火夫。他们真是世上最快乐的人们，当他们心中只惦着赶快去救人这个念头，其他万虑皆空，一面善用他们活泼泼的躯干，跑过十里长街，像救自己的妻子一样去救素来不识面的人们，他们的生命是多么有目的，多么矫健生姿。我相信生命是一块顽铁，除非在同情的熔炉里烧得通红的，用人间世的灾难做锤子来使他迸出火花来，他总是那么冷冰冰，死沉沉地，惘怅地徘徊于人生路上的我们天天都是在极剧烈的麻木里过去——一种甚至于不能得自己同情的苦痛。可是我们的迟疑不前成了天性，几乎将我们活动的能力一笔勾销，我们的惯性把我们弄成残废的人们了。不敢上人生的舞场和同伴们狂欢地跳舞，却躲在帘子后面呜咽，这正是我们这般弱者的态度。在席卷一切的大火中奔走，在快陷下的屋梁上攀缘，不顾死生，争为先登的救火夫们安得不打动我们的心弦。他们具有坚定不拔的目的，他们一心一意想营救难中的人们，凡是难中人们的命运他们都视如自己地亲切地感到，他们尝到无数人心中的哀乐，那般人们的生命同他们的生命息息相关，他们忘记了自己，将一切火热里的人们都算做他们自己，凡是带有人的脸孔全可以算做他们自己，这样子他们生活的内容丰富到极点，又非常澄净清明，他们才是真真活着的人们。

他们无条件地同一切人们联合起来，为着人类，向残酷的自然反抗。这虽然是个个人应当做的事，并没有什么了不得，然而一看到普通人们那样子任自然力蹂躏同类，甚至于认贼作父，利用自然力来残杀人类，我们就不能不觉得那是一种义举了。他们以微小之躯，为着爱的力量的缘故，胆敢和自然中最可畏的东西肉搏，站在最前面的战线，这时候我们看见宇宙里最悲壮雄伟的戏剧在我们面前开演了：人和自然的斗争，也就是希腊史诗所歌咏的人神之争（因为在希腊神话里，神都是自然的化身。）我每次走过上海静安寺路救火会门口，看见门上刻有 We Fight Fire 三字，我总觉得凛然起敬。我爱狂风暴浪中把着舵神色不变的舟子，我对于始终住在霍乱流行极盛的城里，履行他的职务的约翰·勃朗医生（Dr. John Brown）怀一种虔敬的心情，（虽然他那和蔼可亲的散文使我觉得他是个脾气最好的人，）然而专以杀微弱的人类为务的英雄却勾不起我丝毫的欣羡，有时简直还有些鄙视。发现细菌的巴斯德（Pasteur），发明矿中安全灯的某一位科学家，（他的名字我不幸忘记了）以及许多为人类服务的人们，像林肯，威尔逊之流，他们现在天天受我们的讴歌，实际上他们和救火夫具有同样的精神，也可说救火夫和他们是同样地伟大，最少在动机方面是一样的，然而我却很少听到人们赞美救火夫，可是救火夫并不是一眼瞧着受难的人类，一眼顾到自己身前身后的那般伟人，所以他们虽然没有人们献上甜蜜蜜的媚辞，却很泰然地干他们冒火打救的伟业，这也正是他们的胜过大人物们的地方。

有一位愤世的朋友每次听到我赞美救火夫时，总是怒气汹汹的说道，这个胡涂的世界早就该烧个干干净净，山穷水尽，现在偶然天公做美，放下一些火来，再用些风来助火势，想在这片龌龊的地上锄出一小块洁白的土来。偏有那不知趣的，好事的救火夫焦头烂额地来浇下冷水，这真未免于太杀风景了，而且人们的悲哀已经是达到饱和度了，烧了屋子和救了屋子对于人们实在并没有多大关系，这是指那般有知觉的人而说。至于那般天赋与铜心铁肝，毫不知苦痛是何滋味的人们，他们既然麻木了，多烧几间房子又何妨呢！总之，天下本无事，庸人自扰之，足下的歌功颂德更是庸人之尤所干的事情了。这真是"人生一世浪自苦，盛衰桃杏开落闲。"我这位朋友是最富于同情心的人，但是顶喜欢说冷酷的话，这里面恐怕要用些心理分析的功夫罢！然而，不管我们对于个个的人有多少的厌恶，人类全体合起来总是我们爱恋的对象。这是当代一位没有忘却现实的哲学家 George Santayana 讲的话。这话是极有道理的，人们受了遗传和环境的影响，染上了许多坏习气，所以个个人都具些讨厌的性质，但是当我们抽象地想到人类的，我们忘记了各人特有的弱点，只注目在人们真美善的地方，想用最完美的法子使人性向着健全壮丽的方面发展，于是彩虹般的好梦现在当前，我们怎能不爱人类哩！英国十九世纪末叶诗人 Frederick Locker-Lampson 在他的《自传》（*My Confidences*）说道："一个思想灵活的人最善于发现他身边的人们的潜伏的良好气质，他是更容易感到满足的，想像力不发达的人们是最快就觉得旁人的可厌，的确是最喜欢埋怨他们朋友的知识上同别方面的短处。"[1] 总之，当救火夫在烟雾里冲锋突围的时候，他们只晓得天下有应当受他们的援救的人类，绝没有想到着火的屋里住有个杀千刀，杀万刀的该死狗才。天下最大的快乐无过于无顾忌地尽量使用己身隐藏的力量，这个意思亚里士多德在二千年前已经娓娓长谈过了。救火夫一时激于舍身救人的意气，举重若轻地拖着水龙疾驰，履险若夷地攀登危楼，他们忘记了困难危险，因此危险困难就失丢了它们一大半的力量，也不能同他们捣乱了。他们慈爱的精神同活泼的肉体真得到尽量的发展，他们奔走于惨淡的大街时，他们脚下踏的是天堂的乐土，难怪他们能够越跑越有力，能够使旁观的我得到一付清心剂。就说他们所救的人们是不值得救的，他们这派的气概总是可敬佩的。天下有无数女人捧着极纯净的爱情，送给极卑鄙的男子，可是那雪白的热情不会沾了尘污，永远是我们所欣羡不置的。

---

1 此处原刊还有如下一段补记："（不知道我那位嫉俗的朋友听了这段话作何感想，但是我绝不是因为他发现了我那一方面的短处，特地引这一段来酬他的好意。恐怕他误会了更加愤世，所以郑重地声明一下。）"收入《泪与笑》时已删去。——编者注

救火夫不单是从他们这神圣的工作得到无限的快乐，他们从同拖水龙，同提灯燼〔笼〕的伴侣又获到强度的喜悦。他们那时把肯牺牲自己，去营救别人的人们都认为比兄弟还要亲密的同志。不管村俏老少，无论贤愚智不肖，凡是努力于扑灭烈火的人们，他们都看做生平的知己，因为是他们最得意事的伙计们。他们有时在火场上初次相见，就可以相视而笑，莫逆于心，"乐莫乐兮新相知，"他们的生活是多有趣呀！个个人雪亮的心儿在这一场野火里互相认识，这是多么值得干的事情。懦怯无能的我在高楼上玩物丧志地读着无谓的书的时候，偶然听到警钟，望见远处一片漫天的火光，我是多么神往于随着火舌狂跳的壮士，回看自己枯瘦的影子，我是多么心痛，痛惜我虚度了青春同壮年。[1]

---

　　[1] 此处原刊还有如下文字："但是若使我们睁开眼睛，举目四望，我们将看到世界上——最少中国里面——无处无时不是有火灾，我们在街上碰到的人十分之九是住在着火的屋子的人们。被军队拉去运东西的夫役，在工厂里从清早劳动到晚上的童工，许多失业着，为要按下饥肠，就拿刀子去抢劫，最后在天桥上一命呜呼的匪犯，或者所谓无笔可投而从戎，在寒风里抖战着，自己不知道什么时候会变做旷野里的尸首的兵士，此外踯躅街头，忍受人们的侮辱，拿着洁净的肉体去换钱的可尊敬的女性：娼妓，码头上背上负了几百斤的东西（那里面都是他们的同胞的日用必需奢侈品，）咬定牙根，迈步向前的脚夫，机器间里，被煤气薰得吐不出气，天天显明地看自己向死的路上走去，但是为着担心失业的苦痛，又不敢改业，宁可被这一架机器磨折死的工人，瘦骨不盈一把，拖着身体强壮，不高兴走路的大人的十三四岁车夫，报上天天记载的那类'两个铜片，牺牲了一条生命，'这类闲人认为好玩事情的凄惨背境，黄浦滩头，从容就义的无数为生计所迫而自杀的人们的绝命书……总之，他们都是无时无刻不

我们都是上帝所派定的救火夫，因为凡是生到人世来都具有救人的责任，我们现在时时刻刻听着不断的警钟，有时还看见人们呐喊着望〔往〕前奔，然而我们有的正忙于挣钱积钱，想做面团团，心硬硬，人蠢蠢的富家翁，有的正阴谋权位，有的正搂着女人欢娱，有的正缘着河岸，自鸣清高地在那儿伤春悲秋，都是失职的救火夫。有些神经灵敏的人听到警钟，也都还觉得难过，可是又顾惜着自己的皮肤，只好拿些棉花塞在耳里，闭起门来，过象牙塔里的生活。若使我们城里的救火夫这样懒惰，拿公事来做儿戏，那么我们会多么愤激地辱骂他们，可是我们这个大规模的失职却几乎变成当然的事情了。天下事总是如是莫测其高深的，宇宙总是这么颠倒地安排着，难怪波斯诗人[1]喊起"打倒这胡涂世界"的口号。[2]

（原载于 1930 年 8 月 16 日《现代文学》第 1 卷第 2 期，原题《救火队》，收入本集时内容有较多删节）

在烈火里活着，对于他们地球真是一个大炮烙柱子，他们个个都正晕倒在烟雾中，等着火舌来把他们烧成焦骨。可是我们却见死不救，还望青天歌咏我们从来没有见过的夜莺。若使我的朋友的房子着火了，我们一定去帮忙，做个当然的救火夫，现在全地面到处都是熊熊的火焰，我们都觉闲暇得打出数不尽的呵欠来，可见天下人都是明可察秋毫，而不能见泰山，否则世界也不至于糟糕得如是之甚了。"以上收入《泪与笑》时均已删去。——编者注

1 波斯诗人，原刊作"有人"。——编者注

2 此后原刊还有如下三段文字：

"有些人的确是去救火了，但是他们只抬一架小水龙，站在远处，射出

微弱的水线。他们总算是到场，也可以欺人自欺地说已尽职了，但是若使天下的救火夫都这么文绉绉地，无精打彩〔采〕地做他们的工作，那么恐怕世界的火灾永不会扑灭，一代一代的人们永远是湮没在这火坑里，人类始终没有抬头的日子了。真的救火夫应当冲到火焰里，爬上壁立的绳梯，打破窗户进去，差不多是拿自己的命来换别人的生命，一面踏着危梁，牵着屋角，勇敢地拆散将着火的屋子，甚至就是自己被压死也是无妨。要这样子才能济事。救火的场中并不是卖弄斯文的地点，在那里所宝贵的是胆量和筋肉，微温的同情是用不着的，好意的了解是不感谢的，果然真是热肠的男儿，那么就来拖着水龙，往火旺处冲进去罢。个个救火夫都该抱个我不先入地狱，谁入地狱的精神，相信有一人不得救，我即不能升天的道理，那么深夜里，狂风怒号，火光照人须眉的时候，正是他们献身的时节。袖手拿出隔江观火的态度是最卑污不过的弱者。

"有人说，人生乐事正多，野外有恬静清幽，含有无限奥妙的自然，值得我们欣赏，城市里有千奇百怪，趣味无穷的世态，可以供我们玩味，我们在世之日无多，匆匆地就结束了，何不把这些须绝难再得的时光用来享乐自己呢？他们以为我们该做个世态的旁观者，冷笑地在旁看人生这套杂剧不断地排演着，在一旁喝些汽水，抽着纸烟闲谈。不错，世界是个大舞台，人生也的确是一出很妙的杂剧，但是不幸得很，我们不能离开这世界，我们是始终滞在舞台上面的，这出剧的观众是上帝，是神们，或者魔鬼们，绝不是我们自己。站在戏台上不扮个脚色，老是这般痴痴地望着，也未免难为情吧！并且我们的一举一动总不能脱离人生，我们虽然自命为旁观者，我们还是时时刻刻在这里面打滚，人间世的喜怒哀乐还是跟我们寸步不离，那么故意装做超然的旁观态度，真是个十足的虚伪者。天下最显明地自表是个旁观者，同最讨厌的人无过于做《旁观报》的 Addison了，但是我想当他同极可敬爱的 Steele 吵架的时候，他恐怕也免不了脱下观客的面孔，扮个愚蠢的人生里一个愚蠢的满腔愤恨的脚色了。我们除开死之外，永远没有法子能离开人生，站在一旁，又何苦弄出这一大串自欺欺人的话呢！并且有许多最俗不过的人们，为着要避免世上种种有损于己的责任，为着要更专心地去追求一己的名利，就拿出世态旁观者这付招牌，挡住了一切于己无益的义务，暗地里干他们自己的事情，这种人是卑鄙得不配污我的笔墨，用不着谈的。现在全世界处处都有火灾，整座舞台都着火了，我们还有闲情去与自然同化，讥讽人生吗？救火夫听到警钟不去拖水龙，却坐在家里钓鱼，跟老婆话家常，这种人恐怕是绝顶聪明的人罢？然而这正是前面所说的及时行乐的人们。当我们提着灯爝〔笼〕，奔过大路的时候，路旁的美丽姑娘同临风招展的花草是无心观看的，虽然她们本身是极值得赞美的。至于只知道哼着颠三倒四的文句，歌颂那大家都无缘识面的夜莺的中国新文人，我除开希望北平的刮风把他们吹到月球上面去以外，没有第二个意思。

"当我们住的屋子烧着的时候，常有穷人们来乘火打劫，这样幸灾乐祸的办法真是可恨极了。然而我们一想许多人天天在火坑里过活，他们不能得到他们应得的报酬，我们坐着说风凉话的先生们却拿着他们所应得的东西来过舒服的生活；他们饿死了，那全因为我们可以多吃一次燕窝，使我们肚子涨〔胀〕得难受，可以多喝一杯白兰地，使我们的头更痛得利〔厉〕害，于斯而已矣。所以睁大眼睛看起来，我们天天都是靠着乘火打劫过活，这真是大盗不动干戈。我们乘火打劫来的东西有时偶然被人们乘火打劫去，我们就不胜其愤慨，说要按法严办，这的确太缺乏诙谐的风趣了。应当做救火夫的我们偏要干乘火打劫的勾当，人性已朽烂到这样地步，我想彗星和地球接吻的时候真该到了。"

以上收入《泪与笑》时均已删去。——编者注

她　走　了

　　她走了，走出这古城，也许就这样子永远走出我的生命了。她本是我生命源泉的中心里的一朵小花，她的根总是种在我生命的深处，然而此后我也许再也见不到那隐有说不出的哀怨的脸容了。这也可说我的生命的大部分已经从我生命里消逝了。

　　两年前我的懦怯使我将这朵花从心上轻轻摘下，（世上一切残酷大胆的事情总是懦怯弄出来的，许多自杀的弱者，都是因为起先太顾惜生命了，生命果然是安稳地保存着，但是自己又不得不把它扔掉。弱者只怕失败，终免不了一个失败，天天兜着这个圈子，兜的回数愈多，也愈离不开这圈子了！）——两年前我的懦怯使我将这朵小花从心上摘下，花叶上沾着几滴我的心血，它的根当还在我心里，我的血就天天从这折断处涌出，化成脓了。所以这两年来我的心里的贫血症是一年深一年了。今天这朵小花，上面还濡染着我的血，却要随着江水——清流乎？浊流乎？天知道！——流去，我就这么无能为力地站在岸上，这么心里狂涌出鲜红的血。

"谁道人生无再少，门前流水尚能西，"但是我凄惨地相信西来的弱水绝不是东去的逝波。否则，我愿意立刻化作牛矢满面的石板在溪旁等候那万万年后的某一天。

她走之前，我向她扯了多少瞒天的大谎呀！但是我的鲜血都把它们染成为真实了。还没有涌上心头时是个谎话，一经心血的洗礼，却变做真实的真实了。我现在认为这是我心血惟一的用处。若使她知道个个谎都是从我心房里榨出，不像那信口开河的真话，她一定不让我这样不断地扯谎着。我将我生命的精华搜集在一起，全放在这些谎话里面，掷在她的脚旁，于是乎我现在剩下来的只是这堆渣滓，这个永远是渣滓的自己。我好比一根火柴，跟着她已经擦出一朵神奇的火花了，此后的岁月只消磨于躺在地板上做根腐朽的木屑罢了！人们践踏又何妨呢？"推枰犹恋全输局，"我已经把我的一生推在一旁了，而且丝毫也不留恋着。

她劝我此后还是少抽烟，少喝酒，早些睡觉，我听着我心里欢喜得正如破晓的枝头弄舌的黄雀，我不是高兴她这么挂念着我，那是用不着证明的，也是言语所不能证明的，我狂欢的理由是我看出她以为我生命还未全行枯萎，尚有留恋自己生命的可能，所以她进言的时期还没有完全过去；否则，她还用得着说这些话吗？我捧着这血迹模糊的心求上帝，希望她永久保留有这个幻觉。我此后不敢不多喝酒，多抽烟，迟些睡觉，表示我的生命力尚未全尽，还有心情来扮个颓丧者，因此使她的幻觉不全是个幻觉。虽然我也许不能再见她的倩影了，但是我却有些迷信，只怕她靠着直觉能够看到数千里外的我的生活情形。

她走之前，她老是默默地听我的忏情的话，她怎能说什么呢？我怎能不说呢？但是她的含意难伸的形容向我诉出这十几年来她辛酸的经验，悲哀已爬到她的眉梢同她的眼睛里去了，她还用得着言语吗？她那轻脆的笑声是她沉痛的心弦上弹出的绝调，她那欲泪的神情传尽人世间的苦痛，她使我凛然起敬，我觉得无限的惭愧，只好滤些清净的心血，凝成几句的谎言。天使般的你呀！我深深地明白你会原宥，我从你的原宥我得到我这个人惟一的价值。你对我说，"女子多半都是心地极偏狭的，顶不会容人的，我却是心地最宽大的，"你这句自白做了我黑暗的心灵的闪光。

我真认识得你吗？真走到你心窝的隐处吗？我绝不这样自问着，我知道在我不敢讲的那个字的立场里，那个字就是惟一的认识。心心相契的人们那里用得着知道彼此的姓名和家世。

你走了，我生命的弦戛然一声全断了，你听见了没有？

写这篇东西时，开头是用"她"字，但是有几次总误写做"你"字，后来就任情地写"你"字了。仿佛这些话迟早免不了被你瞧见，命运的手支配着我的手来写这篇文字，我又有什么办法哩！[1]

（原载于 1930 年 6 月 23 日《骆驼草》第 7 期，署名秋心）

---

[1] 以下原刊还有落款"六月十日午夜一时"及另一段附记："今天把昨夜写的重读一遍，觉得还没有说出我千万分之一的情绪，此后恐怕还免不了再写几篇这类的文字，我将自个的心灵搓碎，化成这区区几万字，也许会博读者的一粲罢！"以上收入《泪与笑》时均已删去。——编者注

苦　笑

你走了，我却没有送你。我那天不是对你说过，我不去送你吗。送你只添了你的伤心，我的伤心，不送许倒可以使你在匆忙之中暂时遗忘了你所永不能遗忘的我，也可以使我存了一点儿濒于绝望的希望，那时你也许还没有离开这古城。我现在一走出家门，就尽我的眼力望着来往街上远远近近的女子，看一看里面有没有你。在我的眼里天下女子可分两大类，一是"你，"一是"非你，"一切的女子，不管村俏老少，对于我都失掉了意义，她们唯一的特征就在于"不是你"这一点，此外我看不出她们有什么分别。在 Fichte 的哲学里世界分做 ego 和 non-ego 两部分，在我的宇宙里，只有 you 和 non-you 两部分。我憎恶一切人，我憎恶自己，因为这一切都不是你，都是我所不愿意碰到的，所以我虽然睁着眼睛，我却是个盲人，我什么也不能看见，因为凡是"不是你"的东西都是我所不肯瞧的。

我现在极喜欢在街上流荡，因为心里老想着也许会遇到你的影子，我现在觉得再有一瞥，我就可以在回忆里度过一生了。在我最后见到你以前，我已经觉得一瞥就可以做成我的永生了，但是见了你之后，我仍然觉得还差了一瞥，仍然深信再一瞥就够了。你总是这么可爱，这么像孙悟空用绳子拿着银角大王的心肝一样，抓着我的心儿，我对于你只有无穷的刻刻的愿望，我早已失掉我的理性了。

你走之后，我变得和气得多了，我对于生人老是这么嘻嘻哈哈敷衍着，对于知己的朋友老是这么露骨地乱谈着，我的心已经随着你的衣缘飘到南方去了，剩下来的空壳怎么会不空心地笑着呢？然而，狂笑乱谈后心灵的沉寂，随和凑趣后的凄凉，这只有你知道呀！我深信你是饱尝过人世间苦辛的人，你已具有看透人生的眼力了。所以你对于人生取这么通俗的态度，这么用客套来敷衍我。你是深于忧患的，你知道客套是一切灵魂相接触的缓冲地，所以你拿这许多客套来应酬我，希冀我能够因此忘记我的悲哀，和我们以前的种种。你的装做无情正是你的多情，你的冷酷正是你的仁爱，你真是客套得使我太感到你的热情了。

今晚我醉了，醉得几乎不知道我自己的姓名。但是一杯一杯的酒使我从不大和我相干的事情里逃出，使我认识了有许多东西实在不是属于我的。比如我的衣服，那是如是容易破烂的，比如我的脸孔，那是如是容易变得更清瘦，换一个样子，但是在每杯斟到杯缘的酒杯底我一再见到你的笑容，你的苦笑，那好像一个人站在悬岩〔崖〕边际，将跳下前一刹那的微笑。一杯一杯干下去，你的苦笑一下一下沉到我心里。我也现出苦笑的脸孔了，也参到你的人生妙诀了。做人就是这样子苦笑地站着，随着地球向太空无目的地狂奔，此外并无别的意义。你从生活里得到这么一个教训，你还它以暗淡的冷笑，我现在也是这样了。

你的心死了，死得跟通常所谓成功的人的心一样地麻木，我的心也死了，死得恍惚世界已返于原始的黑暗了。两个死的心再连在一起有什么意义呢？苦痛使我们灰心，把我们的心化做再燃不着的灰烬，这真是"哀莫大于心死。"所以我们是已经失掉了生的意志和爱的能力了，"希望"早葬在坟墓之中了，就说将来会实现也不过是僵尸而已矣。

年纪总算青青，就这么万劫不复地结束，彼此也难免觉得惆怅罢！这么人不知鬼不觉地从生命的行列退出，当个若有若无的人，脸上还涌着红潮的你怎能甘心呢？因此你有时还发出挣扎着的呻吟，那是已堕陷阱的走兽最后的呼声。我却只有望着烟斗的烟雾凝想，想到以前可能，此刻绝难办到的事情。

今晚有一只虫，惭愧得很我不知道它叫做什么，在我耳边细吟，也许你也听到这类虫的声音罢！此刻我们居在地上听着，几百年后我们在地下听着，那有什么碍事呢，虫声总是这么可喜的。也许你此时还听不到虫声，却望着白浪滔天的大海微叹。你看见海上的波涛没有？来时多么雄壮，一会儿却消失得无影无踪，你我的事情也不过大海里的微波罢，也许上帝正凭栏远眺水平线上的苍茫山色，没有注意到我们的一起一伏，那时我们又何必如此夜郎自大，狂诉自个的悲哀呢？

（原载于 1930 年 6 月 30 日《骆驼草》第 8 期，署名秋心）

坟

你走后，我夜夜真是睡得太熟了，夜里绝不醒来，而且未曾梦见过你一次，岂单是没有梦见你，简直什么梦都没有了。看看钟，已经快十点了，就擦一擦眼睛，躺在床上，立刻睡着，死尸一样地睡了九个钟头，这是我每夜的情形。你才走后，我偶然还涉遐思，但是渺茫地忆念一会儿，我立刻喝住自己，叫自己不要胡用心力，因为"想你"是罪过，可说是对你犯一种罪。不该想而想，想我所不配想的人，这样行为在中古时代叫做"渎神，"在有皇冕的国家叫做"大不敬。"从前读 Bury 的《思想自由史》，对于他开章那几句话已经很有些怀疑，他说思想总是自由的，所以我们普通所谓思想自由实在是指言论自由。其实思想何曾自由呢！天下个个人都有许多念头是自己不许自己去想的，我的不敢想你也是如此。然而，"不想你"也是罪过，对于自己的罪过。叫我自己不想，去拿别的东西来敷衍自己的方寸，那真是等于命令自己将心儿从身里抓出，掷到垃圾堆中。所以为着面面俱圆起见，我只好什么也不想，让世上事物的浮光掠影随便出入我的灵台，我的心就这么毫不自动地凄冷地呆着。失掉了生活力的心怎能够弄出幻梦呢，因此我夜夜都尝了死的意味，过个未寿终先入土的生活，那是爱伦·坡所喜欢的题材，那个有人说死在街头的爱伦·坡呀！那个脸容是悲剧的结晶的爱伦·坡呀！

可是，我心里却也不是空无一物，里面有一座小坟。"小影心头葬，"你的影子已深埋在我心里的隐处了。上面当然也盖一座石坟，两旁的石头照例刻上"春秋多佳日，山水有清音"这付〔副〕对联，坟上免不了栽几棵松柏。这是我现在的"心境，"的的确确的心境，并不是境由心造的。负上莫明其妙的重担，拖个微弱的身躯，蹒跚地在这沙漠上走着，这是世人共同的状态；但是心里还有一座石坟镇压得血脉不流，这可是我的专利。天天过坟墓中人的生活，心里却又有一座坟墓，正如广东人雕的象牙球，球里有球，多么玲珑呀！吾友沉海说过："诉自己的悲哀，求人们给以同情，是等于叫花子露出胸前的创伤，请过路人施舍。"旨哉斯言！但是我对于我心里这个新冢颇有沾沾自喜的意思，认为这是我生命换来的艺术品，所以像 Coleridge 诗里的古舟子那样牵着过路人，硬对他们说自己凄苦的心曲，甚至于不管他们是赴结婚喜宴的客人。

石坟上松柏的阴森影子遮住我一切年少的心情，"春秋多佳日，山水有清音，"这二句诗冷嘲地守在那儿。十年前第一次到乡下扫墓，见到这两句对于死人嘲侃的话，我糢糊地感到后死者对于泉下同胞的残酷。自然是这么可爱，人生是这么好玩，良辰美景，红袖青衫，枕石漱流，逍遥山水，这那里是安慰那不能动弹的骷髅的话，简直是无缘无故的侮辱。现在我这座小坟上撒但刻了这十个字，那是十朵有尖刺的蔷薇，这般娇艳，这般刻毒地刺人。所以我觉得这一座坟是很美的，因为天下美的东西都是使人们看着心酸的。

我没有那种欣欢的情绪，去"长歌当哭，"更不会轻盈地捧着含些朝露的花儿自觉忧愁得很动人怜爱地由人群走向坟前，我也用不着拿扇子去煽干那湿土，当然也不是一个背个铁锄，想去偷坟的解剖学教授，我只是一个默默无言的守坟苍头而已。

（原载于 1930 年 7 月 21 日《骆驼草》第 11 期，署名秋心）

猫　　狗

惭愧得很，我不单是怕狗，而且怕猫，其实我对于六合之内一切的动物都有些害怕。

怕狗这个情绪是许多人所能了解的，生出同情的。我的怕狗几乎可说是出自天性。记得从前到初等小学上课时候，就常因为恶狗当道，立刻退却，兜个大圈子，走了许多平时不敢走的僻路，结果是迟到同半天的心跳。十几年来踽踽地蹒跚于这荒凉的世界上。童心差不多完全消失了，而怕狗的心情仍然如旧，这不知道是不是可庆的事。

怕狗，当然是怕它咬，尤其怕被疯狗咬。但是既会无端地咬起人来，那条狗当然是疯的。猛狗是可怕的，然而听说疯狗常常现出驯良的神气，尾巴低垂夹在两腿之间。并且狗是随时可以疯起来的。所以天下的狗都是可怕的。若使一个人给疯狗咬了，据说过几天他肚子里会发出怪声，好像有小疯狗在里叫着。这真是惊心动魄极了，最少对于神经衰弱的我是够恐怖了。

我虽然怕它，却万分鄙视它，厌恶它。缠着姨太太脚后跟的哈巴狗是用不着提的。就说那驰骋森林中的猎狗和守夜拒贼的看门狗罢！见着生客就猖猖着声势逼人，看到主子立刻伏贴贴地低首求欢，甚至于把前面两脚拱起来，别的禽兽绝没有像它这么奴性十足，总脱不了"走狗"的气味。西洋人爱狗已经是不对了，他们还有一句俗语"若使你爱我，请你也爱我的狗罢，"（Love me, love my dog.）这真是岂有此理。人没有权利叫朋友这么滥情。不过西洋人里面也有一两人很聪明的。歌德在《浮士德》里说那个可怕的 Mephistopheles 第一次走进浮士德的书房，是化为一条狗。因此我加倍爱念那部诗剧。

可是拿狗来比猫，可又变成个不大可怕的东西了。狗只能咬你的身体，猫却会蚕食你的灵魂，这当然是迷信，但是也很有来由。我第一次怕起猫来是念了爱伦·坡的短篇小说《黑猫》。里面叙述一个人打死一只黑猫，此后遇了许多不幸事情，而他每次在不幸事情发生的地点都看到那只猫的幻形，狞笑着。后来有一时期我喜欢念外国鬼怪故事，知道了女巫都是会变猫的，当赴撒但狂舞会时候，个个女巫用一种油涂在身上，念念有词，就化成一只猫从屋顶飞跳去了。中国人所谓狐狸猫，也是同样变幻多端，善迷人心灵的畜生，你看，猫的脚踏地无声，猫的眼睛总是似有意识的，它永远是那么偷偷地潜行，行到你身旁，行到你心里。《亚俪斯游记》里不是说有一只猫现形于空中，微笑着。一会儿猫的面部不见了，光剩一个笑脸在空中。

这真能道出猫的神情，它始终这么神秘，这么阴谋着，这么留一个抓不到的影子在人们心里。欧洲人相信一只猫有十条命，仿佛中国也有同样的话，这也可以证明它的精神的深刻矫健了。我每次看见猫，总怕它会发出一种魔力，把我的心染上一层颜色，留个永不会退去的痕迹。碰到狗，我们一躲避开，什么事都没有了，遇见猫却不能这么容易预防。它根本不伤害你的身体，却要占住你的灵魂，使你失丢了人性，变成一个莫名其妙的东西，这些事真是可怕得使我不敢去设想，每想起来总会打寒噤。

上海是一条狗，当你站在黄浦滩闭目一想，你也许会觉得横在面前是一条恶狗。狗可以代表现实的黑暗，在上海这现实的黑暗使你步步惊心，真仿佛一条疯狗跟在背后一样。北平却是一只猫。它代表灵魂的堕落。北平这地方有一种霉气，使人们百事废弛，最好什么也不想，也不干了，只是这么蹲着痴痴地过日子。真是一只大猫将个个人的灵魂都打上黑印，万劫不复了。

若使我们睁大眼睛，我们可以看出世界是给猫狗平分了。现实的黑暗和灵魂的堕落霸占了一切。我愿意这片大地是个绝无人烟的荒凉世界，我又愿意我从来就未曾来到世界过。这当然只是个黄金的幻梦。

（原载于 1930 年 9 月 1 日《骆驼草》第 17 期，署名秋心）

这么一回事

一

我每次跟天真烂漫的小学生，中学生接触时候，总觉得悲从中来。他们是这么思虑单纯的，这么纵情嬉笑的，好像已把整个世界搂在怀里了。我呢？无聊的世故跟我结不解之缘，久已不发出痛彻心脾的大笑矣。我的心好比已经摸过柏树油的，永远不能清爽。

我每次和晒日黄，缩袖打渴〔瞌〕睡的老头子谈话，也觉得欲泣无泪。"两个极端是相遇的。"他们正如经过无数狂风怒涛的小舟，蓬扯碎了，船也翻了，可是剩下来在水面的一两块板却老在海上飘游，一直等到销磨的无影无踪。他们就是自己生命的残留物。他们失掉青春和壮年的火气，情愿忘却一切和被一切忘却了，就是这样若有若无地寄在人间，这到〔倒〕也是个忘忧之方。真是难得糊涂。既不能满意地活它一场，就让它变为几点残露随风而逝罢！

可是，既然如是赞美生命力的销沉，何不于风清月朗之辰，亲自把生命送到门口呢？换一句话说，何不投笔而起，吃安眠药，跳海，当兵去，一了百了，免得世人多听几声呻吟，岂不于人于己两得呢？前几天一位朋友拉到某馆子里高楼把酒，酒酣起舞弄清影时候，凭阑望天上的半轮明月，下面蚁封似的世界，忽然想跨阑而下，让星群在上面啧啧赞美，嫦娥大概会拿着手帕抿着嘴儿笑，给下面这班蚂蚁看一出好看的戏，自己就立刻变做不是自己，这真是人天同庆，无损于己（自己已经没有了，还从那里去损伤他呢？）有益于人。不说别的，报馆访员就可以多一段新闻，hysteria 的女子可以暂忘却烦闷，没有爱人的大学生可以畅谈自杀来销愁。

但是既然有个终南捷径可以逃出人生，又何妨在人生里鬼混呢！

但是……

但是……

…………

二

昨天忽然想起苏格拉底是常在市场里蹓跶的，我件件不如这位古圣贤，难道连这一件也不如吗？于是乎振衣而起，赶紧到市场人群里乱闯。果然参出一些妙谛，没有虚行。

市场里最花红柳绿的地方当然要推布店了。里面的顾客也复杂得有趣，从目不识丁的简朴老妇人到读过二十，三十，四五十，以至整整八十单位的女学生。可是她们对于布店都有一种深切之感。她们一进门来，有的自在地坐下细细鉴赏，有的慢步巡视，有的和女伴或不幸的男伴随便谈天，有的皱着眉头冥想，真是宾至如归。虽说男女同学已经有年，而且成绩卓著，但是我觉得她们走进课堂时总没有走进布店时态度那么自然。唉吓！我却是无论走进任何地方，态度都是不自然的。乡友镜君从前说过："人在世界上是个没有人招待的来客。"这真是千古达者之言。牢骚搁起，言归正传。天下没有一个女人买布时会没有主张的。她们胸有成竹，罗列了无数批评标准，对于每种布匹绸缎都有个永劫不拔的主张，她们的主张仿佛也有古典派浪漫派之分，前者是爱素淡宜人的，后者是喜欢艳丽迷离的。至于高兴穿肉色的衣料和虎豹纹的衣料，那大概是写实派罢。但是她们意见也常有更改，应当说进步。然而她们总是坚持自己当时的意见，绝不犹豫的。这也不足奇，男人选妻子岂不也是如此吗？许多男人因为别人都说那个女子漂亮，于是就心火因君特地燃了。天下没有一个男人不爱女子，也好像没有一个女子不爱衣服一样。刘备说过："妻子是衣服。"千古权奸之言，当然是没有错的。

布店是堕落的地方。亚当夏娃堕落后才想起穿衣。有了衣服，就有廉耻，就有礼教，真是："圣人不死，大盗不止。"人生本来只有吃饭一问题，这两位元始宗亲无端为我们加上穿衣一项，天下从此多事了。

动物里都是雄的弄得很美丽来引诱雌的。在我们却是女性在生育之外还慨然背上这个责任。女性始终花叶招展，男性永远是这么黑漆一团。我们真该感谢这勇于为世界增光的永久女性。

这也是一篇 *Sartor Resartus* 罢！

（原载于 1930 年 9 月 29 日《骆驼草》第 21 期，署名秋心）

无情的多情和多情的无情

情人们常常觉得他俩的恋爱是空前绝后的壮举，跟一切芸芸众生的男欢女爱绝不相同。这恐怕也只是恋爱这场黄金好梦里面的幻影罢。其实通常情侣正同博士论文一样地平淡无奇。为着要得博士而写的论文同为着要结婚而发生的恋爱大概是一样没有内容罢。通常的恋爱约略可以分做两类：无情的多情和多情的无情。

一双情侣见面时就倾吐出无限缠绵的话，接吻了无数万次，欢喜得淌下眼泪，分手时依依难舍，回家后不停地吟味过去的欣欢——这是正打得火热的时候。后来时过境迁，两人不得不含着满泡眼泪离散了，彼此各自有个世界，旧的印象逐渐模糊了，新的引诱却不断地现在当前。经过了一段若即若离的时期，终于跟另一爱人又演出旧戏了。此后也许会重演好几次。或者两人始终保持当初恋爱的形式，彼此的情却都显出离心力，向外发展，暗把种种盛意搁在另一个人身上了。这般人好像天天都在爱的旋涡里，却没有弄清真是爱那一个人，他们外表上是多情，处处花草颠连，实在是无情，心里总只是微温的。他们寻找的是自己的享乐，以"自己"为中心，不知不觉间做出许多残酷的事，甚至于后来还去赏鉴一手包办的悲剧，玩弄那种微酸的凄凉情调，拿所谓痛心的事情来解闷销愁。天下有许多的眼泪流下来时有种快感，这般人却顶喜欢尝这个精美的甜味，他们爱上了爱情，为爱情而恋爱，所以一切都可以牺牲，只求始终能尝到爱的滋味而已。他们是拿打牌的精神踱进情场，"玩玩罢"是他们的信条。他们有时也假装诚恳，那无非因为可以更玩得有趣些。他们有时甚至于自己也糊涂了，以为真是以全生命来恋爱，其实他们的下意识是了然的。他们好比上场演戏，虽然兴高采烈时忘了自己，居然觉得真是所扮的脚色了，可是心中明知台后有个可以洗去脂粉，脱下戏衫的化装室。他们拿人生最可贵的东西：爱情来玩弄，跟人生开玩笑，真是聪明得近乎大傻子了。这般人我们无以名之，名之为无情的多情人，也就是洋鬼子所谓 sentimental 了。

上面这种情侣可以说是走一程花草缤纷的大路，另一种情侣却是探求奇怪瑰丽的胜境，不辞跋涉崎岖长途，缘着悬岩〔崖〕峭壁屏息而行，总是不懈本志，从无限苦辛里得到更纯净的快乐。他们常拿难题来试彼此的挚情，他们有时现出冷酷的颜色。他们觉得心心既相印了，又何必弄出许多虚文呢？他们心里的热情把他们的思想毫发毕露地照出，他们的感情强烈得清晰有如理智。天下抱定了成仁取义的决心的人干事时总是分寸不乱，行若无事的，这般情人也是神情清爽，绝不慌张的，他们始终是朝一个方向走去，永久抱着同一的深情，他们的目标既是如皎日之高悬，像大山一样稳固，他们的步伐怎么会乱呢？他们已从默然相对无言里深深了解彼此的心曲，他们那里用得着绝不能明白传达我们意思的言语呢？他们已经各自在心里矢誓，当然不作无谓的殷勤话儿了。他们把整个人生搁在爱情里，爱存则存，爱亡则亡，他们怎么会拿爱情做人生的装饰品呢？他们自己变为爱情的化身，绝不能再分身跳出圈外来玩味爱情。聪明乖巧的人们也许会嘲笑他们态度太严重了，几十个夏冬急水般的流年何必如是死板板地过去呢；但是他们觉得爱情比人生还重要，可以情死，绝不可为着贪生而断情。他们注全力于精神，所以忽于形迹，所以好似无情，其实深情，真是所谓"多情却似总无情。"我们把这类恋爱叫做多情的无情，也就是洋鬼子所谓 passionate 了。

但是多情的无情有时渐渐化做无情的无情了。这种人起先因为全借心中白热的情绪，忽略外表，有时却因为外面惯于冷淡，心里也不知不觉地淡然了。人本来是弱者，专靠自己心中的魄力，不知道自己魄力的脆弱，就常因太自信了而反坍台。好比那深信具有坐怀不乱这副本领的人，随便冒险，深入女性的阵里，结果常是冷不防地陷落了。拿宗教来做比喻罢。宗教总是有许多仪式，但是有一般人觉得我们既然虔信不已，又何必这许多无谓的虚文缛节呢，于是就将这道传统的玩意儿一笔勾销，但是精神老是依着自己，外面无所附着，有时就有支持不起之势，信心因此慢慢衰颓了。天下许多无谓的东西所以值得保存，就因为它是无谓的，可以做个表现各种情绪的工具。老是扯成满月形的弦不久会断了，必定有弛张的时候。睁着眼睛望太阳反见不到太阳，眼睛倒弄晕眩了，必定斜着看才行。老子所谓"无"之为用，也就是在这类地方。

　　拿无情的多情来细味一下罢。乔治·桑（George Sand）在她的小说里曾经隐约地替自己辩护道："我从来绝没有同时爱着两个人。我绝没有，甚至于在思想里。属于两个人，无论在什么时候。这自然是指当我的情热继续着。当我不再爱一个男人的时候，我并没有骗他。我同他完全绝交了。不错，我也曾设誓，在我狂热的时候，永远爱他；我设誓时也是极诚意的。每次我恋爱，总是这么热烈地，完全地，我相信那是我生平第一次，也是最后一次的真恋爱。"乔治·桑的爱人多极了，这是谁都知道的事情，但是我们不能说她不诚恳。乔治·桑是个伟大的爱人，几千年来像她这样的人不过几个，自然不能当做常例看，但是通常牵情的人们的确有他可爱的地方。他们是最含有诗意的人们，至少他们天天总弄得欢欣地过日子。假使他们没有制造出事实的悲剧，大家都了然这种飞鸿踏雪泥式的恋爱，将人生渲染上一层生气勃勃，清醒活泼的恋爱情调，情人们永久是像朋友那样可分可合，不拿契约来束缚水银般转动自如的爱情，不处在委曲求全的地位，那么整个世界会青春得多了。唯美派说从一而终的人们是出于感觉迟钝，这句话像唯美派其他的话一样，也有相当的道理。许多情侣多半是始于恋爱，而终于莫明其妙的妥协。他们忠于彼此的婚后生活并不是出于他们恋爱的真挚持久，却是因为恋爱这个念头已经根本枯萎了。法朗士说过："当一个人恋爱的日子已经结束，这个人大可不必活在世上。"高尔基也说："若使没有一个人热烈地爱你，你为什么还活在世上呢?"然而许多应该早下野，退出世界舞台的人却总是恋栈，情愿无聊赖地多过几年那总有一天结束的生活，却不肯急流勇退，平安地躺在地下，免得世上多一个麻木的人。"生的意志"（Will to live）使人世变成个血肉模糊的战场。它又使人世这么阴森森地见不到阳光。在悲剧里，一个人失败了，死了，他就立刻退场，但是在这幕大悲剧里许多虽生犹死的人们却老占着场面，挡住少女的笑涡。许多夫妇过一种死水般的生活，他们意志销沉得不想再走上恋爱舞场，这种的忠实有什么可赞美呢？他们简直是冷冰的，连微温情调都没有了，而所谓 passionate 的人们一失足，就掉进这个陷阱了。爱情的火是跳动的，需要新的燃料，否则很容易被人世的冷风一下子吹熄了。中国文学里的情人多半是属于第一类的，说得肉麻点，可以叫做卿卿我我式的爱情，外国文学里的情人多半是属于第二类的，可以叫做生生死死的爱情，这当有许多例外，中国有尾生这类痴情的人，外国有屠格涅夫，拜伦等描写的玩弄爱情滋味的人。

（原载于 1930 年 12 月 16 日《现代文学》第 1 卷第 6 期）

毋 忘 草

一

Butler 和 Stevenson 都主张我们应当衣袋里放一本小簿子，心里一涌出什么巧妙的念头，就把它抓住记下，免得将来逃个无影无踪。我一向不大赞成这个办法，一则因为我总觉得文章是"妙手偶得之"的事情，不可刻意雕出。那大概免不了三分"匠"意。二则，既然记忆力那么坏，有了得意的意思又会忘却，那么一定也会忘记带那本子了，或者带了本子，没有带笔，结果还是一个忘却，到〔倒〕不如安分些，让这些念头出入自由罢。这些都是壮年时候的心境。

近来人事纷扰，感慨比从前多，也忘得更快，最可恨的是不全忘去，留个影子，叫你想不出全部来觉得怪难过的。并且在人海的波涛里浮沉着，有时颇顾惜自己的心境，想留下来，做这个徒然走过的路程的标志。因此打算每夜把日间所胡思乱想的多多少少写下一点儿，能够写多久，那是连上帝同魔鬼都不知道的。

二

老子用极恬美的文字著了《道德经》，但是他在最后一章里却说，"信言不美，美言不信。"大有一笔勾销前八十章的样子。这是抓到哲学核心的智者的态度。若使他没有看透这点，他也不会写出这五千言了。天下事讲来讲去讲到彻底时正同没有讲一样，只有知道讲出来是没有意义的人才会讲那么多话，又讲得那么好。Montaigne，Voltaire，Pascal，Hume 说了许多的话，却是全没有结论，也全因为他们心里是雪亮的，晓得万千种话一灯青，说不出什么大道理来，所以他们会那样滔滔不绝，头头是道。天下许多事情都是翻筋斗，未翻之前是这么站着，既翻之后还是这么站着，然而中间却有这么一个筋斗！

镜君屡向我引起庄子的"道隐于小成，言隐于荣华，"又屡向我盛称庄生文章的奇伟瑰丽，他的确很懂得庄子。

三

我现在深知道"忆念"这两个字的意思，也许因为此刻正是穷秋时节罢。忆念是没有目的，没有希望的，只是在日常生活里很容易触物伤情，想到千里外此时有个人不知道作什么生。有时遇到极微细的，跟那人绝不相关的情境，也会忽然联想起那个穿梭般出入我的意识的她，我简直认为这念头是来得无端。忆念后又怎么样呢？没有怎么样，我还是这么一个人。那么又何必忆念呢？但是当我想不去忆念她时，我这想头就是忆念着她了。当我忘却了这个想头，我又自然地忆念起来了。我可以闭着眼睛不看外界的东西，但是我的心眼总是清炯炯的，总是眎着她的倩影。在欢场里忆起她时，我感到我的心境真是静悄悄得像老人了。在苦痛时忆起她时，我觉得无限的安详，仿佛以为我已挨尽一切了。总之，我时时的心境都经过这么一种洗礼，不管当时的情绪为何，那色调是绝对一致的，也可以说她的影子永离不开我了。

"人间别久不成悲，"难道已浑然好像没有这么一回事吗？不，绝不！初别的时候心里总难免万千心绪起伏着，就构成一个光怪陆离的悲哀。当一个人的悲哀变成灰色时，他整个人溶在悲哀里面去了，惘怅的情绪既为他日常心境，他当然不会再有什么悲从中来了。

（原载于 1930 年 10 月 27 日《骆驼草》第 25 期，署名蔼一）

黑　　暗

　　我们这班圆颅趾方的动物应当怎样分类呢？若使照颜色来分做黄种，黑种，白种，红种等等，那的确是难免于肤浅。若使打开族谱，分做什么 Aryan，Semitic 等等，也是不彻底的，因为五万年前本一家。再加上人们对于他国女子的倾倒，常常为着要得到异乡情调，宁其冒许多麻烦，娶个和自己语言文字以及头发眼睛的颜色绝不相同的女人，所以世界上的人们早已打成一片，无法来根据皮肤颜色和人类系统来分类了。德国讽刺家 Saphir 说："天下人可以分做两种——有钱的人们和没有钱的人民。"这真是个好办法！但是他接着说道："然而，没有钱的人们不能算做人——他们不是魔鬼——可怜的魔鬼，就是天使，有耐心的，安于贫穷的天使。"所以这位出语伤人的滑稽家的分类法也就根本推翻了。Charles Lamb 说："照我们能建设的最好的理论，人类是两种人构成的，'向人借钱的人们'同'借钱给人的人们。'"可是他真是太乐观了，他忘记了天下尚有一大堆毫无心肝的那班洁身自好的君子。他们怕人们向他们借钱，于是先立定主意永不向人们借钱，这样子人们也不好意思来启齿了；也许他们怕自己会向人们借钱，弄到亏空，于是先下个决心不借钱给别人，这样子自断自己借钱的路，当然会节俭了，总之，他们的心被钱压硬了，再也发不出同情的或豪放的跳动。钱虽然是万能，在这方面却不能做个良好的分类工具。我们只好向人们精神方面去找个分类标准。

　　夸大狂是人们的一种本性，个个人都喜欢用他自命特别具有的性质来做分类的标准。基督教徒认为世人只可以分做基督教徒和异教徒；道学家觉得人们最大的区别是名教中人和名教罪人；爱国主义者相信天下人可以黑白分明地归于爱国者和卖国贼这两类；"钟情自在我辈"的名士心里只把人们斫成两部分，一面是餐风饮露的名士，一面是令人作呕的俗物。这种唯我独尊的分类法完全出自主观，因为要把自己说的光荣些，就随便竖起一面纸糊的大旗，又糊好一面小旗偷偷地插在对面，于是乎拿起号角，向天下人宣布道这是世上的真正局面，一切芸芸苍生不是这边的好汉，就是那面的喽啰，自己就飞扬跋扈地站在大旗下傻笑着。这已经是够下流了。但是若使没有别的结果，只不过令人冷笑，那到〔倒〕也是无妨的；最可怕的却是站在大旗下的人们总觉得自己是正宗，是配得站在世界上做人的，对面那班小鬼都是魔道，应该退出世界舞台的。因此认为自己该享到许多特权，那班敌人是该排斥，压迫，毁灭的。

所以基督教徒就在中古时代演出教会审判那幕惨凄的悲剧；道学家几千年来在中国把人们弄得这么奄奄一息，毫无"异端"的精神；爱国主义者吃了野心家的迷醉剂，推波助澜地做成欧战；而名士们一向是靠欺骗奸滑为生，一面骂俗物，一面做俗物的寄生虫，养成中国历来文人只图小便宜的习气。这几个招牌变成他们的符咒，借此横行天下，发泄人类残酷的兽性。我们绝不能再拿这类招牌来惹祸了。

在上帝创造世界之后，宇宙是黑漆一团的，而世界的末日也一定是归于原始的黑暗，所以这个宇宙不过是两个黑暗中间的一星火花。但是这个世界仍然是充满了黑暗，黑暗可说是人生核心；人生的态度也就是在乎怎样去处理这个黑暗。然而，世上有许多人根本不能认识黑暗，他们对于人生是绝无态度的，只有对于世人通常姿态的一种出于本能的模仿而已；他们没有尝到人生的本质，黑暗，所以他们是始终没有看清人生的，永远是影子般浮沉世上。他们的哀乐都比别人轻，他们生活的内容也浅陋得很，他们真可说虽生之日犹死之年。可是，他们占了世人的大部分，这也是几千年来天下所以如是纷纷的原因之一。

他们并非完全过着天鹅绒的生活，他们也遇过人生的坎坷，或者终身在人生的臼子里面被人磨春着，但是他们不能了解什么叫做黑暗。天下有许多只会感到苦痛，而绝不知悲哀的人们。当苦难压住他们时候，他们本能地发出哀号，正如被打的猫狗那么嚷着一样。苦难一走开，他们又恢复日常无意识的生活状态了，一张折做两半的纸还没有那么容易失掉那折痕。有时甚至当苦痛还继续着时候，他们已经因为和苦痛相熟，而变麻木了。过去是立刻忘记了，将来是他们所不会推测的，现在的深刻意义又是他们所无法明白的，所以他们免不了莫明其妙的过日子。悲哀当然是没有的，但是也失丢了生命，充实的生命。他们没有高举生命之杯，痛饮一番，他们只是尝一尝杯缘的酒痕。有时在极悲哀的环境里，他们会如日常地白痴地笑着，但是他们也不晓得什么是人生最快意的时候。他们始终没有走到生命里面去，只是生命向前的一个无聊的过客。他们在世上空尝了许多无谓的苦痛同比苦痛更无谓的微温快乐，他们其实不懂得生命是怎么一回事。真是深负上天好生之德。

有人以为志行高洁的理想主义者应当不知道世上一切龌龊的事体，应当不懂得世上有黑暗这个东西。这是再错不过的见解。只有深知黑暗的人们才会热烈地赞美光明。没有饿过的人不大晓得食饱的快乐，没有经过性的苦闷的小孩子很难了解性生活的意义。奥古斯丁，托尔斯泰都是走遍世上污秽的地方，才产生了后来一尘不沾的洁白情绪。不觉得黑暗的可怕，也就看不见光明的价值了。孙悟空没有在八卦炉中烧了六十四天，也无从得到那对洞观万物的火眼金睛了。所以天下最贞洁高尚的女性是娼妓。她们的一生埋在黑暗里面，但是有时谁也没有她们那么恋着光明。她们受尽人们的揶揄，历遍人间凄凉的情境，尝到一切辛酸的味道，若使她们的心还卓然自立，那么这颗心一定是满着同情和怜悯。她们抓到黑暗的核心，知道侮辱她们的人们也是受这个黑暗残杀着，她们怎么不会满心都是怜悯呢，当 De Quincey 流落伦敦，彷徨无依的时候，街上下等的娼妓是他惟一的朋友，最纯洁的朋友，当朵斯妥夫斯基的《罪与罚》里主要人物 Raskolnikov 为着杀了人，万种情绪交哄胸中时候，妓女 Sonia 是惟一能够安慰他的人，和他同跪在床前念《圣经》，劝他自首。只有濯污泥者才能够纤尘不染。从黑暗里看到光明的人正同新罗曼主义者一样，他们受过写实主义的洗礼，认出人们心苗里的罗曼根源，这才是真真的罗曼主义。在这个糊涂世界里，我们非是先一笔勾销，再重新一一估定价值过不可，否则囫囵吞枣地随便加以可否，是猪八戒吃人参果的办法。没有夜，那里有晨曦的光荣。正是风雨如晦时候，鸡鸣不已才会那么有意义，那么有内容。不知黑暗，心地柔和的人们像未锻炼过的生铁，绝不能成光芒十丈的利剑。

但是了解黑暗也不是容易的事，想知道黑暗的人最少总得有个光明的心地。生来就盲目的，绝对不知道光明和黑暗的分别，因此也可说不能了解黑暗了。说到这里，我们很可以应用柏拉图的穴居人的比喻。他们老住在穴中，从来没有看到阳光，也不觉得自己是在阴森森的窟里。当他们才走出来的时候，他们羞光，一受到光明的洗礼，反头晕目眩起来，这是可以解说历来人们对于新时代的恐怖，总是恋着旧时代的骸骨，因为那是和人们平常麻木的心境相宜的。但是当他们已惯于阳光了，他们一回去，就立刻深觉得窟里的黑暗凄惨。人世的黑暗也正和这个窟穴一样，你必定瞧到了光明，才能晓得那是多么可怕的。诗人们所以觉得世界特别可悲伤的，也是出于他们天天都浴在洁白的阳光里。而绝不能了解人世光明方面的无聊小说家是无法了解黑暗，虽然他们拼命写许多所谓黑幕小说。这类小说专讲怎样去利用人世的黑暗，却没有说到黑暗的本质。他们说的是技术，最可鄙的技术，并没有尝到人世黑暗的悲哀。所以他们除开刻板的几句世俗道德家的话外，绝无同情之可言。不晓得悲哀的人怎么会有同情呢？"人心险诈"这个黑暗是值得细味的，至于人心怎样子险诈，以及我们在世上该用那种险诈手段才能达到目的，这些无聊的世故是不值得探讨的。然而那班所谓深知黑暗的人们却只知道玩弄这些小技，完全没有看到黑暗的真意义了。俄国文学家 Dostoievsky，Gogol，Chekhov 等才配得上说是知道黑暗的人。他们也都是光明的歌颂者。当我们还无法来结实地来把人们分类时候，就将世人分做知道黑暗的和不知道黑暗的，也未始不是个好办法罢！最少我这十几年来在世网里挣扎着的时候对于人们总是用这点来分类，而且觉得这个标准可以指示出他们许多其它的性质。

（原载于 1930 年 10 月 20 日《骆驼草》第 24 期，署名秋心）

一个"心力克"的微笑

　　写下题目，不禁微笑，笑我自己毕竟不是个道地的"心力克"（Cynic）。心里蕴蓄有无限世故，却不肯轻易出口，混然和俗，有如孺子，这才是真正的世故。至于稍稍有些人生经验，便喜欢排出世故架子的人们，还好真有世故的人们不肯笑人，否则一定会被笑得怪难为情，老羞成怒，世故的架子完全坍台了。最高的艺术使人们不觉得它有斧斤痕迹，最有世故的人们使人们不觉得他是曾经沧海。他有时静如处女，有时动如走兔，却总不像有世故的样子，更不会无端谈起世故来。我现在自命为"心力克，"却肯文以载道，愿天下有心人无心人都晓得"心力克"的心境是怎么样，而且向大众说我有微笑，这真是太富于同情心，太天真纯朴了。怎么好算做一个"心力克"呢？因此，我对于自己居然也取"心力克"的态度，而微笑了。

　　这种矛盾其实也不足奇。嵇叔夜的《家诫》对于人情世故体贴入微极了，可是他又写出那种被人们逆鳞的几封绝交书。叔本华的《箴言》揣摩机心，真足以坏人心术，他自己为人却那么痴心，而且又如是悲观，颇有退出人生行列之意，当然用不着去研究如何在五浊世界里躲难偷生了。予何人斯，拿出这班巨人来自比，岂不蒙其他"心力克"同志们的微笑。区区之意不过说明这种矛盾是古已有之，并不新奇。而且觉得天下只有矛盾的言论是真挚的，是有生气的，简直可以说才算得一贯。矛盾就是一贯，能够欣赏这个矛盾的人们于天地间一切矛盾就都能澈悟了。

好好一个人，为什么要当"心力克"呢？这里真有许多苦衷。看透了人们的假面目，这是件平常事，但是看到了人们的真面目是那么无聊，那么乏味，那么不是他们假面目的好玩，这却怎么好呢？对于人世种种失却幻觉了，所谓 Disillusion，可是同时又不觉得这个 Disillusion 是件了不得的聪明举动：却以为人到了一定年纪，不是上智和下愚却多少总有些这种感觉，换句话说，对于 Disillusion 也 Disillusion 了，这却怎么好呢？年青时白天晚上都在那儿做蔷薇色的佳梦，现在不但没有做梦的心情，连一切带劲的念头也消失了，真是六根清净，妄念俱灭，然而得到的不是涅槃，而是麻木，麻木到自己到〔倒〕觉悠然，这怎么好呢？喜怒爱憎之感一天一天钝下去了，眼看许多人在那儿弄得津津有味，又仿佛觉得他们也知道这是串戏，不过既已登台，只好信口唱下去，自己呢，没有冷淡到能够做清闲的观客，隔江观火，又不能把自己哄住，投身到里面去胡闹一场，双脚踏着两船旁，这时倦于自己，倦于人生，这怎么好呢？惘怅的情绪，凄然的心境，以及冥想自杀，高谈人生，这实在都是少年的盛事；有人说道，天下最鬼气森森的诗是血气方旺的年青写出的，这是真话。他们还没有跟生活接触过，那里晓得人生是这么可悲，于是逞一时的勇气，故意刻画出一个血淋淋的人生，以慰自己罗曼的情调。人生的可哀，没有涉猎过的人是臆测不出的，否则他们也不肯去涉猎了，等到尝过苦味，你就噤若寒蝉，谈虎色变，绝不会无缘无故去冲破自己的伤痕。那时你走上了人生这条机械的路子，要离开要更大的力量，是已受生活打击过的人所无法办到的，所以只好掩泪吞声活下去了，有时挣扎着显出微笑。可是一面兜这一步一步陷下去的圈子，一面又如观止水地看清普天下种种迫害我们的东西，而最大的迫害却是自己的无能，否则拨云雾而见天日，抖擞精神，打个滚九万里风云脚下生，岂不适意哉？然而我们又知道就说你一个人在人生舞台上演一大套热闹的戏，无非使后台地上多些剩脂残粉，破碎衣冠。而且后台的情况始终在你心眼前，装个欢乐的形容，无非更增抑郁而已。也许这种心境是我们最大的无能，也许因为我们无能，所以做出这个心境来慰藉自己。总之，人生路上长亭更短亭，我们一时停足，一时迈步，望〔往〕苍茫的黄昏里走去，眼花了，头晕了，脚酸了，我们暂在途中打盹，也就长眠了，后面的人只见我们越走越远身体越小，消失于尘埃里了。路有尽头吗，干吗要个尽头呢？走这条路有意义吗？什么叫做意义呢？人生的意义若在人生之中，那么这是人生，不足以解释人生；人生的意义若在人生之外，那么又何必走此一程呢？当此无可如何之时我们只好当"心力克，"借微笑以自遣也。

瞥眼看过去，许多才智之士在那里翻筋斗，也着实会令人叫好。比如，有人排架子，有人排有架子的架子，有人又排不屑计较架子有无的架子，有人排天真的架子，有人排既已世故了，何妨自认为世故的坦白架子，许多架子合在一起，就把人生这个大虚空筑成八层楼台了，我们在那上面有的战战兢兢走着，有的昂头阔步走着，终免不了摔下来，另一个人来当那条架子了。阿迭生拿桥来比人生，勃兰德斯在一篇叫做《人生》的文章里拿梯子来比人生，中间都含有摔下的意思，我觉得不如我这架子之说那么周到，因为还说出人生的本素。上面说得太简短了，当然未尽所欲言，举一反三，在乎读者，不佞太忙了，因为还得去微笑。

（初刊稿）

善　言

　　曾子说："人之将死，其言也善。"真的，人们胡里胡涂过了一生，到将瞑目时候，常常冲口说出一两句极通达的，含有诗意的妙话。歌德以为小孩初生下来时的呱呱一声是天上人间至妙的声音，我看弥留的模糊呓语有时会同样地值得领味。前天买了一本梁巨川先生遗笔，夜里灯下读去，看到绝命书最后一句话是"不完亦完，"掩卷之后大有"为之掩卷"之意。

　　宇宙这样子"大江流日夜"地不断的演进下去，真是永无完期，就说宇宙毁灭了，那也不过是它的演进里一个过程罢。仔细看起来，宇宙里万事万物无一不是永逝不回，岂单是少女的红颜而已。人们都说花有重开日，人无再少年，可是今年欣欣向荣的万朵娇红绝不是去年那一万朵。若使只要今年的花儿同去年的一样热闹，就可以算去年的花是青春长存，那么世上岂不是无时无刻〈不〉都有那么多的少年少女，又何取乎惋惜。

此刻的宇宙再过多少年后会完全换个面目，那么这个宇宙岂不是毁灭了吗？所谓生长也就是灭亡的意思，因为已非那么一回事了。十岁的我与现在的我是全异其趣的，那么我也可以说已经夭折。宗教家斤斤于世界末日之说，实在世界任一日都是末日。入世的圣人虽然看得透这两面道理，却只微笑地说"生生之谓易，"这也是中国人晓得凑趣的地方。但是我却觉得把死死这方面也揭破，看清这里面的玲珑玩意儿，却更妙得多。晓得了我们天天都是死过去了，那么也懒得去干自杀这件麻烦的勾当了。那时我们做人就达到了吃鸡蛋的禅师和喝酒的鲁智深的地步了。多么大方呀，向普天下善男信女唱个大喏！

这些话并不是劝人们袖手不做事业，天下真真做出事情的人们都是知其不可而为之。诸葛亮心里恐怕是雪亮的，也晓得他总弄不出玩意来，然而他却肯"鞠躬尽瘁，死而后已。"这叫做"做人。"若使你觉无事［此］静坐是最值得干的事情，那也何妨做了一生的因是子，就是没有面壁也是可以的。总之，天下事不完亦完，完亦不完，顺着自己的心情在这个梦梦的世界去建筑起一个梦的宫殿罢，的确一天也该运些砖头。明眼人无往而不自得，就是因为他知道天下事无一值得执着的，可是高僧也喜欢拿一串数珠，否则他们就是草草此生了。

（原载于 1930 年 11 月 3 日《骆驼草》第 26 期，署名秋心）

Kissing the Fire（吻火）

　　回想起志摩先生，我记得最清楚的是他那双银灰色的眸子，其实他的眸子当然不是银灰色的，可是我每次看见他那种惊奇的眼神，好像正在猜人生的谜，又好像正在一叶一叶揭开宇宙的神秘，我就觉得他的眼睛真带了一些银灰色。他的眼睛又有点像希腊雕像那两片光滑的，仿佛含有无穷情调的眼睛，我所说银灰色的感觉也就是这个意思罢。

　　他好像时时刻刻都在惊奇着。人世的悲欢，自然的美景，以及日常的琐事，他都觉得是很古怪的，从来没有看见过的，完全出乎意料之外的。所以他天天都是那么有兴致（Gusto），就是说出悲哀的话时候，也不是垂头丧气，厌倦于一切了，却是发现了一朵"恶之华，"在那儿惊奇着。

　　三年前，在上海的时候，有一天晚上，他拿着一根纸烟向一位朋友点燃的纸烟取火，他说道："Kissing the fire，"这句话真可以代表他对于人生的态度。人世的经验好比是一团火，许多人都是敬鬼神而远之，隔江观火，拿出冷酷的心境去估量一切，不敢投身到轰轰烈烈的火焰里去，因此过个暗淡的生活，简直没有一点的光辉，数十年的光阴就在计算怎么样才会不上当里面消逝去了，结果上了个大当。他却肯亲自吻着这团生龙活虎般的烈火，火光一照，化腐臭〔朽〕为神奇，遍地开满了春花，难怪他天天惊异着，难怪他的眼睛跟希腊雕像的眼睛相似，希腊人的生活就是像他这样吻着人生的火，歌唱出人生的神奇。

这一回在半空中他对于人世的火焰作最后的一吻了。

（原载于 1932 年 4 月 11 日天津《大公报·文学副刊》第 223 期，署名秋心）

第二度的青春

人们到了相当年纪，大概不会再有春愁。就说偶然还涉遐思，也不好意思出口了。

乡愁，那是许多人所逃不了的。有些人天生一副怀乡病者的心境，天天惦念着他精神上的故乡。就是住在家乡里，仍然忽忽如有所失，像个海外飘零的客子。就说把他们送到乐园去，他们还是不胜惆怅，总是希冀企望着，想回到一个他所不知道的地方。这些人想像出许多虚幻的境界，那是宗教家的伊甸园，哲学家的伊比鸠鲁斯花园，诗人的 Elysium，El Dorado，Arcadia，理想主义者的乌托邦，来慰藉他们彷徨的心灵；可是若使把他们放在他们所追求的天国里，他们也许又皱起眉头，拿着笔描写出另个理想世界了。思想无非是情感的具体表现，他们这些世外桃源只是他们不安心境的寄托。全是因为它们是不能实现的，所以才能够传达出他们这种没个为欢处的情怀；一旦不幸，理想变为事实，它们立刻就不配做他们这些情绪的象征了。说起来，真是可悲，然而也怪有趣。总之，这一班人大好年华都销磨于缱绻一个莫须有之乡，也从这里面得到他人所尝不到的无限乐趣。登楼远望云山外的云山，淌下的眼泪流到笑涡里去，这是他们的生活。吾友莫须有先生就是这么一个人，久不见他了，却常忆起他那泪痕里的微笑。

可是，人们到了相当年纪，（又是这么一句话）对于自己的事情感到厌倦，觉得太空虚了，不值一想，这时连这一缕乡愁也将化为云烟了。其实人们一走出情场，失掉绮梦，对于自己种种的幻觉都销灭了，当下看出自己是个多么渺小无聊的汉子，正好像脱下戏衫的优伶，从缥渺〔缈〕世界坠到铁硬的事实世界，砰的一声把自己惊醒了。这时睁开眼睛，看到天上恒河沙数的群星，一佛一世界，回想自己风尘下过千万人已尝过，将来还有无数万人来尝的庸俗生活，对于自己怎能不灰心呢？当此"屏除丝竹入中年"时候，怎么好呢？

可是，人们到了相当年纪，免不了儿女累人，三更儿哭，可以搅你的清梦，一声爸爸，可以动你的心弦。烦恼自然多起来了，但是天下的乐趣都是烦恼带来的，烦恼使人不得不希望，希望却是一服包医百病的良方。做了只怕不愁，一生在艰苦的环境下面挣扎着，结果常是"穷"而不"愁，"所谓潦倒也就是麻木的意思。做人做到艳阳天气勾不起你的幽怨，故乡土物打不动你莼鲈之思，真是几乎无路可走了。还好有个父愁。虽然知道自己的一生是个失败，仿佛也看出天下无所谓成功的事情，已猜透成功等于失败这个哑谜了，居然清瘦地站在宇宙之外，默然与世无涉了；可是对于自己孩子们总有个莫名其妙的希望，大有我们自己既然如是塌台，难道他们也会这样吗的意思。只有没有道理的希望是真实的，永远有生气的，做父亲的人们明知小孩变成顽皮大人是种可伤的事情，却非常希望他们赶快长大。已看穿人性的腐朽同宇宙的乏味了，可是还希望他们来日有个花一般的生涯。为着他们，希望许多绝不可能的事情变为可能，为着他们，肯把自己重新掷到过去的幻觉里去，于是乎从他们的生活里去度自己第二次的青春，又是一场哀乐。为着儿女的恋爱而担心，去揣摩内中的甘苦，宛如又蹀进情场。有时把儿女的痴梦拿来细味，自己不知不觉也走到梦里去了，孩提的想头和希望都占着做父亲者的心窝，虽然这些事他们从前曾经热烈地执着过，后来又颓然扔开了。人们下半生的心境又恢复到前半生那样了，有时从父愁里也产生出春愁和乡愁。

记得去年快有儿子时候，我的父亲从南方写信来说道，"你现在也快做父亲了，有了孩子，一切要耐忍些，"我年来常常记起这几句话，感到这几句叮咛包括了整个人生。

（初刊稿）

又是一年春草绿

　　一年四季，我最怕的却是春天。夏的沉闷，秋的枯燥，冬的寂寞，我都能够忍受，有时还感到片刻的欣欢。灼热的阳光，憔悴的霜林，浓密的乌云，这些东西跟满目创痍的人世是这么相称，真可算做这出永远演不完的悲剧的绝好背景。当个演员，同时又当个观客的我虽然心酸，看到这么美妙的艺术，有时也免不了陶然色喜，传出灵魂上的笑涡了。坐在炉边，听到呼呼的北风，一页一页翻阅一些畸零人的书信或日记，我的心境大概有点像人们所谓春的情调罢。可是一看到阶前草绿，窗外花红，我就感到宇宙的不调和，好像在弥留病人的榻旁听到少女的轻脆的笑声，不，简直好像参加婚礼时候听到凄楚的丧钟。这到底是恶魔的调侃呢，还是垂泪的慈母拿几件新奇的玩物来哄临终的孩子呢？每当大地春回的时候，我常想起《哈姆雷特》里面那位姑娘戴着鲜花圈子，唱着歌儿，沉到水里去了。这真是莫大的悲剧呀，比哈姆雷特的命运还来得可伤，叫人们啼笑皆非，只好朦胧地徜徉于迷途之上，在谜的空气里度过鲜血染着鲜花的一生了。坟墓旁年年开遍了春花，宇宙永远是这样二元，两者错综起来，就构成了这个杂乱下劣的人世了。其实不单自然界是这样子安排颠倒遇颠连，人事也无非如此白莲与污泥相接。在卑鄙坏恶的人群里偏有些雪白晶清的灵魂，可是旷世的伟人又是三寸名心未死，落个白玉之玷了。天下有了伪君子，我们虽然亲眼看见美德，也不敢贸然去相信了；可是极无聊，极不堪的下流种子有时却磊落大方，一鸣惊人，情愿把自己牺牲了。席勒说，"只有错误才是活的，真理只好算做个死东西罢了，"可见连抽象的境界里都不会有个称心如意的事情了。"可哀惟有人间世，"大概就是为着这个原因罢。

我是个常带笑脸的人，虽然心绪凄其的时候居多。可是我的笑并不是百无聊赖时的苦笑，假使人生单使我们觉得无可奈何，"独闭空斋画大圈，"那么这个世界也不值得一笑了。我的笑也不是世故老人的冷笑，忙忙扰扰的哀乐虽然尝过了不少，鬼鬼祟祟的把戏虽然也窥破了一二，我却总不拿这类下流的伎俩放在眼里，以为不值得尊称为世故的对象，所以不管我多么焦头烂额，立在这片瓦砾场中，我向来不屑对于这些加之以冷笑。我的笑也不是哀莫大于心死以后的狞笑，我现在最感到苦痛的就是我的心太活跃了，不知怎的，无论到那儿去，总有些触目伤心，凄然泪下的意思，大有失恋与伤逝冶于一炉的光景，怎么还会狞笑呢。我的辛酸心境并不是年青人常有的那种略带诗意的感伤情调，那是生命之杯盛满后溅出来的泡花，那是无上的快乐呀，释迦牟尼佛所以会那么陶然，也就是为着他具了那个清风朗月的慈悲境界罢。走入人生迷园而不能自拔的我怎么会有这种的闲情逸致呢！我的辛酸心境也不是像丁尼生所说的"天下最沉痛的事情莫过于回忆起欣欢的日子。"这位诗人自己却又说道："曾经亲爱过，后来永诀了，总比绝没有亲爱过好多了。"我是没有过这么一度的鸟语花香，我的生涯好比没有绿洲的空旷沙漠，好比没有棕榈的热带国土，简直是挂着蛛网，未曾听过管弦声的一所空屋。我的辛酸心境更不是像近代仕女们脸上故意贴上的"黑点，"朋友们看到我微笑着道出许多伤心话，总是不能见谅，以为这些娓娓酸语无非拿来点缀风光，更增生活的妩媚罢了。"知己从来不易知，"其实我们也用不着这样苛求，谁敢说真知道了自己呢，否则希腊人也不必在神庙里刻上"知道你自己"那句话了。可是我就没有走过芳花缤纷的蔷薇的路，我只看见枯树同落叶；狂欢的宴席上排了一个白森森的人头固然可以叫古代的波斯人感到人生的悠忽而更见沉醉，骷髅搂着如花的少女跳舞固然可以使荒山上月光里的撒但摇着头上的两角哈哈大笑，但是八百里的荆棘岭总不能算做愉快的旅程罢；梅花落后，雪月空明，当然是个好境界，可是牛山濯濯的峭壁上一年到底只有一阵一阵的狂风瞎吹着，那就会叫人思之欲泣了。这些话虽然言之过甚，缩小来看，也可以映出我这个无可为欢处的心境了。

在这个无时无地都有哭声回响着的世界里年年偏有这么一

个春天；在这个满天澄蓝，泼地草绿的季节毒蛇却也换了一套春装睡眼蒙眬地来跟人们作伴了，禁闭于层冰底下的秽气也随着春水的绿波传到情侣的身旁了。这些矛盾恐怕就是数千年来贤哲所追求的宇宙本质罢！蕞尔的我大概也分了一份上帝这笔礼物罢。笑涡里贮着泪珠儿的我活在这个乌云里夹着闪电，早上彩霞暮雨凄凄的宇宙里，天人合一，也可以说是无憾了，何必再去寻找那个无根的解释呢。"满眼春风百事非，"这般就是这般。

（原载于 1932 年 11 月 1 日《新月》第 4 卷第 4 期，目录页署秋心遗稿，正文署名秋心）

春　雨

　　整天的春雨，接着是整天的春阴，这真是世上最愉快的事情了。我向来厌恶晴朗的日子，尤其是娇〔骄〕阳的春天；在这个悲惨的地球上忽然来了这么一个欣欢的气象，简直像无聊赖的主人宴饮生客时拿出来的那付古怪笑脸，完全显出宇宙里的白痴成分。在所谓大好的春光之下，人们都到公园大街或者名胜地方去招摇过市，像猩猩那样嘻嘻笑着，真是得意忘形，弄到变成为四不像了。可是阴霾四布或者急雨滂沱的时候，就是最沾沾自喜的财主也会感到苦闷，因此也略带了一些人的气味，不像好天气时候那样望着阳光，盛气凌人地大踏步走着，颇有上帝在上，我得其所的意思。至于懂得人世哀怨的人们，黯淡的日子可说是他们惟一光荣的时光。穹苍替他们流泪，乌云替他们皱眉，他们觉到四围都是同情的空气，仿佛一个堕落的女子躺在母亲怀中，看见慈母一滴滴的热泪溅到自己的泪痕，真是润遍了枯萎的心田。斗室中默坐着，忆念十载相违的密友，已经走去的情人，想起生平种种的坎坷，一身经历的苦楚，倾听窗外檐前凄清的滴沥，仰观波涛浪涌，似无止期的雨云，这时一切的荆棘都化做洁净的白莲花了，好比中古时代那班圣者被残杀后所显的神迹。"最难风雨故人来，"阴森森的天气使我们更感到人世温情的可爱，替从苦雨凄风中来的朋友倒上一杯热茶时候，我们很有放下屠刀，立地成佛子的心境。"风雨如晦，鸡鸣不已，"人类真是只有从悲哀里滚出来才能得到解脱，千锤百炼，腰间才有这一把明晃晃的钢刀，"今日把似君，谁为不平事。""山雨欲来风满楼，"这很可以象征我们孑立人间，尝尽辛酸，远望来日大难的气概，真好像思乡的客子拍着阑干，看到郭外的牛羊，想起故里的田园，怀念着宿草新坟里当年的竹马之交，泪眼里仿佛模糊辨出龙钟的父老蹒跚走着，或者只瞧见几根靠在破壁上的拐杖的影子。所谓生活术恐怕就在于怎么样当这么一个临风的征人罢。无论是风雨横来，无论是澄江一练，始终好像惦记着一个花一般的家乡，那可说就是生平理想的结晶，蕴在心头的诗情，也就是明哲保身的最后壁垒了；可是同时还能够认清眼底的江山，把住自己的步骤，不管这个异地的人们是多么残酷，不管这个他乡的水土是多么不惯，却能够清瘦地站着，戛戛然好似狂风中的老树。能够忍受，却没有麻木，能够多情，却不流于感伤，仿佛楼前的春雨，悄悄下着，遮住耀目的阳光，却滋润了百草同千花。檐前的燕子躲在巢中，对着如丝如梦的细雨呢喃，真有点像也向我道出此中的消息。

可是春雨有时也凶猛得可以，风驰电掣，从高山倾泻下来也似的，万紫千红，都付诸流水，看起来好像是煞风景的，也许是别有怀抱罢。生平性急，一二知交常常焦急万分地苦口劝我，可是暗室扪心，自信绝不是追逐事功的人，不过对于纷纷扰扰的劳生却常感到厌倦，所谓性急无非是疲累的反响罢。有时我却极有耐心，好像废殿上的玻璃瓦，一任他风吹雨打，霜蚀日晒，总是那样子痴痴地望着空旷的青天。我又好像能够在没字碑面前坐下，慢慢地去冥想这块石板的深意，简直是个蒲团已碎，呆然趺坐着的老僧。想赶快将世事了结，可以抽身到紫竹林中去逍遥，跟把世事撇在一边，大隐隐于市，就站在热闹场中来仰观天上的白云，这两种心境原来是不相矛盾的。我虽然还没有，而且绝不会跳出人海的波澜，但是拳拳之意自己也略知一二，大概摆动于焦燥与倦怠之间，总以无可奈何天为中心罢。所以我虽然爱濛濛茸茸〔茸茸〕的细雨，我也爱大刀阔斧的急雨，纷至沓来，洗去阳光，同时也洗去云雾，使我们想起也许此后永无风恬日美的光阴了，也许老是一阵一阵的暴雨，将人世哀乐的踪迹都漂到大海里去，白浪一翻，什么渣滓也看不出了。焦燥同倦怠的心境在此都得到涅槃的妙悟，整个世界就像客走后，撤下筵席，洗得顶干净，排在厨房架子上的杯盘。当个主妇的创造主看着大概也会微笑罢，觉得一天的工作总算告终了。最少我常常臆想这个还了本来面目的大地。

可是最妙的境界恐怕是尺牍里面那句烂调，所谓"春雨缠绵"罢。一连下了十几天的霉雨，好像再也不会晴了，可是时时刻刻都有晴朗的可能。有时天上现出一大片的澄蓝，雨脚也慢慢收束了，忽然间又重新点滴凄清起来，那种捉摸不到，万分别扭的神情真可以做这个哑谜一般的人生的象征。记得十几年前每当连朝春雨的时候，常常剪纸作和尚形状，把他倒贴在水缸旁边，意思是叫老天不要再下雨了，虽然看到院子里雨脚下一粒一粒新生的水泡我总觉到无限的欣欢，尤其当急急走过檐前，脖子上溅几滴雨水的时候。可是那时我对于春雨的情趣是不知不觉之间领略到的，并没有凝神去寻找，等到知道怎么样去欣赏恬适的雨声时候，我却老在干燥的此地做客，单是夏天回去，看看无聊的骤雨，过一过雨瘾罢了。因此"小楼一夜听春雨"的快乐当面错过，从我指尖上滑走了。盛年时候好梦无多，到现在彩云已散，一片白茫茫，生活不着边际，如堕五里雾中，对于春雨的怅惘只好算做内中的一小节罢，可是仿佛这一点很可以代表我整个的悲哀情绪。但是我始终喜欢冥想春雨，也许因为我对于自己的愁绪很有顾惜爱抚的意思；我常常把陶诗改过来，向自己说道："衣沾不足惜，但愿恨无违，"我会爱凝恨也似的缠绵春雨，大概也因为自己有这种的心境罢。

（原载于 1932 年 11 月 1 日《新月》第 4 卷第 5 期，目录页署秋心遗稿，正文署名秋心）

Giles Lytton Strachey，

1880—1932

"你们不要说我没有说什么新话，那些旧材料我却重新安排过了。我们打网球的时候，虽然双方同打一个球，但是总有一个人能把那球打到一个较巧妙的地点去。"——Pascal

今年一月二十一日英国那位瘦棱棱的，脸上有一大片红胡子的近代传记学大师齐尔兹·栗董·斯特刺奇病死了。他向来喜欢刻划人们弥留时的心境，这回他自己也是寄余命于寸阴了；不知道当时他灵台上有什么往事的影子徘徊着。也许他会记起三十年前的事情，那时他正在剑桥大学三一学院里念书，假期中某一天的黄昏他同几位常吵架的朋友——将来执欧洲经济学界的牛耳，同一代舞星 Lopokova 结婚的 J. M. Keynes，将来竖起新批评家的旗帜，替人们所匿笑的涡卷派同未来派画家辩护的 Clive Bell，将来用细腻的笔调写出带有神秘色彩的小说的 E. M. Forster——到英国博物院邻近已故的批评家 Sir Leslie Stephen 家里，跟那两位年轻俏丽，眈〔耽〕于飘缈幻想的小姐——将来提倡描写意识之流的女小说家 Virginia Woolf 同她爱好艺术的姐姐——在花园里把世上的传统同眼前的权威都扯成粉碎，各自凭着理智的白光去发挥自己新奇的意思，年青的好梦同狂情正罩着这班临风吐蕚也似地的大学生。也许他会记起十年前的事情，《维多利亚女王传》刚刚出版，像这么严重的题材他居然能用轻盈诙谐的文笔写去，脱下女王的服装，画出一个没主意，心地真挚的老太婆，难怪她的孙子看了之后也深为感动，立刻写信请他到宫里去赴宴，他却回了一封措辞委婉的短简，敬谢陛下的恩典，可是不幸得很——他已买好船票了，打算到意大利去旅行，所以还是请陛下原谅罢。也许记起他一些零碎的事情，记起他在大学里写下的一两行情诗，记起父亲辉煌夺目的军服，记起他母亲正在交际场中雍容闲暇的态度，记起他姊姊写小说时候的姿势，也许记起一些琐事，觉得很可以做他生活的象征……

日常琐事的确是近代新传记派这位开山老祖的一件法宝。他曾经说历史的材料好比一片大海，我们只好划船到海上去，这儿那儿放下一个小桶，从深处汲出一些具有特性的标本来，拿到太阳光底下用一种仔细的好奇心去研究一番。他所最反对的是通常那种两厚册的传记，以为无非是用沉闷的恭维口吻把能够找到的材料乱七八糟堆在一起，作者绝没有费了什么镕铸的苦心。他以为保存相当的简洁——凡是多余的全要排斥，只把有意义的搜罗进来——是写传记的人们第一个责任。其次就是维持自己精神上的自由；他的义务不是去恭维，却是把他所认为事实的真相暴露出来。这两点可说是他这种新传记的神髓。我们现在先来谈这个理论消极方面的意义罢。写传记的动机起先是完全为着纪念去世的人们，因此难免有一味地歌功颂德的毛病；后来作者对于人们的性格渐渐感到趣味，而且觉得大人物的缺点正是他近于人情的地方，百尺竿头差此一步，贤者到底不是冷若冰霜的完人，我们对于他也可以有同情了，Boswell 的 Samuel Johnson 传，Moore 的 Byron 传，Lockhart 的 Scott 传都是颇能画出 Cromwell 的黑痣的忠实纪述。不幸得很，十九世纪中来了一位怪杰，就是标出崇拜英雄的 Carlyle，他说：人类的历史就是伟人的历史，我们应当找出这些伟人，把他们身上的尘土洗去，将他们放在适当的柱础上头。经他这么一鼓吹，供奉偶像那出老把戏又演出来了，结果是此人只应天上有，尘寰中的读者对于这些同《荷马史诗》里古英雄差不多的人物绝不能有贴切的同情，也无从得到深刻的了解了。原来也是血肉之躯，经作者一烘染，好像从娘胎坠地时就是这么一个馨香的木乃伊，充其量也不过是呆呆地站在柱础上的雕像罢。斯特剌奇正像 Maurois 所说的，却是个英雄破坏者，一个打倒偶像的人。他用轻描淡写的冷讽吹散伟人头上的光轮，同时却使我们好像跟他们握手言欢了，从友谊上领略出他们真正的好处。从前的传记还有一个大缺点，就是作者常站在道学的立场上来说话。他不但隐恶扬善，而且将别人的生平拿来迁就自己伦理上的主张，结果把一个生龙活虎的人物化为几个干燥无味的道德概念，既然失掉了描状性格的意义，而且不能博得读者的信仰，因为稍微经些世变的人都会知道天下事绝没有这样黑白分明，人们的动机也不会这样简单得可笑。Dean Stanley 所著的 Arnold 传虽然充满老友的同情，却患了这个削足入履的毛病，终成白玉之玷，H. I'A. Fausset 的 Keats 评传也带了这种色彩，一个云中鹤也似的浪漫派诗人给他用一两个伦理的公式就分析完了。其实这种抬出道德的观念来做天平是维多利亚时代作家的习气，Macaulay，Matthew Arnold 以及 Walter Bagehot 的短篇评传都是采取将诗人，小说家，政治家装在玻璃瓶里，外面贴上一个纸条的办法。有的人不拿出道德家的面孔，却排起历史家的架子来，每说到一个人，就牵连到时代精神，前因后果，以及并世的贤豪，于是越说越多，离题越远，好几千页里我们只稍稍看到主人公的影子而已。这种传记给我们一个非常详细的背境，使我们能够看见所描状的人物在当时当地特别的空气里活动着，假使处处能够顾到跟主要人物的关系，同时背面敷粉，烘托出一个有厚薄的人形，那也是个很好的办法。Carlyle 的 Frederick the Great 传，Spedding 的 Bacon 传，Masson 的 Milton 传都是良好的例子。可是这样很容易变成一部无聊的时代史，充量只能算做这类传记唯一的特色了。还有些作家并没有这些先见，不过想编一部内容丰富的传记，于是把能够抓到手的事实搁进去，有时还自夸这才算做科学的，客观的态度，可是读者掩卷之后只有个驳杂的印象，目迷五色，始终理不出一个头绪来，通常那种两巨册的 *Life and Letters* 大概要属于这一类罢。

斯特剌奇的方法跟这些却截然不同，他先把他所能找到的一切文献搜集起来，下一番扒罗剔抉的工夫，选出比较重要的，可以映出性格的材料，然后再从一个客观的立场来批评，来分析这些砂砾里淘出的散金，最后他对于所要描写的人物的性格得到一个栩栩有生气的明了概念了，他就拿这个概念来做标准，到原来的材料里去找出几个最能照亮这个概念的轶事同言论，末了用微酸的笔调将这几段百炼成钢的意思综合地，演绎地娓娓说出，成了一本薄薄的小书，我们读起来只觉得巧妙有趣的故事像雨点滴到荷池上那么自然地纷至沓来，同时也正跟莲叶上的小水珠滚成一粒大圆珠一样，这些零碎的话儿一刹那里变得成个灵活生姿的画像了，简直是天衣无缝，浑然一体，谁会想到作者经过无穷的推敲，费了不尽的苦心呢？他所写的传记没有含了道学的气味，这大概因为他对于人们的性格太感到趣味了。而且真真澈底地抓到一个人灵魂的核心时候，对于那个人所有的行动都能寻出原始的动机，生出无限的同情和原谅，将自己也掷到里头去了，怎么还会去扮个局外人，袖着手来下个无聊的是非判断呢。Carlyle 在他论 Burns 那篇文章里主张我们应当从作品本身上去找个标准来批评那篇作品，拿作者有没有完美地表现了所要表现的意思做个批评的指南针，却不该先立下放之四海而皆准的抽象主张，把每篇作品都拿来秤一秤〔称一称〕，那是不懂得文学的有机性的傻人们干的傻事。当代批评家 Spingarn 所主张的表现主义也是同样的意思。斯特剌奇对于所描状的人物可说持了同一的批评态度，他只注意这些不世的英才没有充分发挥他们特有的性格，却不去理世俗的人们对于那些言行该下一个什么判词。这种尊重个人性格自由的开展的宽容态度也就是历来真懂得人性，具有博爱精神的教育家所提倡的，从 Montaigne 一直到 Bertrand Russell 都是如此；这样兼容并包的气概可说是怀疑主义者的物权，我们这位写传记的天才就从他的怀疑癖性里得到这个纯粹观照的乐趣了。他又反对那班迷醉于时代精神的人们那样把人完全当做时间怒潮上的微波，却以为人这个动物太重要了，不该只当做过去的现象看待。他相信人们的性格有个永久的价值，不应当跟瞬刻的光阴混在一起，因此仿佛也染上了时间性，弄到随逝波而俱亡。其实他何尝注意时代精神呢，不过他总忘不了中心的人物，所以当他谈到那时的潮流的时候，他所留心的是这些跟个人性格互相影响的地方，结果还是利用做阐明性格的工具。他撇开这许多方便的法门，拈起一枝笔来素描，写传记自然要变成一件非常费劲的勾当了，怪不得他说把别人生活写得好也许同自己生活过得好一样地困难。我们现在来欣赏一下他在世上五十二年里辛苦写成的几部书的内容罢。

他第一部出版的书是《法国文学的界石》（*Landmarks in French Literature*），属于"家庭大学丛书"，所以照老例篇幅只能有二百五十六页。这书是于一九一二年与世人见面的，当时他已经三十二岁了。文学批评本来不是他的专长处，他真是太喜欢研究人物了，每说到微妙的性格就有滔滔的谈锋，无穷的隽语，可是一叙述文学潮流的演进兴致立刻差得多了。所以这本书不能算做第一流的文学史，远不如 Saintsbury 的 *A Short History of French Literature* 同 Dowden 的 *History of French Literature*，他们对于各代的风格感到浓厚的趣味，探讨起来有说不尽的欣欢，因此就是干燥得像韵律这类的问题经他们一陈述，读起来也会觉得是怪好玩的。可是这本素人编的文学史也有特别的好处，通常这类书多半偏重于作品；对于作家除生死年月同入学经过外也许就不赞一词，因此未曾念过多少作品的读者有时像听楚人说梦，给一大堆书名弄糊涂了，这本古怪的文学史却不大谈这些内行的话，单是粗枝大叶地将个个文学家刻划出来，所以我们念完后关于法国文学的演变虽然没有什么心得，可是心里印上了几个鲜明的画像，此后永远忘不了那个徘徊歧路，同时具有科学家和中古僧侣精神的 Pascal，那个住在日内瓦湖畔，总是快死去样子，可是每天不断地写出万分刻毒的文章的老头子 Voltaire，以及带有近世感伤色彩，却生于唯理主义盛行的时代，一生里到处碰钉子的 Rousseau。所以这本文学史简直可说是一部文苑传，从此我们也可以窥见作者才气的趋向。还有从作者叙述各时代文学所用的篇幅，我们也可以猜出作者的偏好。假使我们将这本小史同 Maurice Baring 编的 *French Literature* 一比较，他这本书十七世纪文学占全书三分之一，十八世纪文学占全书四分之一，十九世纪只占全书七分之一，Baring 的书十七世纪不过占四分之一，十八世纪只六分之一，十九世纪却占三分之一了，这个比例分明告诉我们斯特剌奇是同情于古典主义的，他苦口婆心向英国同胞解释 Corneille，Racine，La Fontaine 的好处。为着替三一律辩护，他不惜把伊利沙伯时代戏剧的方式说得漏洞丛生，他详论 Bossuet 同 Fontenelle 整本书里却没有提起 Zola 的名字！这种主张最少可以使迷醉于浪漫派同写实主义的人们喝了一服清凉散。假使本来不大念法国作品的读者想懂得一点法国文学的演进，那么这本书恐怕要算做最可口的入门，因为作者绝没有排出那种拒人于千里之外的学究架子，却好像一位亲密的老师炉旁灯下闲谈着。

《法国文学的界石》不大博得当代的好评，七年后《维多利亚时代的名人》（*Eminent Victorians*）出版了，那却是一鸣惊人的著作，的确也值得这样子轰动文坛。在序里一劈头他就说维多利亚时代的历史是没有法子写的，因为我们知道得太多了。他以为无知是历史家第一个必要的条件，无知使事实变成简单明了了，无知会恬然地将事实选择过，省略去，那是连最高的艺术都做不到的。接着他就说他对于这个题目取袭击的手段，忽然间向隐晦的所在射去一线灯光，这样子也许反能够给读者几个凸凹分明的观念。他又说英国传记近来有点倒霉了，总是那种信手写成的两厚册，恐怕是经理葬事的人们安埋后随便写出的罢！后来就举出我们开头所述的那两要点，说他这本书的目的是不动心地，公平地，没有更深的用意地将一些他所认识的事实暴露出来。这样子一笔抹杀时下的作品，坦然标出崭新的旗帜，的确是很大胆的举动，可是这本书里面四篇的短传是写得那么斩钉截铁，好像一个大雕刻家运着斧斤毫不犹豫地塑出不朽的形相，可是又那么冰雪聪明，处处有好意的冷笑，我们也不觉那个序言说得太过分了。他所要描状的维多利亚时代的名人是宗教家 Cardinal Manning，教育家 Dr. Arnold，慈善家 Florence Nightingale 同一代的名将 General Gordon。他一面写出这四位人英的气魄，诚恳同威信，一面却隐隐在那儿嘲笑那位宗教家的虚荣心，那位教育家的胡涂，那位慈善家的坏脾气，那位将军的怪僻〔癖〕。他并没有说出他们有这些缺点，他也没有说出他们有那些优点，他光把他们生平的事实用最简单的方法排列起来，用一种不负责任的诙谐同讥讽口吻使读者对于他们的性格恍然大悟。诙谐同讥讽最大的用处是在于有无限大的暗示能力，平常要千言万语才能说尽的意思，有时轻轻一句冷刺或者几个好笑的字眼就弄得非常清楚了，而且表现得非常恰好。英国文学家常具有诙谐的天才，法国文学家却是以讥讽见长，（德国人文章总是那么又长又笨，大概就是因为缺乏这两个成分罢，）斯特剌奇是沉溺于法国作家的英国人，所以很得了此中三昧，笔尖儿刚刚触到纸面也似地悄悄写去，读起来禁不住轻松地微笑一声，同时却感到隐隐约约有许多意思在我们心头浮动着。斯特剌奇将一大半材料搁在一边不管，只选出几个来调理，说到这几段时，也不肯尽情讲去，却吞吞吐吐地于不言中泄露出他人的秘密，若使用字的经济，真像斯宾塞所说的，见文章理想的境界，那么我们谈的这个作者该归到第一流里去了。他真可说惜墨如金。其实只有像他这样会射暗箭，会说反话，会从干燥的叙述里射出飘忽的鬼火，才可以这样子三言两语结束了一件大事。他这个笔致用来批评维多利亚时代的名人真是特别合式，因为维多利亚时代的大人物向来是那么严重（难怪这时代的批评家 Matthew Arnold 一开口就说文学该具有 high seriousness），那么像煞有介事样子，虽然跟我们一样地近人情，却自己以为他们的生活完全受过精神上规律的支配，因此难免不自觉里有好似虚伪的地方，责备别人也嫌于太严厉。斯特剌奇扯下他们的假面孔，初看好像是唐突古人，其实使他们现出本来的面目，那是连他们自己都不大晓得的，因此使他们伟大的性格活跃起来了，不像先前那么死板板地滞在菩萨龛里，这么一说他真可算是"找出这些伟人，把他们身上的尘土洗去，将他们放在适当的——不，绝不是柱础上头——却是地面上。"崇拜英雄是傻子干的事情，凭空地来破坏英雄也有点无聊，把英雄那种超人的油漆刮去，指示给我们看一个人间世里的伟大性格，这才是真爱事实的人干的事情，也可以说是科学的态度。

三年后，《维多利亚女王传》出版了，这本书大概是他的绝唱罢。谁看到这个题目都不会想那是一本很有趣味的书，必定以为天威咫尺，说些不着边际的颂辞完了。就是欣赏过前一本书的人们也料不到会来了一个更妙的作品，心里想对于这位君临英国六十年的女王，斯特剌奇总不便肆口攻击罢。可是他正是个喜欢在独木桥上翻筋斗的人，越是不容易下手的题目，他做得越起劲，简直是马戏场中在高张的绳子上轻步跳着的好汉。

他从维多利亚是个小姑娘，跟她那个严厉的母亲 The Duchess of Kent 同她那个慈爱的保姆 Fraulein Lehzen 过活，和有时到她那个一世英才的外祖父 King Leopold 家里去说起，叙述她怎么样同她的表兄弟 Prince Albert 结婚，这位女王的丈夫怎么样听了一位聪明忠厚，却是极有手段的医生 Stocknar 的劝告，从一个爱玄想的人变成为一个专心国务的人，以及他对于女王的影响，使一个骄傲的公主变成为贤惠的妻子了，可是他自己总是有些怀乡病者的苦痛，在王宫里面忙碌一生却没有一个真正快乐的时光。此外还描写历任首任的性格，老成持重的 Lord Melbourne 怎么样匡扶这位年青的女王，整天陪着她，怀个老父的心情；别扭古怪的 Lord Palmerston 怎么样跟她闹意见，什么事都安排妥贴，木已成舟后才来请训，以及怎样靠着人民的拥护一意孤行自己的政策；精灵乖巧的 Disraeli 怎么样得她欢心，假装做万分恭敬，其实渐渐独揽大权了，而且花样翻新地来讨好，当女王印行一本日记之后，他召见时常说："We, authors…"使女王俨然有文豪之意；还有呆板板的 Gladstone 怎么样因为太恭敬了，反而招女王的厌恶，最后说到她末年时儿孙绕膝，她的儿子已经五十岁了，宴会迟到看见妈妈时还是怕得出汗，退到柱子后不敢声张，一直讲到女王于英国威力四震，可是来日大难方兴未艾时悠然死去了。这是一段多么复杂的历史，不说别的，女王在世的光阴就有八十一年，可是斯特剌奇用不到三百页的篇幅居然游刃有余地说完了，而且还有许多空时间在那儿弄游戏的笔墨，那种紧缩的本领的确堪惊。他用极简洁的文字达到写实的好处，将无数的事情用各人的性格连串起来，把女王郡王同重臣像普通的人物一样写出骨子里是怎么一回事，还是跟《维多利亚时代的名人》一样用滑稽同讥讽的口吻来替他们洗礼，破开那些硬板板的璞，剖出一块一块晶莹玉来。有一点却是这本书胜过前本书的地方，前本书多少带些试验的色彩，朝气自然比较足些，可是锋芒未免太露，有时几乎因为方法而牺牲内容了，这本书却是更成熟的作品，态度稳健得多，而出色的地方并不下于前一本，也许因为镇静些，反显得更为动眼。这本书叙述维多利亚同她丈夫一生的事迹以及许多白发政治家的遭遇，不动感情地一一道出，我们读起来好像游了一趟 Pompeii 的废墟或者埃及的金字塔，或者读了莫伯桑的《一生》同 Bennett 的《炉边谈》（*Old Wives' Tales*），对于人生的飘忽，和世界的常存，真有无限的感慨，仿佛念了不少的传记，自己也涉猎过不少的生涯了，的确是种黄昏的情调。可是翻开书来细看，作者简直没有说出这些伤感的话，这也是他所以不可及的地方。

过了七年半，斯特刺奇第三部的名著 *Elizabeth and Essex：A Tragic History* 出版了。这是一段旖旎温柔的故事，叙述年青英武的 Essex 还不到二十岁时候得到五十三岁的女王伊利沙伯的宠幸，夏夜里两人独自斗牌，有时一直斗到天亮，仿佛是一对爱侣，不幸得很，两人的性情刚刚相反，女王遇事总是踌躇莫决，永远在犹豫之中，有时还加上莫名其妙的阴谋，Essex

却总是趋于极端，慷慨悲歌，随着一时的豪气干去，因此两人常有冲突；几番的翻脸，几番的和好，最终 Essex 逼得无路可走，想挟兵攻政府，希冀能够打倒当时的执政者 Burghley，再得到女王的优遇，事情没有弄好，当女王六十七岁的时候，这位三十四岁的幸臣终于走上断头台了。这是多么绚烂夺目的题材，再加上远征归来的 Walter Raleigh，沉默不言，城府同大海一样深的 Burghley，精明强干，替 Essex 卖死力气的 Anthony Bacon，同他那位弟弟，起先受 Essex 的恩惠，后来为着自己的名利却来落井下石，判决 Essex 命运的近代第一个哲学家 Francis Bacon，这一班人也袍笏登场，自然是一出顶有意思的悲剧，所以才出版时候批评界对这本书有热烈的欢迎。可是假使我们仔细念起来，我们就会觉得这本书的气味跟前两部很不相同，也可以说远不如了。在前两本，尤其在《维多利亚女王传》里，我们不但赞美那些犀利的辞藻，而且觉得这些合起来的确给我们一个具体的性格，我们不但认出那些性格各自有其中心点，而且看清他们一切的行动的确是由这中心点出发的，又来得非常自然，绝没有牵强附会的痕迹。在这部情史里，文字的俊美虽然仍旧，描写的逼真虽然如前，但是总不能叫我们十分相信，仿佛看出作者是在那儿做文章，把曚昽的影子故意弄得黑白分明，因此总觉得美中不足。这当然要归咎于原来材料不多，作者没有选择的余地，臆造的马脚就露出来了。可是斯特剌奇的不宜于写这类文字恐怕也是个大原因罢。有人以为他带有浪漫的情调，这话是一点不错的，可是正因如此，所以他不宜于写恋爱的故事。讥讽可算他文体的灵魂，当他描写他一半赞美，一半非难的时候，讥讽跟同情混在一起来合作，结果画出一个面面周到，生气勃勃的形像，真像某位博物学家所谓的，最美丽的生物是宇宙得到最大的平衡时造出来的。他这种笔墨好比两枝〔支〕水力相等的河流碰在一起，翻出水花冲天的白浪。这个浪漫的故事可惜太合他的脾胃了，因此他也不免忘情，信笔写去，失掉那个"黄金的中庸之道"。记得柏拉图说到道德时，拿四匹马来比情感，拿马夫来比理智，以为驾驭得住就是上智之所为。斯特剌奇的同情正像狂奔的骏马，他的调侃情趣却是拉着缰的御者，前这两本书里仿佛马跟马夫弄得很好，正在安详地溜蹄着，这回却有些昂走疾驰了，可是里面有几个其他的脚色到〔倒〕写得很有分寸，比如痴心于宗教的西班牙王 Philip，Essex 同 Bacon 的母亲……都是浓淡适宜的小像。斯特剌奇写次要人物有时比主要人物还写得好，这仿佛指出虽然他是个这么用苦心的艺术家，可是有一部分的才力还是他所不自觉的，也许因为他没有那么费劲，反而有一种自然的情趣罢。《维多利亚时代名人》里面所描写的几个次要人物，比如老泪纵横，执笔著自辩辞的 J. H. Newman，狡计百出，跟 Manning 联盟的 Cardinal Talbot，以及给 Nightingale 逼得左右为人难的老实大臣 Sidney Herbert，顽梗固执，终于置戈登将军于死地的 Gladstone，都是不朽的小品。我们现在就要说到他的零篇传记了。

他于一九〇六同一九一九之间写了十几篇短文，后来合成一本集子，叫做《书与人物》（*Books and Character：French and English*），里面有一半是文学批评，其他一半是小传。那些文学批评文字跟他的《法国文学的界石》差不多，不过讲的是英国作家，仿佛还没有像他谈法国文人时说得那么微妙。那些小传里有三篇可以说是他最成熟的作品。一篇述文坛骁将的 Voltaire 跟当代贤王 Frederick the Great 两人要好同吵架的经过，一篇述法王外妾，谈锋压倒四座，才华不可一世的盲妇人 Madame du Deffand 的生平，一篇述生于名门，后来流浪于波斯东方等国沙漠之间，当个骆驼背上的女英雄 Lady Hester Stanhope 的经历。这三篇都是分析一些畸人的心境，他冷静地剥蕉抽茧般一层一层揭起来，我们一面惊叹他手术的灵巧，一面感到写得非常真实，那些古怪人的确非他写不出来，他这个探幽寻胜的心情也是当用到这班人身上时才最为合式。

去年他新出一本集子，包含他最近十年写的短文章，一共还不到二十篇，据说最近几年他身体很不健康，但是惨淡的经营恐怕也是他作品不多的一个大原因，这本集子叫做《小照》（*Portraits in Miniature*），可是有一小半还是文学批评。里面有几篇精致的小传，像叙述第一个发明近代毛厕的伊利沙伯朝诗人 Sir John Harrington，终身不幸的 Muggleton，写出简短诙谐的传记的 Aubrey，敢跟 Voltaire 打官司的 Dr. Colbatch，英国书信第一能手 Horace Walpole，老年时钟情少女的 Mary Berry，都赶得上前一部集子那三篇杰作，而且文字来得更锋利，更经济了。最后一篇文章叫做《英国历史家》（*English Histori-*

ans），里面分六部，讨论六位史家（Hume，Gibbon，Macaulay，Carlyle，Froude，Creighton）虽然不大精深，却告诉我们他对于史学所取的态度，比如在论 Macaulay 里，他说：历史家必具的条件是什么呢：分明是这三个——能够吸收事实，能够叙述事实，自己能有一个立脚点。在论 Macaulay 的文体时候，他说这个历史家的文字会那么纯钢也似的，毫无柔美的好处，大概因为他终身是个单身汉罢。这类的嘲侃是斯特剌奇最好的武器，多么爽快，多么有同情，又带了袅袅不绝之音。他最后这本集子在这方面特别见长，可惜这是他的天鹅之歌了。

我们现在要说到他的风格了。他是个醉心于古典主义的人，所以他有一回演讲 Pope 时候，将这个具有古典主义形式的作家说得天花乱坠，那种浪漫的态度简直超出古典派严格的律例了。他以为古典主义的方法是在于去选择，去忽略，去统一，为的是可以产生个非常真实的中心印象。他讨论 Moliere 古典派的作风时候说到这位伟大法国人的方法是抓到性格上两三个显著的特点，然后用他全副的艺术将这些不能磨灭地印到我们心上去。他自己著书也是采用这种取舍极严的古典派方法，可是他所描写的人物都是很古怪离奇的，有些变态的，最少总不是古典派所爱斫琢的那种伟丽或素朴的形像。而且他自己的心境也是很浪漫的，却从谨严的古典派方式吐出，越显得灿烂光华了，使人想起用纯粹的理智来写情诗的 John Donne 同将干燥的冥想写得热烈到像悲剧情绪的 Pascal。斯特剌奇极注重客观的事实，可是他每写一篇东西总先有一个观点，（那当然也是从事实里提炼出来的，可是提炼的标准要不要算做主观呢?）因为他有一个观点，所以他所拿出来的事实是组成一片的，人们看了不能不相信，因为他的观点是提炼出来的，他的综合，他的演绎都是非常大胆的，否则他也不敢凭着自己心里的意思来热嘲冷讽了。他是同情非常丰富的人，无论什么人经他一说，我们总觉得那个人有趣，就是做了什么坏事，也是可恕的了，可是他无时不在那儿嘲笑，差不多每句话都带了一条刺，这大概因为只有热肠人才会说冷话；否则已经淡于一切了，那里还用得着毁骂呢?他所画的人物给我们一个整个的印像，可是他文章里绝没有轮廓分明地勾出一个人形，只是东一笔，西一笔零碎凑成，真像他批评 Sir Thomas Browne 的时候所说的，用一大群庞杂的色彩，分开来看是不调和的，非常古怪的，甚至于荒谬的，构成一幅印象派的杰作。他是个学问很有根底的人，而且非常淹博，可是他的书一清如水，绝没有旧书的陈味，这真是化腐臭〔朽〕为神奇。他就在这许多矛盾里找解脱，而且找到战胜的工具，这是他难能可贵的一点。其实这也是不足怪的，写传记本来就是件矛盾的事情，假使把一个人物的真性格完全写出，字里行间却丝毫没有杂了作者的个性，那么这是一个死的东西，只好算做文件罢，假使作者的个性在书里传露出来，使成为有血肉的活东西，恐怕又不是那么一回事了，还好人生同宇宙都是个大矛盾，所以也不必去追究了。

（原载于 1932 年 10 月 1 日《新月》第 4 卷第 3 期，署名秋心）

论麻雀及扑克[1]

年假中我们这班"等是有家归不得"的同学多半数是赌过钱的。这虽不是什么好现象，然而我却不为这件事替现在青年们出讪闻，宣告他们的人格破产。我觉得打牌与看电影一样。花了一毛钱在钟鼓楼看国产名片《忠孝节义》既不会有裨于道德，坐车到真光看那差不多每片都有的 Do you believe love at first sight? 同在 finis 削面的接吻，何曾是培养艺术趣味，但是亦不至于诲淫。总之拉闲扯散，作些无聊之事，遣此有涯之生而已。

因为年假中走到好些地方，都碰着赌钱，所以引起我想到麻雀与扑克之比较。麻雀真是我们的国技，同美国的橄榄球，

---

1 此篇《春醪集》《泪与笑》均未收，现据原刊补入《泪与笑》集正文之末。——编者注

英国的足球一样。近二年来在灾官的宴会上，学府的宿舍里，同代表民意的新闻报纸上面，都常听到一种论调，就是：咱们中国人到底聪明，会发明麻雀，现在美国人也喜欢起来了；真的，我们脑筋比他们乖巧得多，你看麻雀比扑克就复杂有趣得多了。国立师范大学教授张耀翔先生在国内惟一的心理学杂志上曾做过一篇赞美麻雀的好处的文章，洋洋千言，可惜我现在只能记得张先生赞美麻雀理由的一个。他说麻雀牌的样子合于golden section。区区对于雕刻是门外汉，这话对不对，不敢乱评。外国人真傻，什么东西都要来向我们学。所谓大眼镜他们学去了，中国精神文化他们也要偷去了。美国人也知道中国药的好处了。就是娱乐罢，打牌也要我们教他们才行。他们什么都靠咱们这班聪明人，这真是 Yellow man's burden。可是奇怪的是玳瑁大眼镜我们不用了，他们学去了，后来每个留学生回来脸上多有两个大黑圈。罗素一班人赞美中国文化后，中国的智识阶级也深觉得中国文化的高深微妙了。连外国人都打起麻雀来了，我们张教授自然不得不做篇麻雀颂了。中国药的好处，美国人今日才知道，真是可惜，但是我们现在不应该来提倡一下吧？半开化的民族的模仿去，愚蠢的夷狄的赞美，本不值得注意的，然而我们的东西一经他们的品评，好像"一登龙门，声价十倍"样子，我们也来"从新估定价值"，在这里也可看出古国人的虚怀了。

话归本传。要比较麻雀同扑克的高低，我们先要谈一谈赌钱通论。天下爱赌钱的人真不少，那么我们就说人类有赌钱本能罢。不过"本能"两个字现在好多人把它当做包医百病的药方，凡是到讲不通的地方，请"本能"先生出来，就什么麻烦都没有了。所以有一班人就竖起"打倒本能"的旗帜来。我们现在还是用别的话讲解罢。人是有占有冲动的。因为钱这东西可以使夫子执鞭，又可以使鬼推磨，所以对钱的占有冲动特别大点。赌钱所以有趣味，因为它是用最便当迅速的法子来满足这占有冲动。所以赌钱所用工具愈简单愈好，输赢得愈快愈妙。由这点看起来，牌九，扑克都是好工具，麻雀到〔倒〕是个笨家伙了。

但是我们中华民国礼义之邦，总觉得太明显地把钱赌来赌去，是不雅观的事情，所以牌九……等过激党都不为士大夫所许赞，独有麻雀既可赌钱，又不十分现出赌钱样子，且深宵看竹，大可怡情养性，故公认为国粹也。实在钱这个东西，不过是人们交易中一个记号，并不是本身怎么特别臭坏，好像性交不过是一种动作，并不怎么样有无限神秘。把钱看做臭坏，把性交看做龌龊，或者是因为自己太爱这类东西，又是病态地爱它们，所以一面是因为自己病态，所以把这类东西看做坏东西，一面是因为自己怕露出马脚来，故意装出藐视的样子，想去掩护他心中爱财贪色的毛病。深夜闭门津津有味地看春宫的老先生，白日是特别规行矩步，摆出坐怀不动的样子。越是受贿的官，越爱谈清廉。夷狄们把钱看做同日用鞋袜桌椅书籍一样，所以父子兄弟在金钱方面分得狠〔很〕清楚的，同各人有各人的鞋袜桌椅书籍一样。我们中国人常把钱看得比天还大，以为若使父子兄弟间金钱方面都要计较，那还有什么感情存在，弄到最后各人有各人的心事，大家都伤了感情了。因为他们不把钱看做特别重要东西，所以明明白白赌起钱来，不觉得有什么羞耻。我们明是赌钱，却要用一个很复杂的工具，说大家不过消遣消遣，用钱来做输赢，不过是助兴罢了。我们真讲礼节，自己赢了别人的钱，虽然不还他，却对他的输钱表十二分的同情与哀矜。当更阑漏尽，大家打呵欠擦眼忙得不能开交的时候，主人殷勤地说再来四圈罢，赢家也说再玩一会罢。他的意思自然给输家捞本的机会。这是多么有礼！因为赌钱是消遣，所以赌账可以还，也可以不还，虽然赢了钱没有得实际利益，只得个赢家这空名头是不大好的事，因为我们太有礼了，所以我们也免不了好多麻烦。中国是讲礼的国家，北京可算是中国最讲礼的地方了。剃完头了，想给钱的时候，理发匠一定说："呀！不用给罢！"若使客人听了他话，扬长而去，那又要怎么办呢？雇车时候，车夫常说："不讲价罢！随您给得了。"虽然等到了时候要敲点竹杠，但是那又是一回事了。上海车夫就不然。他看你有些亚木林气，他就绕一个大圈子或者故意拉错地方，最后同你说他拉了这么多路，你要给他五六毛才对。这种滑头买办式的车夫真赶不上官僚式的北京车夫。因为他们是专以礼节巧妙不出血汗得些冤枉钱的。这也是北京所以为中国文化之中心点的原因，盖国粹之所聚也。

有人说赌钱虽然是为钱，然而也可以当做一种游戏。我却觉得不是这么复杂。赌钱是为满足占有冲动起见，若使像 Elia

同 Bridgetel 一样 play for love，那是一种游戏，已经不是赌钱。游戏消遣法子真多。大家聚着弹唱作乐是一种，比克力克（picnic）来江边，一个人大声念些诗歌小说给旁人听，……多得很。若使大家聚在一块，非各自满足他的占有冲动打麻雀不可，那趣味未免太窄了，免不了给人叫做半开化的人民，并且输了钱占有冲动也不能满足，那更是寻乐反得苦了。

又要关进课堂的前一日于北大西斋。

（原载于 1927 年 3 月 5 日《语丝》第 121 期）

跋

　　读驭聪的文章每令人想起中世纪时拉丁赞美诗里一句答唱：Media vita in morte sumus。"死"似乎是我们亡友生时最亲切的题目，是他最爱玩味的意境。但他所意识到的"死"却不是那天早上在晨光晃耀之下八名绿衣的杠夫把他抬了出去的那回事，那场不了自了的结局原没多大想头，虽然我想他也知道是终不免于一次的，他所意识到的乃是人生希望的幻灭，无数黄金的希望只剩下几片稀薄的影子，正如他自己在《破晓》里所说："天天在心里建起七宝楼台，天天又看到前天架起的灿烂的建筑物消失在云雾里，化作命运的狞笑，仿佛《亚俪丝异乡游记》里所说的空中一个猫的笑脸。"读者也许因此就把他看做一个悲观者，或相信命运说者，我却不这样想，至少我觉得无需拿这些费解的名词来附会他。从他这集子里我们就可以看出他是个生气蓬勃的青年，他所要求于自己的只是一个有理解的生存，所以他处处才感觉矛盾。这感觉似乎就是他的生力所在。无论写的是什么，他的理智总是清醒沉着的，尤其在他那想像汹涌流转的时候。他自己也曾说过："在上帝创造世界之前，宇宙是黑漆一团的，而世界的末日也一定是归于原始的黑暗，所以这个宇宙不过是两个黑暗中间的一星火花……但是了解黑暗也不是容易的事，想知道黑暗的人最少总得有个光明的心地。生来就盲目的，绝对不知道光明与黑暗的分别，因此也可以说不能了解黑暗。"惟其心地这样明白，所以他才能意识到"……所谓生长也就是灭亡的意思。"这点他在《善言》，《坟》，《黑暗》里说得最透彻，这里也无需我再来重复。他对于人生似乎正在积极的探求着意义，而寿命却只容他领悟到这生长的意思，不过单就这一点的真实已足够我们想念他的了。

驭聪平日看书极其驳杂，大致以哲学与文学方面的较多。有一次他对我说，他看书像 Hazlitt 一样，往往等不及看完一部便又看开别部了，惟有 Lamb 与 Hazlitt 的全集却始终不忍释手。在这集子里我们也可以看出他确是受了 Lamb 与 Hazlitt 的影响，尤其是 Lamb 那种悲剧的幽默（tragic humour）。以他的环境而论，似乎不该流入这种情调，至少与他相熟的人恐不免有这样想的。我想这倒不难解释。所谓"环境"或"生活"实在是没有定义的东西，因为我们与外界的接触往往产生含有极端复杂的经验，这些经验所引起的反应更是莫测深浅的问题。幼稚的心理学至少可以令我们相信它这一点点的虚心。Wordsworth 的 low living and high thinking 当然是很可能的，不过也只是一种可能的化合，反之固未尝不可，但亦未必必然。这话，读者要明白，全是活人闲着为理论而说的，其实驭聪的生活何尝真是 high living。他的文章可以说是他对于人生的一种讨论，所谓人生当然是只限于他经验里所意识到的那部分。经验有从实际生活中得来的，有从书本子得来的；前者是无组织的，后者乃经过一种主观情感所组织的。在一个作家的生活中大概这两种经验是互相影响着。它们如何的互相影响即是一个作家如何组织他的经验的问题。关于这点，似乎没有详论之必要。我要简略的说明这些，因为我感觉驭聪对于人生的态度多半是从书里经验来的，换言之，他从书本里所感觉到的经验似乎比他实际生活中的经验更来得深刻，因此便占了优胜。这种经验的活动也曾产生过伟大的作家，虽然驭聪未必就因此而伟大。所以，我觉得他的文章与他的生活环境并不冲突；他从平淡温饱的生活里写出一种悲剧的幽默的情调本是不希奇的事。

驭聪作文往往兴到笔流，故文字上也不免偶有草率的痕迹，唯写《吻火》，《春雨》，和最后这篇论文却很用了些工夫。《吻火》是悼徐志摩的。写的时候大概悼徐志摩的热朝〔潮〕已经冷下去了。我记得他的初稿有二三千字长，我说写得仿佛太过火一点，他自己也觉得不甚满意，遂又重写了两遍。后来拿给废名看，废名说这是他最完美的文字，有火炉纯青的意味。他听了颇为之所动，当晚写信给我说"以后执笔当以此为最低标准。"Lytton Strachey 这篇论文是他的绝笔。他最后那一年很用心的去看了许多近代传记作品，尤注意 Strachey 和 Maurois 二人的方法，因为他自己也想开首写一本长篇的传记。Strachey 死后，他又重把他的作品细读一遍，然后才写成这篇，前后大致用了三四个月的工夫。悼 Strachey 的文章长篇的我在英法文的刊物上也看过四五篇，（大概只有这么多吧，）我觉得驭聪这篇确比它们都来得峭核，文字也生动得多。我希望将来有人把它译成英文，给那边 Strachey 的朋友看看也好。

驭聪的翻译共有二三十种。我听说他所译注的《小品文选》及《英国诗歌选》都已成为中学生的普通读物。我是不爱多看翻译的人，他的也只看过这两种，觉得它们倒很对得起原著人。他的遗稿中尚有半本 *Lord Jim* 的翻译及零星随录数十则，其余的他都带走了。

二十二年除夕叶公超谨跋。

集 外 文 章

系梁遇春与叶公超在《新月》"海外出版界"专栏合撰的文章。其中梁遇春17篇，1928年11月至1932年10月分别载刊于《新月》第1卷第9号至第4卷第3号

CONTENTS

目　　次

高鲁斯密斯的二百周年纪念

十八世纪英国的文坛上，坐满了许多性格奇奇怪怪的文人。坐在第一排的是曾经受过枷刑，尝过牢狱生活的记者先生狄福（Defoe）；坐在隔壁的是那一位对人刻毒万分，晚上用密码写信给情人却又旖旎温柔的斯魏夫特主教（Dean Swift）；再过去是那并肩而坐的，温文尔雅的爱狄生（Addison）和倜傥磊落的斯特鲁（Steele）；还有蒲伯（Pope）皱着眉头，露出冷笑的牙齿矮矮地站在旁边。远远地有几位衣服朴素的人们手叉在背后，低着头走来走去，他们同谁也不招呼。中间有一位颈上现着麻绳的痕迹，一顶帽子带得极古怪，后面还跟着一双白兔的，便是曾经上过吊没死后来却疯死的考伯（Cowper）。另一位面容憔悴而停在金鱼缸边，不停的对那一张写着 Elegy 一个字的纸上吟哦的，他的名字是格雷（Gray）。还有一个乡下老〔佬〕打扮，低着头看耗子由面前跑过，城里人说他就是酒鬼奔斯

（Burns）。据说他们都是诗人。在第二排中间坐着个大胖子，满脸开花，面前排本大字典，伦敦许多穷人都认得他，很爱他，叫他做约翰孙博士（Dr. Johnson）。有个人靠着他的椅子站着：耳朵不停的听，眼睛不停的看的，那是著名的傻子包士卫尔（Boswall）。还有一位带〔戴〕着眼镜的总鼓着嘴想说话，可是人家老怕他开口，因为他常常站起来一讲就是鸡啼；他是伯克议员先生（Burke）。此外还有一位衣服穿得非常漂亮（比第一排的斯特鲁的军服还来得光耀夺目），而相貌却可惜生得不大齐整；他一只手尽在袋里摸钱，然而总找不到一个辨士，探出来的只是几张衣服店向他要钱的信；他刚要伸手到另一个衣袋里去找，忽然记起里面的钱一半是昨天给了贫妇，一半是在赌场里输了——这位先生就是我们要替他做阴寿的高鲁斯密斯医生（Goldsmith）。据那位胖博士说，他作事虽然是有点傻头傻脑，可是提起笔来却写的出顶聪明的东西。这位医生的医道并不高明，据说后来自己生病是让自己医死了。他死后不仅身世萧条，而且还负了许多债。胖博士为这件事还说过他几句闲话，可是许多人都念他为人忠厚老成，尤其是肯切实替人帮忙。有些造谣言的人还说他后来曾经投过胎到中国，长大了名叫杜少卿，仿佛是一本叫做《儒林外史》的〈书〉中谈到他的故事。这杜少卿真是他的二世，做人和他一样地傻好。这位医生还做了好多书，现在许多对世界厌倦的人只要把他的书翻翻就高兴起来了，还有些哭得泪人儿似的看看他的诗眼泪也干了。他的书像 *Vicar of Wakefield*，*Deserted Village*，*She Stoops to Conquer*，这是谁也知道的，用不着再来赘言。英国人近来对这班奇奇怪怪的胖子们（除开那几位所谓的诗人以外，他们都是胖子，就中以那位面前排着字典的最胖；）又从新有了好感；其实这也是应该的，因为这班胖子的为人本就不坏，所写的东西自然更是怪有趣味。今天（十一月十日）可巧是高医生的二百生忌辰，此刻许有一班英国人正在那里捧着酒替他大做阴寿；所以我们也把他的老朋友一齐找出来，在纸上替他图个会面的热闹。听说最近牛津大学又把他那些非借钱即告贷一类的信[1]印成了一大本；书我们虽一时看不到，然而料想内容一定是很有趣味。想借钱的文人很可以先借三先令六辨士去买一本来看看。

（原载于 1928 年 11 月 10 日《新月》第 1 卷第 9 号，署名春）

---

[1] *The Collected Letters of Oliver Goldsmith* — Edited by Katherine C. Balderston. 3s. 6d.

《茄力克的日记》

牛津大学出版部　十二先令

The Diary of David Garrick

Edited by Ryllis Clair Alexander.

London: The Oxford University. 12s.

　　大凡好的日记一定是匆忙中记下来的；因为在那时候才能流露出真情，没有什么做作；所以英国文学里最好的日记也是十七世纪英国海军秘书皮普斯（Pepys）的日记。他娶了一位非常厉害的法国太太，然而他却偏不安分，最喜欢调笑女仆，最妙的是这些调笑的供状他每天晚上都写在日记上面。我们知道这位先生是惧内的，他想用纸笔来宣泄情意决没有公开的可能；所以他必得别出心裁才能担保没有危险。果然他用的是一种密码字母，在临睡以前偷偷地背着他那法国太太很快地记好。到十九世纪他这日记才给人发现出来了。他每天虽只有简短地几句话，然而这几句话里却充满了生气，实在是绝好的描写日常生活的作品；所以那么厚厚一本书，我们也百读不厌。现在这位约翰生博士的高足（十八世纪剧场里的泰斗）所记的日记也是零零碎碎偶然记下来的，能够完全表现加立克滑稽的天性，确是一部有艺术地缩写通常生活的好作品。而且里面所记的是他第一次到法国的零星印象，我们还可以借此看十八世纪法国社会的情形同英国人对法国的见解。

（原载于 1928 年 11 月 10 日《新月》第 1 卷第 9 号，署名春）

《再论五位当代的诗人》

库鲁逊柯拉罕著

十二先令六辩士（英国）

Five More Famous Living Poets — by Coulson Kernahan

12/6　　Thornton Butterworth

柯拉罕先生这本对于当代五位诗人（苔薇士 W. H. Davies，得拉马耳 Walter de la Mare，栖门爵凯 Sir Owen Seaman，凯芝斯密士女士 Miss Sheila Kaize-Smith，华特逊爵士 Sir William Watson）的批评集，的确是隆冬时节围炉遣闷一个好伴侣。从前他出版过一部《当代六大诗人》（*Six Famous Living Poets*），里面所批评的是 Kipling，Newbolt，Noyes，Drinkwater，Maurice Baring，Masefield，六人。那书的特点是在用轻妙的文笔写出既精锐而又富于同情心的评语，和叙述了不少可以表现这六位诗人性格的逸事；同时还引证了他们许多代表作品，所以一方面又可以当做一本精选的诗集看。现在这本新出版的批评集，也是用同样方法写的；所不同的是前本批评集里所谈的 Kipling，Newbolt，Noyes，Masefield，四人的诗都带着很雄奇高壮的情调，（就中 Newbolt，和 Masefield 更爱学老舟子口吻，）而现在这本批评集所讨论的五位诗人，格调却都是一般的清新可喜，每首诗像是一粒粒的珍珠，又玲珑又圆润。苔薇士是躺在自然怀中的娇儿，他很天真地赞美自然，真是没有人间烟火气味。得拉马耳低诉出人类幽怨的情绪和凄然的心境，将人心里共有的悲哀，用简朴的词令，诚恳的表现出来。华特逊是有名写四行短诗的作者，他的小诗在几行里蕴蓄着无限的意思，半隐半露地让读者自己去体会，那妙处不下于从前那老而不死的兰得（Walter Savage Landor）所做的气魄盖世的四行诗，此外栖门爵士同斯密司女士是诙谐诗的名手。一班误解下安诺德（Matthew Arnold）批评论的人们，总以为真正诗人的态度一定要很严厉，不知道有些看穿了世界的诗人常用滑稽的腔调来传达他那对于人生深切的认识。只要一记起英国两位写诙谐诗的大家，胡德（Thomas Hood）同萨刻立（Thackeray）——一位是写过那使人念着堕泪的《缝衣曲》（*The Song of Shirt*）同《叹桥》（*The Bridge of Sighs*），一位是有名笔下不容情的写实健将，《虚荣市》（*Vanity Fair*）和《哀斯芒外传》（*Henry Esmond*）的作者——我们就可以知道要看到人生的全圆的人们，才写出叫人看了会捧腹大笑的歪诗。这二位近代诗人在他们笑容可掬的巧诗里，也隐微地呈出经验的皱痕。总之，在熊熊的火面前，一首一首地翻读这五位清新俊逸诗人的杰作，间或放下书来望着火焰默想，再把自己的批评和柯拉罕聪明的解释比较一下，这真是千灾百难的人生中不可多得的乐事。

库鲁逊不止是位精明的批评家，同时他又是天生的小品文作家。所以当他谈得高兴的时节，常常跑起野马，说到自己的事情或者别的没有什么关系的废话，比如他批评了得拉马耳的《夜莺歌》以后，忽然说起自己在早春时节在哈斯丁斯地方，寂静的中夜里，听到夜莺时心里所起的幻想。他这自然随便的态度使他这批评集化做一位密友，坐在我们身旁娓娓地细谈。库鲁逊的批评是没有什么系统，他只东鳞西爪地顺口说去，然而我们却因此感到他说话的真挚不是像在文章里专讲什么死板板的起承转合一样；他是在那里批评这五位诗人，不是宣布自己的作诗哲学。实在英国第一流的批评家素来说话也都是这样零零碎碎地：科律支（Coleridge）的批评莎士比亚，却而司兰姆（Charles Lamb）的批评莎士比亚同时的戏剧作家，赫次立特（Hazlitt）的批评英国诗人；这几篇文字全是结构松懈，然而也都是字字值得用金子来铸的文章。

（原载于 1928 年 12 月 10 日《新月》第 1 卷第 10 号）

《金室诗集》

吉卜生

英国六先令

The Golden Room & Other Poems

by Wilfrid Wilson Gibson. 6s. MacMillan.

吉卜生是一个平民主义的信徒，他和 John Masefield 一样，总是用日常简朴的辞令来传达千千万万平民共有的情绪，在他们的诗集里面，我们找不出什么传统的词藻，可是他们这种平铺直叙的文字却充溢着诗情——或者正是因为他们用的全是极普通最没有诗味的文字，所以里面所蕴蓄的诗情更来得清新可嘉。Masefield 是位海洋诗人，他还有个浪漫的大海做他的背境，吉卜生所歌咏的却是社会里一班最下级的工人生活。但是他在他们的颠沛流离的苦处和静默忍痛的态度里，看出人性的尊严。他从他们那种碌碌无闻，辛苦终身的生活中，领略出人生悲哀的深味。平民的悲哀是无声的，说不出来的，他们只会感觉到生命的重压。他们在层层的负担底下天天照例地麻木活着，实在没有闲暇去理自己的情绪，就是偶然有那闲空工夫，也找不出那种自怜自怜的心境，去默察自己的心情，所以他们的情绪是混沌的不容易用言语说破的。要把这不能说的说出来，而且又不会失丢庐山真面目，这才是大艺术家的本领。吉卜生就是个具有这样的天才的人。

吉卜生这部新诗集还是保存着他一向的作风。严肃同怜悯是这部诗集主要的音调。他这部集子里有四句诗很可以表示出他对于人生的那种惋惜凄然的态度：

"All ecstasies,

Of love and anger, joys and agonies,

And all the passions that plague man from birth,

Are lapped at last in unimpassioned earth."

（原载于 1929 年 1 月 10 日《新月》第 1 卷第 11 号，署名春）

《斯宾罗沙的往来书札》

吴鲁夫译注

英国出版　十五先令

The Correspondence of Spinoza. Translated and edited with introduction and annotation by A. Wolf. London: Allen & Unwin. 15s.

近代的思想常常在古人的遗书陈言里听到了同情的声音，有些人就赶紧将那旧书由书架上取下，拂去了多年的灰尘送到印刷局去，刊行种廉价的版本。十七世纪的斯宾罗沙就是近代人这样子重新发现的一个哲学家，去年美国"近代丛书"新出了一本《斯宾罗沙哲学文选》，现在吴鲁夫先生又打算译他的全集，预备在他三百周年纪念（一九三二）时候译完。斯宾罗沙反对宇宙为人而设的学说，主张上帝是照着自然律管理一切，这种科学客观的精神是近代思想的神髓。他又说："人的快乐是在于能够在世界上站得住，继续他的生活……快乐是人到更完全境界的路，悲哀是人到下等境界的路。"他由灰暗的命定论里爆发出这么一朵快乐的花，同近代人想由科学器械观里寻出一条到意志自由的路，是具有同样认清事实勇往直前的精神。这也是我们现在这么爱念斯宾罗沙的缘故。可是他当时受尽人们的攻击，教会他用了上帝的名字拚命地诅他，他自己磨着镜来维持生活，寂寞地活到四十四岁就死了。二百多年后亚诺德（Matthew Arnold）谈到他的生涯时候，还替他有些心酸。所以我们对这位哲学家的身世知道得非常少。好了，现在吴鲁夫潘出他的书函，我们读起来，他那种卓然独立不怕一切的精神活现在我们面前，使我们对他哲学的赞美外，还加上对他人格的钦崇。他的人格又可以帮助我们去了解他的哲学。而且这书里还有许多他和英国皇家学院第一任秘书欧罗登堡（Oldenburg）的通信，英国皇家学院是近代科学的摇篮，我们借这本书可以知道近代科学呱呱坠地时候的情形。

（原载于 1929 年 2 月 10 日《新月》第 1 卷第 12 号，署名春）

《东方诗选》

提真斯编

美国克乐夫出版。一百六十四页。美金五元

Poetry of the Orient: An Anthology of the Classic Secular Poetry of the Major Eastern Nations. Editid by Eunice Tietjens. New York: Alfred A. Knopf. 328pp. Y. $5.

　　欧美人总爱谈东方的事情，尤其是东方的艺术，东方的哲学和文学等等。可是他们对于东方的了解常有欠缺透彻的地方；或者因为他们不能够十分明白我们这古色斑烂〔斓〕的东方，所以在他们心眼中，东方始终是神秘的结晶，好似星光朦胧底下的一所茅屋，刚好做这班住在大城里的疲劳心灵的安息地。世界上有那件事看穿了，还觉得有趣味呢？所以他们对于东方文学的见解我们看起来也觉得非常有趣。他们的见解有和我们相同的地方，我们觉得很愉快，即使他们的认识有出我们意外的地方，我们也可以拿来作一种参考。倘若大家全是"相视而笑，莫逆于心"，那么话也不用说了，书也不用写了，这些书评更是用不着了。假使他们是完全不了解的话，我们这里也用不着多说。我是一个玩赏这种一知半解，无关紧要的误解的人，所以我才这么高兴谈这部芝加哥女诗人所编的《东方诗选》。

有人说诗人总是主观性很浓厚的，所以他们不能够做个客观批评家，自然也不会编出好诗选来，他们太着重于自己的口味，选的东西恐怕不容易博得大众的同情。又有人说非有这种主观的态度不能得到生气，如此他们的选集才可以很显明地表现出他们的性格，仿佛变做一首申诉自己情绪的诗歌，我们却应当尽我们力量和它去表同情。孰是孰非，我们这部诗选或者会给我们一个证明。

提真斯在序言里声明集内不选宗教诗，所以希伯来，古代的埃及，同许多绝妙的印度诗人都没有包含以内。通常一提到东方的诗歌，欧美人便会想到希伯来的长老，恒河河畔修行的老僧，以及埃及宗教的习俗。现在她却偏重于世俗的诗歌，这到〔倒〕是新鲜的办法，因为可以改正这个误解。

全书分五部：阿剌伯，波斯，日本，中国，印度。每部前面都有一篇概括的序论，跟着就是那一国英译的代表作品。提真斯定下一个标准：凡是译成英文后仍然是一首好诗才算有录入这部选集的资格；若使找不到还带有诗的情调的英译，那么不管原诗多么有名也就不选进去。这到〔倒〕是个好办法。提真斯在各篇序言里面讨论各国诗的特色，她说亚拉伯的诗歌是自由的诗歌，淋漓痛快是他们的特色，波斯却和他们正相反，诗的形式技能非常讲究，作者是取一种超然的态度，同英诗的情调有点相似，日本的诗是短小精悍，（真是跟他们的身体一样，罗马人说得不错，有健全的身体然后有健全的精神！）他们的诗最讲究的是炼句，将许多的意思用一两句轻松的话半隐半露地说出，那些不尽的余音让读者自己去体贴理会，这是俳句的妙处；印度的歌诗却是主观的诗歌，是冥想的结晶，句句全含有超乎物外的色彩，他们是不怎么感觉现实的民族，他们的诗里也没有现实的影子。提真斯所写的序言都很短，全书十分之九是名家英译的东方诗，的确是一部包罗很丰富的东方诗选。

末了要谈到她对于中国诗的见解了。她说中国诗的最大特征是"成熟"这个性质（the quality of being adult），欧洲的诗总带有稚气。中国诗是非常客观的，不像印度那样充满了"灵"的情感。中国的诗歌同中国人的人生观同样地受孔子思想的支配。中国诗歌里几乎找不出男子对于女子的恋歌，而女子思慕男子的情歌却是很多。中国一般人是非常敬重文学的，这一点提真斯是由她在中国时所用的无锡仆人敬惜字纸的习惯上推论出来的。中国念诗的调子和爱尔兰古诗人有些相像。她在说到宋元明清四朝的诗时候，只提起袁枚一人的名字。这是这位美洲女诗人对于中国诗的意见。我想没有一个中国人看到这些话，不会莞尔，然而我们很感谢她的盛情同热心。不知我们的邻居们：拜火不怕烧着衣服的波斯，骑着骆驼流荡，衣服老穿不整齐的亚剌伯，脸色青白的日本，和红头阿三的同乡对于提真斯的批评有什么感想。人类的互相不能了解常使我们怅惘，可是虽然不能够抓着真相，她始终是极力地想来了解；所以我们也愿意忽略她多半不妥当的地方，只去看她的高谊隆意；这样我们便觉得非常感谢她。

当人类的互相了解性还是这么柔弱的时候，我以为这部《东方诗选》是本很难得的好选集。

（原载于 1929 年 3 月 10 日《新月》第 2 卷第 1 号，署名春）

《人生艺术（蔼力斯作品的精华）》

赫伯特夫人编

英国坎斯塔布尔公司出版。六十二页。三先令六辨士

The Art of Life: Gleanings from the Works of Have-
lock Ellis. Collected by Mrs. S. Herbert. 124pp. London：
Constable. 3s. 6d.

前几年当代散文家 Logan Pearsall Smith 曾把美国哲学大家 George Santayana 的著作里最精粹的部分集做一本书（*Little Essays of George Santayana*）。Santayana 的著作卷帙浩繁，奥妙精深，念他书的人本来不多，经这么裁剪拣选之后，人们能够在很短的时间内看到这位给希腊精神所渗透的老头子全部思想，而且所读的都是他那绝好的珠圆玉润，气魄回转的文章，因此 Santayana 的精神能够普及于一般素人（Layman），Smith

先生真是做了无量功德。

现在赫伯特夫人对于蔼力斯的作品也施以同样的工作。蔼力斯真可说是一个"看遍人生的全圆"的人，他看清爱情，艺术，道德，宗教，哲学都是人生的必需品，想培养人生艺术的人们对于这几方面都该有同情的了解和灵敏的同情。他又认明这各门里面有许多的冲突，他以为最良好的办法是保持一种平衡，让我们各种天性都得到自然的发展，而没有互相摧残。比如谈到性的问题，他说："我们若使想得到适当的节制，我们一定要有适当的放纵才成。"他又说："若使你要做个'圣'（Saint），你起先应该是个非'圣'的人物才行。"他对于我们的行为，也主张一面要照着知识，一面要顾到本能。他这种兼含并包的精神的确是可佩服，也只有蔼力斯学识那么渊博，才能够保持这样的态度，他在《断言》（*Affirmation*）里说："生活始终是种艺术，是种每个人都要学的，而谁也不能教的艺术。"然而蔼力斯还是敦敦〔谆谆〕不倦地告诉我们应当要怎样地讲究生活艺术。这个矛盾的地方正是他最大的平衡。在当代作家里只有高尔斯华绥（Galsworthy）的心境是这样地看透人生一切的纷纭错杂，而下个分两适中的判断。

有些思想家的文笔一清如水，他的意思是狂涛也似地一直涌下来，罗素就是个好例子，这类的文章不宜于选出一段段来集在一起，反把思想的来龙去脉同气魄弄丢了。但是像蔼力斯这样子思想沉重，又常常有意味无穷的警句，那是最宜于这种采取精华的办法。我们可以静躺在床上，读一小段，细味半天，这真不下于靠着椰子树旁，懒洋洋地看恒河的缓流，随着流水而冥想的快乐。

这本书唯一的毛病是所表现蔼力斯思想的方面太少了。全书分五章：爱情，艺术，道德，宗教，哲学。每章中间编者总是只着意于一两个论点，关于这些论点的选得特别多，其余大概忽略过去。蔼力斯的意见非常多，对于每一件事情，总是从各面着想，没有疏漏的地方。可是这本书所给我们的印象却好似蔼力斯的主张只有几个，同我们读完他的杰作《人生的跳舞》后的印象绝对不同。不过这或者因为篇幅所限的缘故，赫伯特夫人这副普及"一个最开通的英国人"的思想的苦心是要感谢的。

（原载于 1929 年 4 月 10 日《新月》第 2 卷第 2 号）

《变态心理学大纲》

伽尼墨费编

现代丛书社出版。一百六十五页。美金九毫五

An Outline of Abnormal Psychology. Edited by Gardner Murphy. 331pp. New York：The Modern Library. G. ＄0.95.

"现代丛书"社从前出版过一本《心理分析大纲》（*An Outline of Psychoanalysis*），凡是喜欢研究弗洛德（Freud）学说的人们差不多都念过那本书，念后也都很满意，因为内容简洁明了，的确是个很好的入门读物。现在他们又出版一部《变态心理学大纲》，我觉得这部书比前一部在出版界的地位是更重要些，因为关于性的分析还有许多别的通俗书籍，变态心理学的内容比心理分析复杂得多，而且和生理学关系太密切了，免不

了许多专门名词，所以一直到现在我们还找不出一本很概括简单和便于初学的变态心理学。这本大纲就是应这个需要而产生的。

全书中共分五章：一，白痴和低能，二，疯狂，三，各种精神病和轻微变态心理，四，变态心理的起源同儿童心理，五，变态心理与社会，每章都是七八位名家的论文凑成的，每篇论文都有几个实在的例子，然后再来细加讨论。我以为第三章是特别有趣，因为里面所说的是普通常态人的一些变态心理，同怎样子由轻微的病态一步一步陷到疯狂的地狱里。第四章是谈到变态的种子多半是小孩时候种下的，所以我们若使要妨〔防〕备变态心理的发生，应当釜底抽薪，着力于儿童时期良好环境的做成。变态心理学虽然成立没有多久，但是已经有很大的影响，最显明的就是对于犯罪学的影响。我们念过变态心理之后，知道许多罪人的犯罪是给病态心理所驱使的，他们自己完全是个病态心理的奴才，他们是值得我们的矜怜的，实是不该"法无可贷"地严办。我们还知道监狱是养成变态心理最好的所在，好些人们偶然不谨慎，坐了几年的牢，在那凄惨苦闷的境况内，神经变成病态，因此种下后来屡次犯罪的根源，真是"一失足成千古恨，再回头已百年身。"这些都是迫切的社会问题，也可说是变态心理学对于人道的一个大贡献。

变态心理一向是文学家的好题材，有人甚至说天才是疯人。世上第一本详详细细讨论变态心理著名的是柏吞的《忧郁的分析》（*Burton's Anatomy of Melancholy*）。可是柏吞同时是十七世纪的散文大家。他那典丽灵巧，妙语惊人的文体是我所百读不厌的。此外安特烈夫（Andreyev），陀思妥以夫斯基（Dostoyevsky），爱仑·坡（E. A. Poe），霍桑（Hawthorne）笔下都跳出许多惊心动魄的变态心理人物。我想这本书里的无数实例全可做小说的绝好题材。文学并不一定要立基在科学上面，但是科学有时会激动我们的想像，使我们更深一层地观察人生，那么我们何妨借光一下呢？许多伟大的文学家如哥德（Goethe），高尔士密斯（Goldsmith），济慈（Keats），契可夫（Chekhov）等等都会和医学结些因缘，这或者不单是由于天才的趣味宽广，里面或许有更深的理由。

中国的社会的确是变态心理的，这部书可说是一面极好的照妖镜，希望有人肯把它谮成中文，散一散我们四围的乌烟瘴气。

（原载于 1929 年 4 月 10 日《新月》第 2 卷第 2 号，署名春）

新传记文学谭

德国之卢德伟格
法国之莫尔亚
英国之施特拉齐

英国十八世纪有一位文学家——大概是 Fielding 罢——曾经刻毒地调侃当时的传记文学。他说在许多传记里只有地名，人名，年月日是真的，里面所描写的人物都是奄奄一息，不像人的样子；小说传奇却刚刚相反，地名，人名，年月日全是胡诌的，可是每个人物都具有显明的个性，念起来你能够深切地了解他们的性格，好像他们就是你的密交腻友。小说的确是比传记好写得多，因为小说的人物是从作者脑子里跳出来的，他们心灵的构造作者是雪亮的，所以能够操纵自如，写得生龙活虎，传记里面的人物却是上帝做好的，作者只好运用他的聪明，从一些零碎的纪录同他们的信札里画出一位大军阀或者大政客的影子，自然很不容易画得栩栩如生。我想天下只有一个人能够写出完善无疵的传记，那是上帝，不过他老人家日理万机，恐怕没有这种闲情逸兴，所以我们微弱的人类只得自己来努力创作。

可是在近十年里西方的传记文学的确可以说开了一个新纪元。这段功勋是英法德三国平分（中国当然是没有份儿的）。德国有卢德伟格（Emil Ludwig），法国有莫尔亚（André Maurois），英国有我们现在正要谈的施特拉齐（Lytton Strachey）。说起来也奇怪，他们三个不约而同地在最近几年里努力创造了一种新传记文学，他们的作品自然带有个性的色彩，但是大致是一样的。他们三位都是用写小说的笔法来做传记，先把关于主要人物的一切事实放在作者脑里镕化一番，然后用小说家的态度将这个人物渲染得同小说里的英雄一样，复活在读者的面前，但是他们并没有扯过一个谎，说过一句没有根据的话。他们又利用戏剧的艺术，将主人翁一生的事实编成像一本戏，悲欢离合，波起浪涌，写得可歌可泣，全脱了从前起居注式传记的干燥同无聊。但是他们既不是盲目的英雄崇拜者，也不是专以毁谤伟人的人格为乐的人们，他们始终持一种客观态度，想从一个人的日常细节里看出那个人的真人格，然后用这人格作中心，加上自己想像的能力，就成功了这种兼有小说同戏剧的长处的传记。胆大心细四字可做他们最恰当的批评。

新传文学还有两点很能够博得我们的同情。他们注意伟人和普通人相同的地方。他们觉得人性是神圣的，神性还没有人性那么可爱，所以他们处处注重伟人的不伟地方。卢德伟格的杰作《哥德传》（*Goethe*）又叫做《一个人的故事》（*The Story of a Man*），把一位气吞一世的绝代文豪只当作一个普通人看，也可以见他们是多么着力于共同的人性。这么一来，任何伟大的人在我们眼中也就变做和蔼可亲的朋友了，不像一般传记里所写的那样别有他们的世界，拒人于千里之外。还有一点是他们都相信命运的前定，因此人事是没有法子预计的，只有在事后才会看出造化播弄我们的痕迹，所以他们的作品带有愁闷的调子，但是我们念他们作品时候，一看到命运的神秘，更觉得大家都是宇宙大海狂风怒涛里一只小舟中的旅伴，彼此凭〔平〕添了无限的同情，这也可以说是这三位新传记大家的福音。

施特拉齐在这三位中间可说是老前辈。他的《维多利亚时代的大人物》（*Eminent Victorians*）是在一九一八年出版的，他的杰作《维多利亚皇后》（*Queen Victoria*）是在一九二一年出版的。他的描写是偏重于大人物性格的造成同几个大人物气质的冲突和互相影响。现在他又用他精明的理智同犀利的文笔来刻划伊利沙伯皇后同她的嬖臣厄色克斯的关系。伊利沙伯因为国内新旧教的纷争同许多旁的缘故不能嫁人，但是她又是个搔首弄姿，顾盼自喜的女子，所以宫庭里有了许多年青英武的宠臣，有名的 Sir Walter Raleigh 是她早年的幸臣，厄色克斯却是她晚年时候的得意人。可惜他们年纪相差四十余岁，厄色克斯充满了青春的热血，想漫游异国，建功海外，伊利沙伯却要他滞在宫里作伴，不许他和他的夫人同居，因此引起种种的冲突，最后厄色克斯想借民众力量来恢复他已失的地位，伊利沙伯震怒之下，将他判决死刑，刽子手利斧一挥，抓着头发，把首级高举起来，喊道："上帝保佑我们的皇后！"这是炙手可热的权臣的末途。我们知道伊利沙伯可说是英国最能干的君王（现在皇帝当然是除外），施特拉齐在这本传里说："她是个凶猛的老母鸡静静地坐着孵出英国，英国的生气勃勃的精力在她的翅膀下很快达到成熟的地步。"厄色克斯具有玉树临风的丰采，自己写过绮丽的诗词，许多当时文人——《仙后》的作者 Spenser 同莎翁的前辈 Ben Jonson——都受过他的恩惠，此外还有一位老奸巨滑〔猾〕的政客倍根——那五十几篇精练深思，包含无限世故的 Essays 作者——做他的顾问。把性质这样不同的两人聚在一起，自然是没有平安日子过的，但是因此两人的性格也更见显明，施特拉齐写时也更觉得意味无穷，我们念时自然也免不了神往于三百年前这段公案。

中国近来也很盛行用小说笔法来写历史。那一班《吴佩孚演义》等等当然可以不必论，就是所谓哄动一时的佳作，像杨尘因的《新华春梦记》，天笑的《留芳记》，也无非是撷拾许多轶事话柄，作者对于所描写的人物总没有作什么深刻的心理研究，所以念完后我们不能够有个明了的概念，这些书也只是哄动一时就算了。再看一看比较好一点纪载像《清宫二年记》，《乾隆英使觐见记》，《慈禧写照记》，《李鸿章游俄日记》等等都是外国人写的，实在有些惭愧，希望国人丢开笔记式的纪载，多读些当代的传记，多做些研究性格的工夫。

（原载于 1929 年 5 月 10 日《新月》第 2 卷第 3 号，署名春）

新发现的拿坡仑的小说

在法国文坛上居于权威者地位的文艺杂志 La Revue des Deux Mondes 最近披露发现有一部拿坡仑著的小说，书名是《克利逊同厄热尼》（Clisson et Eugénie），原稿从拿翁在一八二二年驾崩于圣赫勒拿岛后，一向存在波兰贵族 Dzialynski 伯爵的书库里，现在由 Simon Askenazy 先生出版，还附有在 Kornik 所发现的其它拿翁的文稿，一共三十四页，封面镌有拿坡仑皇帝的徽章。

这部小说含有自传的色彩。克利逊当稚年时候就喜欢军事，后来从军是无往而不胜利的，天赐的机会同他自己的才力使他成为一代名将，全国人民全看他是他们的保护人。可是他并不觉快乐，因为妒忌同毁谤总是缠着他的身旁，他能够在千刀万马中无畏地冲锋陷阵，却不能见谅于小人，也无法止住他们的恶毒的口舌。他戎马半生，到处都是敌人，却没有得到半个朋友，因此感着世界的荒凉，觉得名誉不能给人以真正的快乐，他所求的却是心灵的安慰。他怀着这种憧憬的心境，往乡下去幽居些时，朝暾同黄昏都引起他的愁绪，忧郁占据了他的全心，他在这时候遇到厄热尼。克利逊素来是勇往直前，无往不克的，在爱情上他也是一样地成功。他们结婚了，蜜月的生活也是满布了欣欢的空气，可是良会不长，克利逊接到前方命令，他们只得生生拆散。他虽然远征，心里却惦着万里外的新夫人。他后来身受重伤，叫部下一个军官 Berville 去安慰厄热尼，这位军官也是英姿潇洒的青年，同厄热尼渐渐生了爱情，她给他的信也一天一天稀少了，最后完全忘记了从前影里的情郎。他决定结果他自己的性命，让他俩过快乐的日子，写一封绝命书给他的妻子，希望他的儿子将来长大不像他那样性情热烈，因此在人生路上处处遇到荆棘。角声一动，他带伤冲到敌军队里，死在如雨的枪弹之下，这段悲哀的传奇也就结束了。

这段事实不过是浪漫小说很平常的布局，同 *King Arthur* 里 Launcelot 和 Queen Guinevere 的一段情史有些相像，可是很能表现出拿翁叱咤风云的神态，暗暗地又述出他自己同 Josephine 的因缘。所以可说是研究拿坡仑的人们必读的书，至于专攻法国小说的学者就没有读过这书，似乎也是无妨的。拿坡仑是《少年维特之烦恼》的爱读者，他死时衣袋中还放有一本。他的小说或者受了点这本杰作的影响。

著过《法国革命史》的英国散文家 Hilaire Belloc 曾经写有一篇小品：《最后的一点钟》（*Hora Novissima*），描写拿坡仑弥留时的心境。Belloc 说拿翁的一生处处是矛盾，他在战场上马到功成，可是结局是一败涂地；他英气勃勃，好像始终没有脱开青年时期，可是老迈的影子总横在他的当前，现在，他这部小说里的英雄一生也无时不是矛盾的。当他声誉极隆时节，人们的毁骂跟着他走，当他绮梦方浓时候，他亲信的人却夺去他的爱人；拿翁写小说时既然带有自传色彩，所写的英雄的遭遇又是这样幸运同不幸并行，可见不只二百年后的胖文人 Belloc 看透这点，目光如炬的一世之雄早已有了自知之明。希腊神庙刻有 "Know Thyself"（自知）二字，他们以为自知是最难的事，拿坡仑纷扰一生，居然能够这样深刻地了解自己，这是拿坡仑所以不朽的地方。

（原载于 1929 年 5 月 10 日《新月》第 2 卷第 3 号，署名春）

《亚俪司·美纳尔传》

外奥拉·美纳尔著

英国出版　十五先令

Alice Meynell:*A Memoir by Viola Meynell*,Jonathan Cape. 15s.

　　在英国近代的女诗人里，亚俪司·美纳尔总可算是老前辈了，虽然她的辞世日期是还后于 Laurence Hope 同 Michael Field，这自然是因为她的处女作发表得很早，那时 Ruskin 还活在人间，赶得上说几句真挚的颂辞，来加增这位年青女诗人的勇气。可是我们对于她的生平，始终没有一本详细的记述。她的诗，尤其她的小品文，是以个人风韵的美妙（a charm of personal manner）见长的，所以我们更想知道她的言行举止，来做鉴赏她作品时候的参照。现在她自己的女儿外奥拉来替她作传，外奥拉自己又是个稍有声名的女诗人，这真是再好不过的事。

亚俪司·美纳尔短诗的好处是简易同恳挚，此外微带些含有诗情的愁绪。这几乎是许多女诗人的共有色彩，Mrs. Browning 同 Christina Rossetti 以及 Sara Teasdale 等都是如此。她的小品文的特点，也是明晰同真诚。这几种特色实在都是根源于她感觉的锐敏，在这本传里，有许多地方都可见出她的心灵是易感过人的，她年青时候在日记里记下有两句动情的话："If I look inward, I find tears; if outward, rain." 这真可译做心中泪共阶前雨了；这本传记还告诉我们她所以皈依天主教是由于她感到天主教仪式的壮美，并不是出于干燥的教义的辩证，所以她入教后，没有去一心修道，却仍然过她那诗人的生涯。她一生里对于朋友的情是非常认真的，她和 Patmore，Meredith 都缔有极纯洁，极透澈的交情，Patmore 死了，她自闭在暗室里哭了整天。她这易感的心灵一半是天生的，一半也出于她父母的培养。她在稚年时候，他们就带她到意大利去，教她以意文同南欧山水的色调，这次旅行对于她的作品有很大的影响，她在小品文里对于色调有浓厚的趣味，也因为南国的明媚风光深刻在幼嫩的心中罢。

她是个幸运的女人。生长在融融泄泄的家庭里，她的丈夫 Wilfrid Meynell 又是当时知名的文艺批评家。神秘诗人 Francis Thompson 可说是他发现的，他办有一种杂志 *Merry England*，近代小品文大家 Hudson，Belloc 等初期作品多在这里发表。她和当代的文人像 Aubrey de Vere，Tennyson 等都很常来往，到她的儿女成人时候，他们也都有些文学的天才，特别是她的一个男孩，他常对她说：他们要你的稿子，所以一味捧你，你别去迷信他们的话罢。不幸得很，他夭折了，否则或者同他的姊姊外奥拉同驰骋在当今英国文坛上。他们真堪称做一门风雅，同我们几千年前的谢家实在可以比美。

外奥拉这本传记的好处是没有什么逾量的颂辞，只是将她母亲一生的经历连同家庭的琐事一一老实地说出，此外再尽量地插入她母亲的日记同书信，用她母亲自己的话来说自己的事情。她不去直接描状她母亲的性格，只让许多事实同文件烘云托月地将这蔼然可亲的女诗人生动地现在读者的眼前。这种客观的写法既忠实，又有力，实在是传记文学的一条正路。

（原载于 1929 年 9 月 10 日《新月》第 2 卷第 6、7 号合刊）

《蒙旦的旅行日记》

特勒舒门译

纽约出版　美金五元

The Diary of Montaigne's Journey to Italy in 1580 *and* 1581.

Translated and edited by E. J. Trechman. Harcourt, Brace & Co. $5.00

　　蒙旦是近代小品文的鼻祖，同时他又是古往今来最伟大的小品文家。他除开几十篇长长短短绝妙的小品文外，没有别的文学作品，但是这一千多页的无所不谈的絮语已够固定他在文学史里的地位，使他不愧为第一流的大作家。他和我们隔得太远了，我们不大晓得他的生平，这部在十八世纪才发现的旅行日记可说是研究蒙旦的学者必读的书。这本日记，不像 Pepys

的日记那么可喜，不能算是一本文学的作品，因为这日记大半是用意大利文写的，蒙旦的意文程度虽然很高明，总不能像法文那样任用如意，能够把深刻的意思用平易的辞句来表现出来；并且蒙旦这本日记是口授给他书记写的，这位书记先生却最爱画蛇添足，加上许多自己的意思。这部日记有一部分是法文写的，并且因为书记先生告辞了，是他亲笔写的，但是还不能如他的小品文那么有趣，这却因为他写这旅行日记时，缺少了他创造文学作品时所不可少的要素——闲暇的环境同余裕的心情。他的小品文是在古堡圆塔中解闷时写的，所以有了那迷人的悠然情调同对于人间世一切物事的冷静深刻的批评，他的作品非是在这种土壤上是不生长的，马蹄轮铁，舟车劳顿之后，他只能不加一辞地将天天所经历的记下，这是他这本日记的缺点。但是它能够使我们看到蒙旦的日常行动举止和他的种种习惯。蒙旦是个不厌琐碎的人，他对于人生里一切的事情都有不会疲劳的浓厚兴趣，所以这本日记是当时社会的极好写真，中间对于十六世纪德国的宗教改革情形讲得特别详细，研究这时期历史的人们很可以拿它来做参考。蒙旦的小品文集第一版是在一五八〇年，第二版是在一五八二年，这旅行时期刚好夹在中间。日记中有许多地方谈到他自己的小品文，而他第二版时所加进去的小品文有些材料是他旅行时得到的，所以这本日记可说是那些小品文的雏形，好似 Stevenson 的好多文章都是脱胎于他的书信。近来国人很喜欢小品文字，那么蒙旦自然是个值得细读的作家，所以这日记是值得介绍的。

蒙旦日记的英译本，从前有 W. C. Hazlitt 同 W. G. Waters 两家，据说 Hazlitt 失之太板，Waters 失之不信，都不是良好的翻译。特勒舒门先生是牛津大学近来出版的蒙旦小品文全集的翻译者，他那译本在达雅两方面，可说是无疵，现在所译的日记确也不下于前二年的工作。我们没有读十六世纪时法国人所写的意大利文的能力，对于这种的翻译努力实在觉得很感谢的。

（原载于 1929 年 9 月 10 日《新月》第 2 卷第 6、7 号合刊）

《雪莱，威志威士及其他》

蔡普门著

牛津大学出版部　十先令

Papers on Shelley, Wordsworth and Other. By J. A.
Chepman. The Oxford Press. 10s.

　　蔡普门是一位值得我们的尊敬的批评家，他同 Augustine
Birrell，John Middleton Murry 一样，随便说一句话，都含有无
限的深意，都是读破万卷后所得的综合。他们谈着文学时，总
是那么左右逢源，舒转自如的，他们不囿于传统，也不去故意
反抗传统，他们只是靠着他们数十年孜孜不倦的积学来做他们
的南针，他们没有死板板地弄出一套系统，可是他们的思想总
是那么有条不紊，他们未曾明白地说出他们的主义，然而我们
读了他们批评的文字以后，会顿然觉悟到什么是绝妙的文学批
评同文学批评怎么会成为一门文学。他们才是真正的学者，绝
不是那班做《文学概论》，《诗学入门》的做书匠所能比得上的。

蔡普门这部批评文集，包含有十一篇文字，除开一篇谈 Walt Whitman 外，全是批评英国的诗歌的。在第一篇"诗同经验"里，他很严格地把真诗和辞藻（rhetorics）分开，他大胆地说拜仑，丁尼逊，雪莱，威志威士都是辞藻家（rhetoricians），不是真正的诗人，因为他们的多半作品若使用散文来写，也不会失丢了什么妙处，而真正的诗是绝对不能用散文来代的。这些话对于盲目地崇拜拜仑雪莱的人们，的确是一服清凉散。拜仑雪莱是否诗人，我们暂且不论，他这个诗和辞藻之分实在是很重要的，尤其对于中国现在的诗坛。美国批评家 Wolfe 说过，近代的诗患了形容词太多的毛病，也就是蔡普门这个意思。

　　此外还有一章讨论英诗的将来，一章谈到什么是最伟大的诗歌。他说："The greatest poetry must be written by an awed man, by one with the sense of being dedicated and he must not deceive himself. Moreover, it must reveal the secret of deep, perennial things and the secrets of words too." 有人或者会觉得这样句子有掉书袋的毛病，但是牛津大学出版的书总是这个派头，一个人老住在那样古色斑烂〔斓〕的环境里，难怪他会写出这么典丽丰满的文字。可是我总以为这种的文字比美国的乱跳乱叫的批评家文字要高明得多，因为他们说的话常常能有回甘的妙处，值得我们的低徊吟味，这绝非只求炫目的福特先生的同乡们所办得到的了。

（原载于 1929 年 9 月 10 日《新月》第 2 卷第 6、7 号合刊）

《从孔子到门肯》

普力查编

哈派斯出版　五元美金

From Confucious to Mencken. Edited by Pritchard. Harpers. $5.00.

最近一两年来，美国出版了许多大部的总集，每本都有一千多页，选了许多作者的代表作品，使读者对于那一门的文学，能够得到一个具体的概念。《从孔子到门肯》就是新出的一部小品文总集。里面包含有希腊，罗马，希伯来，印度，波斯，亚拉伯，中国，日本，英，法，比，意，德，荷，西班牙，［荷兰，］丹麦，瑞典，挪威，芬兰，俄，［波斯，］美以及几个新兴小国的小品文（自然全譒为英文了），一共有二百多位的作家。小品文的妙处神出鬼没，全靠着风格同情调，是最难于迻译的，所以我们在英国小品文之外，很不容易读到别国的小品文。这部集子很能够补我们这个缺陷。并且在每国的小品文前面，都有一篇引论，那又是请专家写的，更能够帮助我们去了解那国的小品文学。既是经过一度的潘译，当然失丢了不少本来的神韵，但是我们没有懂十几国文字的机会同能力，也只好靠着它来略窥一下各国小品文学的趋向了。

小品文是最能表现出作者的性格的，所以它也能充分露出各国的国民性。我们很可以用这本书来观察他们的性情同气质。我想静静地把它细读一遍或者比走马看花的出洋考察还会有益些，而且还可以免却仆仆路途的辛苦。

编者普力查先生（F. H. Pritchard）是英国当代的马二先生。他编有不少的书，他是 *Essays of Today*，*Short Stories of Today and Yesterday*，*Essays of Today and Yesterday* 这几种有名丛书的编者。他拣选作品时，真正具有只眼，他可说是一个不写文章的批评家。他著有一部 *Training in Literary Appreciation*，很多学校采用它来做文学批评的教本，但是我以为他写的能力赶不到他编的能力。他对于 essay，特别有研究，所以这本选集很有变成为 classic 的可能。

（原载于 1929 年 9 月 10 日《新月》第 2 卷第 6、7 号合刊）

《奥布伦摩夫》

根察洛夫著　达丁顿译

英国出版　十五先令

Ivan Goncharov, *Oblomov*, translated by Natalie A. Duddington, George Allen & Unwin. 15s.

这不是一本新书，七十年前这书曾引起俄国出版界极大的注意，当时读者对于这本书的热烈欢迎是屠格涅夫任何一本小说都没有受过的，然而屠格涅夫，托尔斯泰，陀思多而夫斯基的读者一天一天多起来，根察洛夫却只挣得文学史上几句照例的恭维，他的杰作《奥布伦摩夫》没有什么人去极力颂扬了。

他在国外的荣誉也远不及他们。托尔斯泰有 Aylmer Maude 夫妇替他译全集和作传，陀思多而夫斯基同屠格涅夫有 Constance Garnett 替他们译全集，还有 Middleton Murry, Joseph

Conrad 几位大作家捧场着，所以欧美的读者和他们是很熟识的。根察洛夫却几乎从没有人介绍过，他这本杰作从前也只有 C. J. Hogarth 的节译本，也是这个书店出版的，节译已经是不大妙了，再加上 Hogarth 生硬难读，又没有传出原文风韵的译笔，难怪得他同他的杰作在欧美都不大被人们知道。现在这个新的全译本子出来，好似是这书第一次和国外读者见面，所以我们也当作一部新书来谈谈。

克鲁泡特金说根察洛夫的《奥布伦摩夫》可以同托尔斯泰的《战争与和平》，《复活》，屠格涅夫的《父与子》相比，Mirsky 说这是一本天才的作品，一件完善无疵的艺术品，我们读过全书，就觉得这绝不是过誉。这本杰作的主人翁奥布伦摩夫是一个底下有五百农奴的地主，他少时受家庭的骄〔娇〕养，弄得变成意志薄弱的人，大学毕业后，做了一会儿官，觉得对付上司是很麻烦的事，就不干了，闲居在圣彼得堡的公寓里。他一天什么事也没有干，老是穿着梳洗便衣，躺在沙发上面，抽着烟，随便想想，似水的流年就这样地消磨过去了。然而他并不是一个毫无思想的人，他却是个很聪明，感力很灵敏，对于艺术和文学都有相当兴趣的人，并且他的心地还带些儿童的天真，对于天下的罪恶和不平等都是很痛恨的，他还有许多增进农奴的福利的计划，可是他的惰性太大了，什么事情想想一下就算了。他不止不愿意出行，连坐起来穿上拖鞋也是万分不高兴的，最少也得费一两点钟的犹豫。他公寓的主人要把屋子改建一下，催他搬家，这就使他为难极了，他简直看做是一件大灾难。他镇日滞在家里，有些朋友来和他谈天，这些朋友多半是为吃他的中餐晚餐，抽他的雪茄而来的。作者把一个个的来客都描摹得活现在读者眼前，这是俄国小说家的拿手好戏，从 Gogol 一直到当代大作家差不多都具有这套本领。后来有一位年青的姑娘看到这么聪明有为的一个壮年人这样子埋在一间小房子里，就想用爱情来鼓起他的力气。他们两个恋爱得一往情深。但是他一看到若使和她就免不了到家乡去料理一下事情，不能还是这样懒洋洋地，他想起这点，害怕极了，他们于是也分手了。从这里可以看到他的惰性是多么大，连热腾腾的爱情也不能迫得他多走一步路。这位一声不做，二目无光的懒惰汉后来娶了他的女房东，因为那是最方便的，最后是因为太没有运动，脑充血死了。根察洛夫用一种纯客观的态度，细细地来描写一个深深地染上了惰性的人的生活史，那一种阴森森的气象和奥布伦摩夫糊涂了事的生活使读者觉得不寒而栗，但是这又是人生的一方面的真实纪录，我们读时总是感到这是现实的一方面，因此更见可怕。描写病态的人物是俄国写实派所最擅长的，陀思多而夫斯基的 *Brother Karamazov* 可说是病态心理的人物的大会串，任何种的变态性格都可以从那本书里找到一个知己，根察洛夫虽然没有像陀思多而夫斯基那样描写出成千成万不同的变态人物，可是论到深刻方面他实在是不下于这位《罪与罚》的作者，可惜的是他的名字被这位作者掩了。

奥布伦摩夫这种人物仿佛可以代表中国现在许多有志的青年。心里怀了很多的理想，天天想有所为，终于谈笑送年华，有钱的在家享无谓的福，无钱到外面胡里胡涂地混饭过日，得过且过，绝不会拿出什么魄力，然而他们也是聪明多才，心地善良的人，却终于草草一生，大概都是患了俄国人所谓"奥布伦摩夫病"罢！

（原载于 1929 年 10 月 10 日《新月》第 2 卷第 8 号）

《俄国短篇小说杰作集》

史梯芬·格累安编

英国出版　八先令六辨士

Great Russian Short Stories. Edited by Stephen Graham.
Benn. 8s. 6d.

在中国最容易得到的俄国短篇小说集是"近代丛书"里
《俄国短篇小说集》和"世界名著"（*The World's Classics*）里
的《俄国短篇小说选》。前一本所选的多半是篇幅极短的，大约
每篇总不过二十面，这的确是一个很大的缺点，因为俄国短篇
小说家不像爱伦·坡那样讲剪裁，那样注重于一篇短篇小说应
该有怎样的结构，他们只是着眼在把人生用艺术反映出来。只
求将心中要写的人物赤裸裸地放在读者面前，他们是不讲究篇
幅的多少的。并且坐在煮茶的铜壶（samovar）旁边，顺手捧起

麦酒一杯一杯地干下去，双眸发光地滔滔不绝谈着的俄国作家一开口就是不能自已的，非把心中的意思痛快地说出不可，他们仿佛必定需要几十面才能写完一篇短篇小说。Dostoievsky，Turgeniev，Korolenko，Garshin，Chirikof[1]，Gorky 都是很好的例子。他们的短篇杰作多半都是近于中篇小说（novelette）的，我们从他们较长的短篇小说里可以更分明地看出他们的作风。比如 Garshin 的 *Signal*（十面）就不如他的 *The Red Flower*（二十余面）那样能够使我们深切了解作者的心灵。"世界名著"里的选本在这方面就比这本强得多了，所选的常常一篇占有二十余面以至于五六十面，可惜所选的作家太少，像 Korolenko 同 Sologub 这么伟大的作家也在被摈之列，使读者总觉得怅然。

现在我们所要谈的这部最近出版的俄国短篇小说集就具了这两种好处。里面很少只占几面的短篇小说，所包括的作家有三十多位，从十八世纪起一直到苏俄革命后止，在当代的作家里选有栖身巴黎的 Bunin 和极左的同路人 Romanof，Pilniak 等等。并且书里选有几位普通读者不大知道，却又极值得注意的近代作家，像以心理描写著名，文笔清新可喜的 Chirikof 和 Poroshevitch，Brusof 几位昔日的文坛健将。

这本书最足赞美的地方是好几篇有名的杰作，像 Gogol 的《外套》，Garshin 的《红花》等等，都重新更忠实地译出。拿来

---

1 Chirikof，疑为 Chekhov 之讹误，即契诃夫（1860－1904）。——编者注

和别的选本的旧译相比的确更显明地保存有作者的风韵。不过有的地方比较生硬些，这是免不了的，天下那里寻得到完全无缺的东西。

(原载于 1929 年 10 月 10 日《新月》第 2 卷第 8 号)

《亚密厄尔的飞来茵》

伦敦康斯博尔出版

一九三二年　七先令六便士

*Philine—Unpublished Fragments From the Journal
of Henri Frederic Amiel*. Translated from the French by
Van Wyck Brooks. Constable. 7/6.

天下可读的小说真多，可读的自传却很少，至于可读的日记，那的确是太少了。随意架起个空中楼阁，信心说个天花乱坠，借他人的悲欢，传作者的心境，这当然是表现自己的无上法门。自传就没有这么方便了，作者对于事实虽然有取舍的自由，却不能够任意捏造（例外自然也是不小呀！），只好在这个小舞台上翻翻筋斗，显出一身的好武艺来。日记的拘束却更多了，说的话总脱不了眼前事故和心内波澜，而且累日积上，不是一气呵成，所以更难于施展文学的伎俩。这样看起来，跟作者生活最近的记载反而最不宜于表现作者的个性了。其实这也是不足为奇的，天下最难的事情莫过于对自己持个客观的态度，视若路人地拿来描写，数十年如一日，一生才做出这么一部书。而且自卫的本能也不肯让我们这样把自己当做研究的对象。一个人每做一件事，接着就想今天晚上怎么把这件事记下来，结果将一个人分做两个，观察者的成分天天扩大，执行者的成分慢慢减少，一个人的意志力也就渐渐薄弱下去，最后弄到生机殆尽，身里只剩个眼光锐利的旁观者了。一个人成天分析自己，解剖自己，老在那儿吹毛求疵，总免不了有一天对于自己觉得怪腻的，真是不胜其厌烦；可是内视的习惯已经养成，不管你多么痛恨这个自己，这个可怕的影子总是反映在你眼前，更增加厌恶自己的心情了。所以历来几位出类拔粹〔萃〕的日记作家，像 Swift，Marie Bashkirtseff，Eugénie de Guérin，Maurice de Guérin，W. N. P. Barbellion 那班人（Pepys 可说是个例外，但是他郁郁不乐的时候可也不少），都是深于悲哀，不知道怎地安排此生的人们，同时都是从人生行列退出，斗室之内独自默想一生的坎坷，自怨自艾，无可奈何的落伍者。

我们现在正要谈的这位瑞士日记作家也可算是这种的畸零人。他一生的事实很少，年青时候在柏林大学读三四年书，后来回到日内瓦大学当美学同道德哲学的教授，于一八八一年死去。他是个硕学的通儒，他的著作却非常少，六十年恬静的生涯留下来的只有几本无聊的诗集，几页的杂感，同四五篇零星的短文章，因此当时的人们对于这位思想严密，温文尔雅的教授都很觉得失望。当整理他选稿的人将他生平所写的一万七千页的日记交给 Edmond Scherer 时候，这位目光如炬的批评家叹口气说道，"这些稿子你还是拿回去罢，年青人。我知道 Amiel；他是个一事无成的人。让我忘却他罢！别再拨动他的死灰！"可是他终于印出二册的选本来，从此天下多事了。一位女诗人赞美他日记里所含的诗情，把他当做一个诗人看，一位注重义务观念，精神生活的女小说家（Mrs Humphry Ward）说他的日记是"一个孤单的思想者的衷肠话，是一个把精神事物认为世上惟一的实体的哲学家的默想录"，这位女小说家的叔叔，那个喜欢骂人的 Matthew Arnold，看到他们这样子乱拉同志，免不了微笑，就说出许多讽刺的话，可是结果这位老批评家认为我们应当把这位日记作家当做一个绝等聪明的批评家看，这真是未免有情呀！现在又有人说这位满脸胡须，有点秃头的老教授是个古怪的爱人了（Philine）。这本书就是由这个新观察点，从那一大堆稿子里钩出来的新材料。

Amiel 在他日记里说过这么一句话："思想同鸦片一样，能够麻醉人，同时又叫人非常清醒。"这句话对于他自己的心病真可算是一矢破的。他最喜欢说易卜生那文误尽天下苍生的格言：all or nothing（与其不能得到全部，宁其一点不要）。他一生大好的年华也就在追求这个自己明知绝不能实现的幻梦里面消逝去了。他随便遇到什么事情，总是踌躇莫决，只怕一失足成千古恨，无法改弦更张，因此什么事也做不成，始终是懊恼地徘徊着；光阴易得，教授老矣，真可说是再回头已百年身，他的日记就充满了这种怅惘的情绪。他不单是这么意志薄弱，而且他给黑格尔那派绝对一元论的哲学所麻醉，驰心于那个最后的本体，那是无所不包，无所不容的，绝不能受什么限制；这么一来，执笔为文，跟真理已经是南辕北辙了，因为文字总是个限制，充其量只能说出很有限的一小部分，绝非宇宙的本体，一落言诠，便非真谛，我们这位哲学家就老在搁笔之中过活了。他在一八八〇年五月十五日的日记里说道："'不适宜'，也许因为我的神秘主义，也许因为我生性顽梗，也许因为我过于慎重，也许因为我不屑工作，总之，'不适宜'是我一生的不幸，最少可算做我的特点。我从来不能使自己去迁就事势，也不能够使事势来迁就我。我的幻觉太少，不够鼓舞我去冒那些无法挽救的危险。我甚至于拿理想的境界来做借口，使自己不受任何种的束缚。关于结婚问题也是这样：只有毫无缺点的女人才能够叫我满意；可是，我自己又配不上一个毫无缺点的女人……在外界的事物里既然找不到一个满足，我就设法把原来的欲望连根去掉。'独立'是我的躲难处；'远避'是我的坚垒。我过了一个不带个人色彩的生活——在这个世界里，可是不能算做在这个世界里，我的思想很多，我的欲望却是一点也没有。这种心境跟女人所谓心碎到〔倒〕有些相似；其实真是相似，因为失望是这两种情形共同的特点。"他还说："我不能骗我自己，我晓得我将来的命运是怎么样子：与日俱增的跟人们隔绝，内心的失望，持久的悔恨，满是悲哀情调的老年，慢悠悠的苦恼，在沙漠的荒凉里死去。"Amiel 的日记可说是这种生活的确实记载。他虽然沉醉于渺茫的思想，在内省方面却非常清醒，能够用深刻的眼光，看透自己心病的根原以及种种的病象；他这种两重性格使他在人事上失败，却叫他在写日记上得到绝大的成功：假使他对于自己没有那么大的失望，恐怕他也不会这样子在灯下娓娓不绻〔倦〕一层一层地剥出自己的心曲，那么他生前的失败岂不是可说他身后的成名的惟一原因吗！他不单对于自己的意识洞察无遗，他对于人世的事物也常有极犀利的观察，这大概因为他置身局外，隔江观火，所以能够这样子一针见血，入木三分。比如他说，"一个人太看轻自己结果使自己变成个受人看轻的人了"，比如他说，"没有什么偏见的民族很容易受专制的压迫，一个社会对于一切东西都认为成问题的，一定不会有很大的团结力，结果屈服于威力之下了，"这些都是很精明的见解。Scherer 的选本有 Mrs Humphry Ward 的英译本，可惜关于宗教同哲学的冥想选得太多，关于露出作者性格的地方选得太少，因此那个选本好像玄学密雾里间或闪出几线电光，这可以说是偏于教训的选家的最大毛病。一九二二年 Bouvier 先生刊行一种增订的本子，内容比以前选本丰富得多了，现在他又将 Amiel 的日记里提到他的爱人 Philine 的那些部分搜集在一起，将一个意志薄弱的人的恋史呈现在我们眼前，仿佛是 Turgeniev 新写的一部长篇小说。

Amiel 始终是个单身汉，他年青时候还讲究无谓的道学，以为性欲是件很不干净的东西。他把性的冲动这样子压制了几十年，结果虽然没有坐禅老火，少年的意气已经销磨殆尽了。当他三十九岁时候，他日记里有这么一段："我绝没有抓过现实，绝未曾严重，兴奋，欣然从事，决然占有过。所以我的精神这么委顿。我的脚爪已剪去了，我的长牙已锯断了，我的鬃毛已剃光了：狮子变成个唬唬的走狗了。欲望同意志是男性的特征；我仿佛失掉我的男性了。我这种普遍的软化也许是由于我的完全戒欲。没有受过宗教洗礼的童男真是不幸：他们简直堕落成阉人了。白天做梦的人们真是不幸：他们让一切东西都消失了。"刚好在这时候有一个二十六岁的寡妇 Philine 跟他通信，后来他俩常常当晚上十点钟左右在日〔月〕光底下散步，开头完全谈些严重的事情，订为纯洁的朋友，最终整个人沉醉于温情里面去了。但是甚至于当这位年青伴侣让他尝一尝肉体的快乐时候，他还是在那儿默想，在那儿观察自己，他最后的结论是"妩媚同快乐是女人礼物最不值钱的东西：她的心比起她的美貌，真是一百倍的更值钱。要沉醉于美，一个人必得去找雕刻家同画家，要追求感言上的逸乐，一个人必得去找诗人。"从这里我们可以看出他的奇特心理。他年青时候就常到 Martial, Byron 这班歌颂美酒，妇人同歌声的诗人的作品里去求安慰。他还说："人世真正的狂欢只有从宗教可以得到。"但是他对于宗教也有许多不满的地方，以为尚未尽美尽善，所以好像也是不值得人们的一顾的。他同 Philine 有时亲近，有时疏远，不即不离地过了十几年大概可说是恋爱的生活，但是每提及结婚问题，他就觉得有无数的难关，不是 Philine 性格上有什么缺点，或者恐怕会有缺点，就是他自己的心境不对，或者恐怕会不宜于结婚的生活，一再考虑之后，种种计划都烟消云散了。同时他还认得许多女人，对于她们也是这样子始终游移于爱人和朋友的关系之间，有时高兴，有时悔恨，永远没有一个明白的表示。这些女朋友里跟他最亲近的，除开 Philine 外，要算是 Egeria 了，据说 Philine 老年时候去找 Egeria，两人一齐死去，各人的脸孔都贴在 Amiel 在柏林时候穿的一件蓝色的天鹅绒衬衣上，假使 Amiel 尚在人世，不知道他会多么沉痛地把自己再仔细分析一番呀！

这个选本最大的好处是编者不单将提到 Philine 那几段集在一起，而且把稍微有些相关的地方都列入，这样子使我们能够了解他当时的心境是怎么样，因此能够有个更具体的观念。这个选本虽然没有包含 Amiel 对于一般事物的意见，但是让我们看出在爱这个热烈情绪之下的 Amiel 是怎么样，这于我们了解 Amiel 上可说有极大的帮助。Amiel 的确是个值得我们仔细去研究的人，他的苦闷有许多是属于所谓近代人的悲哀，徘徊于歧路上的我们很可以从他精密的观察得到一些启示，在这个千灾百难的人生途中这总不能算不无小补罢。

（原载于 1932 年 10 月 1 日《新月》第 4 卷第 3 号，署名秋心）